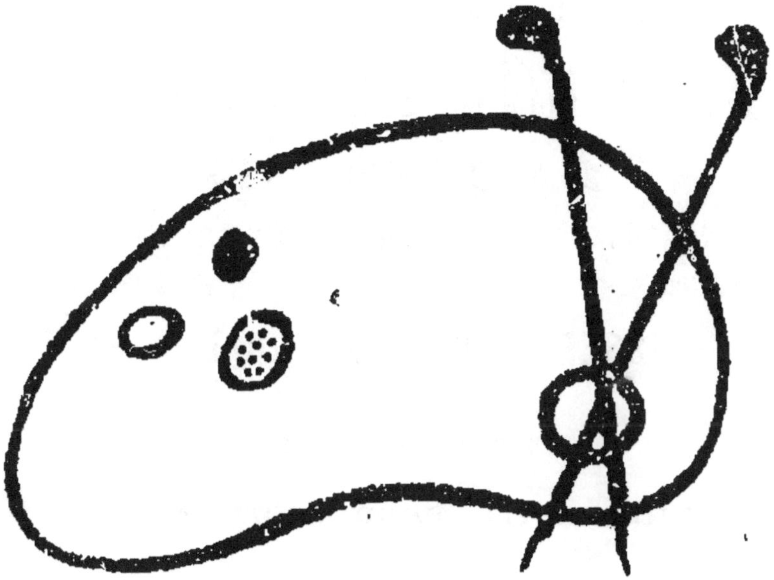

**Début d'une série de documents
en couleur**

De la Littérature didactique
DU MOYEN AGE
S'ADRESSANT SPÉCIALEMENT AUX FEMMES

DISSERTATION INAUGURALE

PRÉSENTÉE A LA

FACULTÉ DE PHILOSOPHIE

DE

l'UNIVERSITÉ FRÉDÉRICIENNE

DE

Halle-Wittenberg

PAR

Alice A. HENTSCH

DE GENÈVE

Publié avec le concours du « Girton College Publication Fund » Cambridge

CAHORS

IMPRIMERIE A. COUESLANT, 1, RUE DES CAPUCINS

1903

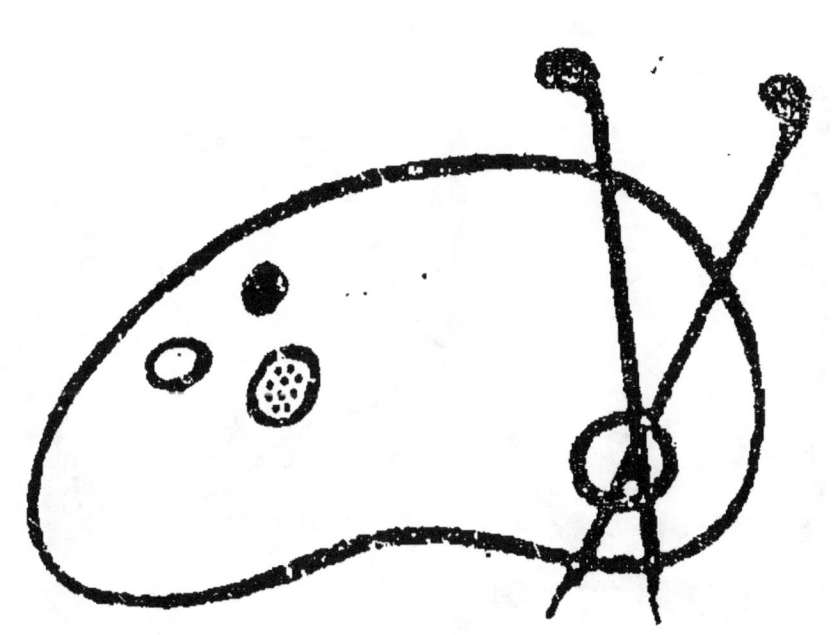

Fin d'une série de documents
en couleur

Couverture inférieure manquante

DE LA LITTÉRATURE DIDACTIQUE
DU MOYEN AGE
S'ADRESSANT SPÉCIALEMENT AUX FEMMES

De la Littérature didactique
DU MOYEN AGE
S'ADRESSANT SPÉCIALEMENT AUX FEMMES

DISSERTATION INAUGURALE

PRÉSENTÉE A LA

FACULTÉ DE PHILOSOPHIE

DE

l'UNIVERSITÉ FRÉDÉRICIENNE

DE

Halle-Wittenberg

PAR

Alice A. HENTSCH

DE GENÈVE

Publié avec le concours du « Girton College Publication Fund » Cambridge

CAHORS

IMPRIMERIE A. COUESLANT, I, RUE DES CAPUCINS

—

1903

A ma mère

PRÉFACE

Au moment de faire paraître la présente étude, je tiens à expliquer en quelques mots quel a été mon but en la rédigeant. J'ai pensé qu'il serait utile de grouper en un faisceau les nombreux textes, d'un accès parfois difficile, qui constituent le champ très vaste de la littérature destinée à instruire les femmes du moyen âge. Mais il eût été insuffisant de recueillir les titres de ces œuvres et d'en tracer une caractéristique : il importait avant tout d'en donner l'analyse, et quelquefois une analyse détaillée. Pour y arriver sans dépasser les limites qui m'étaient assignées, j'ai dû rédiger ces analyses dans un style quelque peu télégraphique. Personne ne sent plus vivement que moi le défaut que présente à cet égard mon travail. Mais chacun comprendra qu'il n'eût été possible d'adopter une forme plus littéraire qu'à condition d'augmenter démesurément les proportions d'un ouvrage déjà fort long.

Je saisis avec empressement l'occasion qui m'est offerte d'adresser ici publiquement l'hommage de ma vive et profonde reconnaissance à M. le professeur H. Suchier. Pendant les trois semestres que j'ai passés à l'Université de Halle, sa bienveillance à mon égard ne s'est jamais démentie et ses directions m'ont été extrêmement précieuses. Je désire remercier aussi sincèrement M. le docteur Braunholtz, de l'Université de Cambridge, dont l'enseignement et les conseils m'ont été des plus utiles, ainsi que le comité du collège de Girton, qui a bien voulu prendre à sa charge une partie des frais de la présente publication.

Genève, Juillet 1903.

TABLE DES MATIÈRES

ERRATA

PAGE	AU LIEU DE	LIRE
7, l. 25	à une	à un
24. note 2	*sein Leben nund*	*sein Leben und*
31, l. 3	de Læta	à Læta
48, l. 11	du Parzival	au Parzival
50, l. 31	jouissance	puissance
57, l. 20	Matfre d'Ermengau	Matfre Ermengau
60, l. 12	*sor the hul*	*so the hul*
67, l. 13	*gardr*	*gardar*
67, l. 21	*volgen*	*vol gen*
72, l. 24	*d'une rin*	*d'une rien*
76, l. 10	*vail*	*vuil*
109, l. 18	livre le lire	lire le livre
137, l. 16-17	*mains. Qu'elle*	*mains, qu'elle*
159, l. 20	*honnetes*	*honnestes*
199, note 4	Euso	Suso
220, l. 24	*tandem*	*tantum*
224, l. 4	*vouldroye*	*vouldroye*

De la littérature didactique
du moyen âge s'adressant spécialement aux femmes

INTRODUCTION

La question de l'éducation des femmes a de tout temps été pleine d'actualité ; il suffit de rappeler les noms de Platon, de Xénophon, de Plutarque, pour prouver que les anciens déjà étaient loin d'y être indifférents. Il est inutile de parler ici de l'actualité que cette question présente aujourd'hui.

Mais quelle fut l'attitude du moyen âge à son égard ?

Pour traiter ce sujet dans son ensemble et comme il le mérite, il faudrait une autorité et des connaissances tout autres que les miennes ; il a déjà été abordé dans plusieurs ouvrages sur l'éducation des femmes au moyen âge, mais malheureusement aucun d'entre eux n'est aussi complet qu'on pourrait le désirer.

Il est un domaine qui se rattache à cette question et qui n'a pas encore été l'objet d'une étude spéciale ; c'est celui de la littérature écrite au moyen âge, pour l'éducation des femmes, et s'adressant à elles tout spécialement. C'est à l'étude de cette littérature que je désire me borner ici. Je m'efforcerai de classer d'une manière générale les textes qui s'y rattachent, en grands groupes, en attirant l'attention sur les différentes tendances qui les caractérisent et sur le tableau que cette littérature nous donne de la femme au moyen âge, avec quelques remarques sur la relation de ce tableau avec la réalité, ainsi que sur la valeur pédagogique et littéraire de l'ensemble des textes.

La critique particulière de chaque texte suivra dans la seconde partie de cette étude, où je donnerai une liste chronologique de tous les ouvrages qui se rattachent à mon sujet et qu'il m'a été possible de découvrir, ainsi qu'une analyse de chacun.

Intentionnellement je n'ai pas compris dans mon étude, les règles de couvent ; c'est là un genre de littérature qui se rattacherait plutôt aux renseignements que nous obtenons sur les femmes dans les lois, les édits, les règlements scolaires, etc.

§ I. — On peut tout d'abord distinguer quatre grands groupes, parmi les textes que j'ai rassemblés :

1ᵉʳ Groupe : Textes d'ordre tout spécialement religieux :

a) Ici le ton est donné, pour tout le moyen âge, par LES ÉCRITS DES PÈRES DE L'ÉGLISE et des autres écrivains ecclésiastiques des premiers siècles ; la note dominante en est l'exhortation à la virginité et sa glorification ; ils sont, bien entendu, tous écrits en latin. Ces textes forment un groupe absolument homogène, où le même idéal de pureté et le même souffle spirituel se retrouvent. La femme y est considérée en première ligne comme fille de Dieu, et non pas comme être humain. Les devoirs religieux absorbent toute l'attention des auteurs, qui prêchent la vie ascétique dans toute son âpreté et toute sa grandeur. Si déjà dans ces premiers textes l'insistance sur les côtés extérieurs de la religion nous choque, et si, de l'aveu même des Pères, la réalité était, hélas ! bien souvent tout le contraire de ce qu'ils désiraient, nous ne rencontrons cependant pas encore l'ignorance qui fut générale plus tard, et il s'écoulera bien des siècles avant que nous retrouvions des conseils qui puissent se comparer à ceux que donne saint Jérôme quant à l'éducation des enfants. L'influence de ces textes se fait sentir dans toute la littérature qui doit nous occuper, au point que même les enseignements d'un caractère tout conventionnel et superficiel n'y ont pas échappé.

Les trois autres sections de ce groupe sont immédiatement issues de la première ; ce sont :

b) LES IMITATIONS OU COMPILATIONS DES PÈRES, que nous rencontrons un peu dans tous les pays, s'échelonnant jusqu'au xviᵉ siècle. Tel est le livre de Durand de Champagne. Ce sont des œuvres bien inférieures à leurs modèles ; elles nous montrent une religion bornée, tout extérieure, encombrée de superstitions, mais qui est cependant encore l'expression d'une foi sincère et exaltée.

c) LES LIVRES MYSTICO-ASCÉTIQUES, que nous retrouvons également dans tous les pays et à toutes les époques, mais plus spécialement vers la fin du xivᵉ et au xvᵉ siècle. Il est probable qu'il en a existé, ou même qu'il en existe encore, en bien plus grand nombre que je n'ai pu en découvrir. Le lecteur moderne est presque incapable de comprendre ce qui a fait leur charme et leur succès, et il n'est pas aisé de juger quelle fut leur portée. Leur influence dut, me semble-t-il, avoir une action plus exclusivement religieuse que pédagogique et dut agir bien plus sur les nonnes et sur une certaine classe de dévotes et de veuves, que sur la masse des femmes.

d) Finalement au groupe des textes religieux se rattachent encore QUELQUES ÉCRITS D'UN CARACTÈRE PLUS PERSONNEL, tels que : La « Ancren Riwle » qui est bien, elle aussi, sous l'influence des Pères, mais qui cependant se distingue par sa modération et la façon remarquable, digne d'admiration, dont les vieux principes sont adaptés aux conditions particulières pour lesquelles l'auteur écrit. Bien différente, mais également caractéristique pour son auteur, est la curieuse lettre de Matfre d'Ermengau à sa sœur.

2ᵐᵉ Groupe : Traités contenant des conseils plus superficiels, dont le centre est l'idée de l'amour courtois.

Ici la femme est avant tout un objet de luxe, son premier devoir est de plaire et sa qualité indispensable la beauté. Les auteurs disent bien toujours que la beauté sans bonté n'a pas de valeur, et qu'à une femme belle et méchante, ils en préfèrent une qui soit bonne et laide, mais ce n'est jamais à cette dernière qu'ils s'adressent. Le plus grand nombre des textes que je classe dans ce groupe se placent chronologiquement immédiatement après les écrits latins de la première section du premier groupe. Dans le xiiᵉ et le xiiiᵉ siècle nous ne possédons guère que des enseignements de ce genre s'adressant aux femmes ; on trouve bien des textes de ce groupe jusqu'à la fin du moyen âge, mais leur époque de floraison concorde avec celle de la chevalerie et décline avec elle. Si nous comparons un instant ces textes avec les enseignements religieux des premiers siècles, la différence est si grande que nous ne pouvons pas concilier les deux tableaux de la femme idéale tels que nous les trouvons dans ces deux groupes littéraires. Cette différence s'explique en partie lorsqu'on tient compte de deux choses : la différence des époques auxquelles ils ont été écrits, et les différentes classes de femmes auxquelles ils s'adressent. Dans ce deuxième groupe, en effet, ce sont les femmes de la noblesse, les mondaines de l'époque, que les auteurs désirent instruire ; les religieuses, les femmes sérieuses, ne sont pas prises en considération. Et ces enseignements sont bien ce que nous pouvions attendre, étant donné, d'un côté, une société encore si barbare et des hommes si enfants, et de l'autre, l'étonnant vernis dans les manières que l'on retrouve dans tous les écrits du temps.

C'est aux enseignements de cette époque que s'applique le mot de

M. Bartsch [1] qui les caractérise parfaitement, lorsqu'il dit que les règles de conduite du moyen âge : « n'ont pas d'autre but que de faire de l'homme un agréable compagnon, sans se préoccuper de son amélioration morale ». De là l'importance de toutes les conventions extérieures, la place donnée aux règles sur la tenue à table, à la conversation etc., etc. Je note aussi que tous les écrits de cette période sont en vers, la prose vulgaire n'étant guère encore employée pour les sujets sérieux. Les textes appartenant à ce groupe sont peut-être ceux qui portent au plus haut degré l'empreinte du pays et de l'époque dans lesquels ils furent écrits.

Je distingue trois sections :

a) LES LIVRES PLUS SPÉCIALEMENT INFLUENCÉS PAR LES TROUBADOURS et s'efforçant d'enseigner aux femmes l'idéal avec lequel la poésie provençale nous a familiarisés. Dans cette section nous pouvons distinguer par ordre chronologique deux périodes. Les textes de la première ont une valeur littéraire supérieure à celle des autres, et possèdent dans une large mesure la fraîcheur et la gracieuse préciosité, qui font le charme des troubadours. Les seconds ne sont guère que le résultat d'un effort pour faire durer, dans une société où les conditions avaient changé, un état de choses appartenant déjà au passé.

Les textes de cette section sont tous originaires du sud de la France et ce fait n'a rien qui nous surprenne.

b) La seconde section est la contrepartie de la première. Nous avons ici principalement des écrits originaires du nord de la France : ce sont LES LIVRES PLUS SPÉCIALEMENT INFLUENCÉS PAR LE « ROMAN DE LA ROSE ». Les longueurs, auxquelles les auteurs se laissent entraîner par leur amour de l'allégorie poussée à l'extrême, en rendent presque toujours la lecture plus ou moins fatigante, et les efforts des auteurs pour placer leurs enseignements dans le cadre d'une histoire, leur font souvent perdre de vue leur but pédagogique. Le livre de Fournival, quoique tout spécialement scolastique, est aussi influencé par le « Roman de la Rose » et se rattache à cette section.

c) LE GROUPE DES LIVRES BASÉS SUR OVIDE. — Cette section ayant été traitée de main de maître par Gaston Paris [2], je n'ai pas besoin d'en parler plus longuement. Le livre « de ornatu mulierum » qui ne s'occupe que de l'extérieur de la femme, se rattache à ce groupe en tant qu'adaptation des anciens.

Ces trois sections ne contiennent que des œuvres originaires de la

[1] Gesammelte Vortræge u. Aufsætze. 1883. *Die Formen des geselligen Lebens im Mittelalter*, p. 221-244.
[2] *La poésie du moyen âge*. 1899; 5e éd. 1e série p. 189. *L'art d'aimer.*

France ; le fait est curieux, vu le caractère des livres en question, et ne doit pas être dû au hasard. Ces livres s'adressent tous aux femmes de la classe supérieure.

3ᵐᵉ Groupe : Enseignements d'ordre moral plus généraux.

Les œuvres qui rentrent dans ce groupe constituent, pour ainsi dire, le berceau de la pédagogie moderne. La première œuvre qui montre distinctement un changement est celle de Philippe de Novaire. Après lui nous rencontrons, jusqu'à la fin du moyen âge, une succession d'œuvres de grande valeur morale, dans lesquelles on sent un progrès lent mais continu, malgré quelques reculs et malgré les apparitions parallèles d'œuvres du genre mystique et du genre allégorique. Le développement, l'évolution qui se fait sentir dans les œuvres de ce groupe porte autant sur l'instruction que sur l'éducation. D'un côté la convention, tout en occupant toujours une place que nous trouvons aujourd'hui exagérée, n'est plus au premier rang, la religion se développe, s'approfondit et s'épure, la vie pratique reprend ses droits, l'ignorance recule. Ici la femme est considérée comme la compagne de l'homme. Ces livres nous mettent en contact avec la réalité et peignent la femme dans toutes les conditions sociales, la femme dans sa vraie sphère, dans la vie de tous les jours et chez elle. Dans cette classe on peut distinguer :

a) Des œuvres dans lesquelles le nouvel esprit a encore peine à se faire jour. Parmi elles il en est qui sont longues et diffuses comme celle de Zirclaria ; leur médiocrité procède soit du peu de talent de l'auteur soit du fait qu'elles ne sont que des imitations ou des adaptations d'autres ouvrages d'une plus grande valeur. D'autres, qui appartiennent à ce groupe par le fond, sont brillantes par la forme et d'une valeur littéraire très réelle, comme celle de Francesco da Barberino.

b) Les œuvres qui forment le groupe proprement dit, et dont la plupart ont une grande valeur littéraire aussi bien que morale. Une des caractéristiques de ce groupe, c'est la personnalité des auteurs mêmes, qui sont presque tous des hommes et des femmes d'une distinction peu commune. Il suffit de nommer Christine de Pisan, Anne de Beaujeu, l'auteur du Ménagier, saint Louis et Eximenez. Je rattache à ce groupe le livre curieux et unique dans son genre intitulé : « Ein schœn Frauenbüchlein ».

c) Les œuvres de la fin du xvᵉ et du commencement du xviᵉ siècle qui, vu l'infériorité de leurs auteurs, ne sont pas comparables aux livres que je viens de citer. Elles font pendant aux œuvres provençales de la seconde période ; comme celles-ci, elles sont en retard sur leur temps par l'esprit qui les anime et qui est encore celui du moyen âge ; comme celles-ci aussi, elles n'ont ni originalité ni valeur littéraire ; je citerai, par exemple, le livre de Symphorien Champier.

4ᵐᵉ Groupe : **Livres ne présentant pas un caractère purement didactique.**

a) LIVRES PRÉSENTANT UN CARACTÈRE MOITIÉ DIDACTIQUE MOITIÉ POÉ-TIQUE, tels que la « Winsbekin » et le « Garmond of gude Ladeis ». Il est évident que dans beaucoup d'autres textes il y a des passages poé-tiques, narratifs, descriptifs ou même presque lyriques, mais seu-lement d'une façon incidente, tandis que, dans les ouvrages que je range ici, l'élément poétique est au moins aussi important que l'élément didactique.

b) LIVRES PRÉSENTANT UN CARACTÈRE MOITIÉ SATIRIQUE MOITIÉ DI-DACTIQUE. On sait le développement vraiment colossal qu'atteignit au moyen âge la littérature satirique sur les femmes. Il est souvent ma-laisé de distinguer la limite entre ces genres. Le livre d'Etienne de Fougères, par exemple, peut se ranger aussi bien dans l'un que dans l'autre.

c) LES QUELQUES LIVRES DONT LA FORME DIDACTIQUE N'EST QU'UNE EXCUSE ou un prétexte pour la flatterie adressée à quelque princesse : tels sont les livres de Jean Marot et de Jean Molinet.

Par ce groupement je ne veux naturellement que donner une orien-tation et une direction générale, et je ne prétends nullement qu'il soit possible d'enrégimenter chaque texte dans une de mes sections d'une manière absolue ; bien au contraire, tous ces groupes réagissent les uns sur les autres et il n'y a pas de limites fixes entre eux. Quelques grands traits se retrouvent du reste dans tous les textes à un degré plus ou moins fort ; ce sont là les caractères distinctifs de toute la littéra-ture du moyen âge, et non pas de la littérature didactique seulement. Telles sont la grande naïveté jointe à une pédanterie tout aussi grande, les longs raisonnements scolastiques, les interminables digressions.

§ II. — Considérons maintenant à quelles femmes ces enseignements sont adressés et par qui.

a) Premièrement, quant à la condition et à la position sociale de cel-les que les pédagogues du moyen âge désirent instruire, nous remar-quons que la grande majorité des textes s'adressent aux femmes de la noblesse. Même dans les livres qui prétendent s'adresser à toutes les classes successivement, la noblesse a toujours la part du lion. Après les femmes nobles, ce sont les religieuses qui reçoivent le plus grand nombre d'enseignements. Mais il est curieux de remarquer que si nous avons plusieurs livres, ou parties de livres, spécialement destinés aux princesses régnantes, nous n'avons qu'un seul petit traité pour les supérieures de couvents, la « lettre à une abbesse » d'Avit. Un nombre beaucoup plus restreint de conseils s'adresse à la bourgeoisie. Parmi ceux-ci nous pouvons distinguer deux courants : les conseils émanant d'auteurs à tendances aristocratiques chez lesquels un certain mépris ne laisse pas de percer ; et ceux qui proviennent de la main d'un bourgeois, fier de sa classe, dont le type parfait est l'auteur du Ménagier, et qui sont remarquables par leur justesse et leur droiture. Un violent antagonisme se fait sentir dans tous les textes entre les classes supérieures et les classes inférieures. Tout bien considéré, nous arrivons à la conclusion que la haute noblesse et la haute bourgeoisie étaient l'une et l'autre à un niveau moral et intellectuel très supérieur à celui du gros de la noblesse. Je n'ai point trouvé de livre s'adressant exclusivement aux classes inférieures ; les conseils aux ouvriers, artisans, paysans, etc. se trouvent généralement dans les derniers chapitres des œuvres de longue haleine appartenant à ce que j'ai appelé le troisième groupe. Ce fait n'est pas étonnant, car il est plus que probable que les femmes de ces classes, eussent-elles pu se procurer ces enseignements, n'auraient pas été en état de les lire. Les conseils donnés aux maîtresses au sujet de la conduite à tenir envers leurs servantes sont assez nombreux et empreints d'une grande bienveillance, surtout si l'on tient compte des mœurs si rudes de ce temps-là.

Considérant la même question à une autre point de vue, nous remarquons que la très grande majorité des textes s'adressent aux femmes mariées et surtout aux jeunes mariées. Les textes s'adressant aux jeunes filles sont rares, bien entendu si nous faisons abstraction des religieuses. Ceci est, il est vrai, une conséquence inévitable de la condition de la femme au moyen âge, mais ce n'en est pas moins fâcheux, car c'est évidemment un peu tard d'attendre le moment du mariage pour commencer à faire l'éducation d'une femme. Les veuves étant presque toujours considérées comme des demi-religieuses reçoivent une large part de conseils. Les vieilles femmes sont rarement mentionnées, et, quand elles le sont, l'auteur a presque toujours soin de nous dire combien peu souvent la réalité est conforme à l'idéal, du reste fort élevé et quelque peu surhumain à nos yeux, qu'il se fait de la femme âgée.

b) Nous sommes étonnés de ne rencontrer dans les enseignements aucun conseil sur les sujets suivants qui tenaient cependant une grande place dans la vie du moyen âge.

Nous ne trouvons pas de conseils sur la conduite à suivre dans les tournois et dans les fêtes chevaleresques, où le rôle des dames était pourtant important et varié ;

Aucun conseil s'adressant aux jeunes filles et aux dames quant à la manière exacte dont elles doivent recevoir et héberger un chevalier de passage au château ;

Aucun conseil sur la conduite à la chasse ;

Presque rien sur la coutume d'envoyer les enfants au loin pour leur éducation, soit dans un château, soit dans un couvent ;

Aucun renseignement sur les écoles des couvents :

Aucune mention de l'enseignement des langues étrangères et de la nécessité de les apprendre ; et pourtant, nous le savons, cela tenait une grande place dans l'instruction du temps.

Plus frappante encore est la rareté des conseils donnés aux mères au sujet de leurs enfants, le peu de variété et la nullité pédagogique de ces conseils lorsqu'on en trouve. Il est fort curieux qu'une époque qui voyait si exclusivement dans la femme la mère de famille et la compagne de l'homme, ait si peu compris l'influence de la mère sur l'enfant.

Le peu de place donné aux sentiments, en dehors de l'amour, nous frappe également.

Quant à l'enfant, il n'est guère considéré que comme un jeune animal ; le plus souvent, c'est un gros souci ; la sévérité à son égard est partout recommandée.

c) Tous ces livres évoquent les types de femmes les plus divers, et il est curieux de voir les différences entre cette galerie et ce que serait une galerie similaire de la femme contemporaine.

Je dresse une liste de quelques-uns de ces types :

La religieuse parfaite (Eustochium).

La religieuse faible (la sœur d'Avit).

La religieuse hypocrite et fausse.

La dévote sincère et éclairée (Paula).

La veuve dévote et charitable (la comtesse d'Herefort).

La vieille fille ou la veuve de mauvaises mœurs.

La bonne vieille femme.

La vieille duègne.

La vraie grande dame, bonne, intelligente et capable.

La bonne ménagère.

L'épouse soumise (Griselidis).

La jeune femme un peu frivole.

La femme belle, passionnée et licencieuse.

La petite jeune fille superficielle et qui n'a guère de caractère.

La jeune fille idéale, innocente et pure.

La servante jolie, légère et corrompue.

La femme de service trompeuse.

La servante fidèle.

La femme du peuple grossière.

La femme du peuple simple et dévouée.

Le portrait le plus attachant est, pour moi, celui de la bonne ménagère, soit la dame de la noblesse qui vit sur ses terres, soit la bourgeoise qui dirige sa maison. Voilà des vies pleines et utiles, pas un
moment d'oisiveté. Que de tête et de possession de soi-même il fallait à
ces femmes pour gérer leurs biens et maintenir l'ordre parmi leurs
nombreux domestiques, aux mœurs grossières et semblables à de grands
enfants.

d) Quant aux auteurs de ces enseignements, ils ont eux aussi les
caractères les plus variés et appartiennent à des classes très différentes.(1) Il y a d'abord la catégorie des auteurs religieux, avec les types
les plus divers ; les Pères de l'Eglise érudits, sincères et enthousiastes ;
les prêtres ascétiques ; les docteurs pédants ; les confesseurs longs,
bien intentionnés et ennuyeux ; les moines ignorants et sensuels ; les
religieuses parfois exaltées.

(2) Puis les hommes du monde, « les gentils clercs » amoureux et
galants, désireux de plaire et surtout désireux qu'on sache leur plaire,
mais se souciant fort peu de la morale telle que nous la comprenons.

(3) Nous rencontrons ensuite plusieurs figures attachantes; des pédagogues d'instinct, des hommes fins, instruits et distingués, parmi lesquels je nommerai surtout l'auteur de « l'Ancren Riwle », celui du
« Ménagier » et celui des « dodici avvertimenti »; aussi deux femmes :
Christine de Pisan et Anne de Beaujeu.

(4) Souvent aussi ces auteurs sont des parents, s'adressant en première ligne à une femme qui leur tient de près et en seconde ligne
seulement aux femmes en général. Ainsi nous avons des ouvrages
écrits par des pères pour leurs filles, par des frères pour leurs sœurs,
par des maris pour leurs femmes, et même par des mères s'adressant à leurs filles, bien qu'il ne soit cependant pas possible de décider
avec certitude si ces écrits émanent vraiment de mains féminines.
Le plus grand nombre des auteurs s'adressent aux femmes en général avec une vraie intention pédagogique, tout en dédiant leur livre à
quelque princesse qui leur est favorable et dont ils espèrent obtenir
un secours pécuniaire.

§ III. — a/ Peut-on considérer la femme telle qu'elle est dépeinte dans
cette littérature didactique comme un représentant complet et authen-

tique de la femme au moyen âge ? Je ne le crois pas absolument. J'ai déjà énuméré plus haut quelques sujets et occupations qui ne sont pas traités dans cette littérature et qui tenaient cependant une certaine place dans la vie de l'époque. Il me semble, en outre, qu'il faudrait corriger les portraits que ces textes nous donnent en les comparant aux enseignements s'adressant plus spécialement aux hommes, et cela surtout en ce qui concerne la conduite des femmes envers leurs maris. De plus, si l'instruction donnée dans les cloitres (à partir des xiiᵉ et xiiiᵉ siècles spécialement) était certainement insuffisante, il paraît cependant que les femmes du moyen âge étaient en réalité moins ignorantes et moins négligées que cela ne ressort de nos textes. Voyez tout spécialement sur ce point :

K. Bartsch. — Op. cit.

A. Jourdain. — *L'éducation des femmes au moyen âge*, Mém. de l'Acad. des inscriptions, XXVIII, p. 123.

Rousseiot. — *Histoire de l'éducation des femmes en France*, vol. I. Paris 1883.

Giornale storico della Lett. Italiana, 1889, XIV, p. 270.

M. Bartsch (op. cit.) fait remarquer que, somme toute, les femmes lisaient plus que les hommes au moyen âge. De même les femmes avaient en réalité plus de liberté et vivaient moins retirées que nos enseignements pourraient nous le faire croire.

Quant aux tendances par trop ascétiques de certains textes, elles sont contrebalancées par les tendances trop libres et trop mondaines de l'autre extrême ; en comparant les deux on arrive à se faire une idée assez juste de la réalité. Les femmes qui suivaient à la lettre les conseils de Jacques d'Amiens étaient probablement aussi rares que celles qui arrivaient à égaler Eustochium.

Mais toutes réserves faites sur ces quelques points, ces textes didactiques nous donnent un tableau très complet de nos aïeules ; bien des choses nous y étonnent et nous choquent ; ce sont là des temps encore rudes et grossiers, où les passions et les appétits mal dominés perçaient à tout moment sous des dehors de raffinement, et mes sœurs d'aujourd'hui ont plus d'une raison de remercier le ciel de ce qu'elles n'ont pas été appelées à vivre à cette époque-là.

Ressort-il de ces textes un idéal unique de la femme ? Non, au contraire, on pourrait plutôt parler d'un idéal pour chacun des trois groupes que j'ai distingués. L'idéal physique de la femme, il est vrai, est bien toujours plus ou moins le même ; il nous est familier dans toute la littérature du moyen âge. Mais l'idéal moral est plus vague, il change aussi avec la marche du temps ; il est modifié par le rang de la femme, le pays et surtout le degré de développement intellectuel de l'auteur, tout en étant toujours basé en dernière ligne sur l'imitation de la Vierge.

b/ Quelle est la valeur pédagogique de toute cette littérature ? J'ai déjà plusieurs fois touché incidemment à cette question, je n'ajouterai donc que peu de mots. Les différents groupes que j'ai distingués au commencement de cette étude ont une valeur pédagogique très différente. Le second est naturellement celui qui en a le moins ; son influence, qui ne dut pas être nulle, car ses œuvres jouirent d'une réelle popularité, ne put guère être bonne ; et la lecture de plusieurs de ces enseignements me paraît avoir dû être plus pernicieuse que celle des romans d'aventures à l'égard desquels nos auteurs se montrent habituellement si sévères. Le groupe des écrits religieux pèche par l'autre extrême : en visant trop haut, ils ont manqué le but. Il n'y a pas de doute qu'ils furent énormément lus, mais eurent-ils une influence proportionnée en profondeur à leur popularité ? Les auteurs eux-mêmes nous fournissent la réponse ; car dès les premiers siècles, ils se plaignent de la vanité des femmes du monde, et s'indignent de la corruption qui règne jusque dans les milieux où elle est le plus choquante: dans les cloîtres. Ces auteurs écrivent presque toujours leurs traités lorsqu'ils sont eux-mêmes devenus vieux, et ils oublient trop souvent l'âge et la fragilité de celles à qui ils s'adressent. La place qu'ils donnent à la description des péchés de la chair, en voulant en inspirer l'horreur, a dû être un obstacle sérieux à l'efficacité de leurs œuvres.

C'est par leur valeur pédagogique que les livres du troisième groupe, les enseignements moraux généraux, sont le plus remarquables. Dans la plupart de ces livres, nous voyons une morale sûre, élevée et bien adaptée aux conditions et au caractère de celles à qui ils s'adressent ; des conseils pratiques remplis de bon sens et de mesure, le tout sans pédanterie, avec une certaine bonhomie que notre civilisation plus raffinée a malheureusement bannie des traités d'éducation. Avec Vivès, nous sentons distinctement l'influence de la Renaissance, et son contemporain Erasme est déjà un pédagogue au sens moderne du mot. Encore quelques dizaines d'années, et la Réforme viendra étendre à toutes les classes les bienfaits que la Renaissance avait déjà répandus sur l'éducation des classes supérieures. Dans la littérature qui m'occupe ici, il n'y a pas encore une seule œuvre de pédagogie, au sens où nous emploierions ce mot aujourd'hui. L'auteur n'est pas guidé par des principes, son œuvre est toujours un amas de conseils détachés, il n'est pas de chose qui soit trop insignifiante pour trouver place dans l'un ou l'autre de nos textes. Les auteurs s'adressent à des femmes adultes, mais leurs conseils sont souvent à peine à la hauteur de ceux que nous donnerions à des enfants de dix ans.

c/ Parmi les textes que j'ai réunis, il y en a qui sont écrits en latin, en français, en italien, en provençal, en catalan, en espagnol, en moyen haut allemand et en moyen anglais. J'aurais aimé chercher à caractériser les différentes nations dans cette littérature et à relever les traits appartenant plus spécialement à l'une ou à l'autre. Mais je ne me sens pas autorisée à le faire, vu la disproportion par trop grande qui existe entre le nombre des textes français ou latins qui nous ont été conservés et celui des textes d'autres nationalités. La table ci-dessous le montrera clairement.

Textes en latin	41	
Textes en langue française	40	
» italienne	13	
» provençale	6	
» catalane	3	Total des textes : 114
» espagnole	2	
» allemande	5	
» anglaise	4	
Auteurs de nationalité française	42	
» italienne	14	
» provençale	5	
» catalane	3	
» espagnole	4	Total des auteurs : 93
» allemande	6	
» anglaise	7	
Ecrivains ecclésiastiques des premiers siècles	12	

Les textes anglais se distinguent cependant par une certaine dignité mesurée et par la justesse du sens pratique. Dans les textes espagnols et même dans les textes catalans, l'influence des mœurs arabes se fait sentir. Les textes italiens se distinguent tous par la pureté de la langue et par une certaine fraîcheur ; si nous y rencontrons quelquefois un peu trop d'hypocrisie (Barberino), nous y trouvons aussi une certaine douceur toute méridionale. Les textes provençaux, qui appartiennent tous à la même période et au même groupe, forment un tout homogène ; ils sont, avant tout, superficiels, mais on y sent bien une civilisation plus avancée que celle du reste de l'Europe occidentale à la même époque.

§ IV. — Quant à la valeur littéraire de tous ces écrits, je la trouve

supérieure à ce que l'on croirait au premier abord. Les passages où les
auteurs nous décrivent leur idéal de la femme, par exemple, sont remplis de charme, de fraîcheur et d'une poésie naïve qui a bien sa valeur ;
les introductions printanières, malgré leur caractère conventionnel, et
quelques-unes des allégories, présentent les mêmes qualités. *Mais
c'est surtout dans la prose que se montre la valeur littéraire du groupe.
Ici nous avons quelques œuvres remarquables par la clarté et la force
du style, le vocabulaire imagé et savoureux, les idées nettes et simples
qui sortent avec aisance de la plume de l'auteur.* Les petites histoires,
qui sont racontées à titre d'exemples moraux ou immoraux et dont ces
textes foisonnent, sont souvent piquantes, dites avec verve et entrain,
et mériteraient, à elles seules, une étude spéciale et approfondie.

Si la plupart d'entre elles sont tirées des livres saints ou de la mytho-
logie grecque et latine, le nombre des anecdotes racontant des événements contemporains de l'auteur, ou tout au moins du moyen âge, est
aussi considérable et celles-ci présentent naturellement un intérêt particulier. Les petites bribes de conversation qui se trouvent çà et là sont
plus spirituelles et plus *légères* qu'on ne s'y attendrait de la part d'auteurs qui ne se posent pas en littérateurs mais en moralistes.

Bref, l'étude de toute cette littérature n'a rien d'aride, au contraire.
S'il faut quelquefois un peu de patience pour arriver au bout des digressions scolastiques chères à plusieurs de nos auteurs, on en est ample-
ment récompensé par la connaissance que l'on acquiert peu à peu de la
vie de tous les jours, telle qu'elle était dans les milieux les plus divers
à cette époque si curieuse et si attachante qu'est *le moyen âge.*

Bibliographie. — Je citerai comme m'ayant été spécialement utiles pour cette introduction, en dehors des ouvrages déjà nommés, les livres suivants :

E. Altner. — *Ueber die chastiements in d. alt. frz. Chanson de Geste.* — Leipzig, diss., 1885.

Campaux. — *La question des femmes au xv⁴ siècle.* Paris, 1865.

Compayré. — *Histoire critique des doctrines de l'Education en France.* Paris, 1879, vol. I et II.

Léon Gautier. — *La Chevalerie,* 1895.

Joly. — *Mém. de l'Acad. nat. des Sciences et Belles-lettres de Caen,* 1875.

Lecoy de la Marche. — *La femme au xiii⁴ siècle* (dans la « Revue du Monde Catholique », 1879).

La Curne de Sainte-Palaye. — *Mémoires sur l'ancienne chevalerie,* vol I, Paris, 1759.

F. Meyer. — *Jugenderziehung im Mittelalter.* Wissenschaftliche Beilage zum 31 Jahresberichte der staedt. Realschule u. d. Progymnasiums zu Solingen. 1896.

Michelet. — *Mémoire sur l'éducation des femmes au Moyen-Age.* 1838, in-4°.

O. Müller. — *Taegliche Lebensgewohnheiten im franzœsischen Arthusroman.* Marbourg, diss., 1889.

Règle de Saint Césaire. — *Codex regularum monasticarum et canonicarum.* Augustae Vindelicorum, 1759.

Règle des chanoinesses augustines de Saint-Pantaléon (éd. Janroy, 1901).

Alwin Schultz. — *Das hœfische Leben.* Leipzig, 1889.

Weinhold. — *Die deutschen Frauen.* Wien, 1897.

Th. Wright. — *Womankind in Western Europe from the earliest times till the xvii⁴ century.* Londres, 1869.

Livres employés pour le reste de cette étude. (Pour les ouvrages utilisés pour un texte seulement voir dans le cours du volume).

L'histoire littéraire de la France (1733-1877) (1881-1898).

G. Grœber. — *Grundriss der romanischen Philologie.* — Vol. II, 1, 2, 3. Strasbourg, 1897, 1901, 1902.

K. Bartsch. — *Grundriss der provenzalischen. Lit.* Elberfeld, 1872.

G. Kœrting. — *Grundriss der englischen Lit.* Münster, 1899.

G. Kœrting. — *Encyclop. u. Method. der rom. Phil.* Heilbronn, 1884-86.

G. Kœrting. — *Encyclop. u. Method der engl. Phil.* 1888.

Gœdeke. — *Grundriss der deutschen Dichtung.* Bd. I Dresde, 1884.

Ulysse Chevalier. — *Répertoire des sources hist. du moyen-âge.* Paris, 1887.

Moritz Steinschneider· — *Letteratura delle donne.* Rome, 1880.

Aubertin. — *Histoire de la litt. franç. au moyen-âge.* Paris, 1876-78. vol. II.

Adolf Ebert. — *Allgem. Gesch. der Litt. des Mittelalters im Abendlande,* I et II. Leipzig, 1874.

H. Suchier u. Birch-Hirschfeld. — *Gesch. der frz. Lit.* Leipzig et Vienne, 1900. Teil I.

G. Paris. — *La littérature française au moyen-âge.* Paris, 1890.

Ten Brink. — *Gesch. der engl. Lit.* vol. I. Strasbourg, 1899.

Gaspary. — *Gesch. der italienischen Litt.* Trad. Zingarelli. Turin. 1887. vol. I.

Wiese u. Percopò. — *Gesch. der italienischen Litt.* Teil. I.

Goujet. — *Bibliothèque Française,* 1741-56.

Vapereau. — *Dictionnaire universel des littératures,* Paris, 1876.

La Croix du Maine et du Verdier. — *Biblioth. Franç.* (édit. Rigoley de Juvigny) 1772-3.

Analyse et critique
des textes rangés, autant que possible,
par ordre chronologique.

**Tertullien (Quintus Septimius Florens Tertul-
lianus)**[1], un des écrivains ecclésiastiques les plus célèbres ; il naquit à Carthage en Afrique en 160, fit plusieurs voyages à Rome, passa au montanisme en 206,
et mourut en 222. Plusieurs de ses œuvres sont adressées
aux femmes ; elles sont toutes caractéristiques de la forte
individualité de l'auteur. Style vigoureux, qui dit ce qu'il
veut dire, mais avec peu de sentiment pour la beauté de la
forme.

1. **Ad Uxorem** Libri II. Une des premières œuvres de
Tertullien : deux courts livres en prose, de huit chapitres
chacun, adressés à sa femme et traitant spécialement de la
question des secondes noces.

ANALYSE — I. Quoique dans la doctrine chrétienne rien ne
défende les secondes noces, Tertullien conseille cependant
à sa femme de ne pas se remarier, dans le cas où il vien-
drait à mourir. Longue digression sur le mariage ; l'auteur
blâme la polygamie, etc. et s'appuyant sur saint Paul, il arrive à la conclusion que, s'il n'est pas mal de se marier, il est
cependant encore mieux de ne pas le faire. Les vierges appartiennent à Dieu, elles doivent tourner toutes leurs pensées

---

[1] *Opera quæ supersunt omnia* ed. F. Oehler. Leipzig, 1853.

vers lui. Exhortation à la vie de religieuse. Des dangers et des revers du mariage. II. Cependant, vu la faiblesse humaine, l'auteur ne veut pas condamner le mariage, et il considère le cas où sa femme se remarierait. Si une femme mariée à un païen se convertit au christianisme et que son mari reste païen, cela ne fait rien : *Sanctificatur enim infidelis vir a fideli uxore et infidelis uxor a fideli marito* [1]. Du reste on peut toujours espérer convertir son mari. L'auteur n'admet pas le divorce, et il blâme le mariage d'une chrétienne avec un païen. Il dépeint les différends, le défaut d'entente et d'harmonie que le mariage entre personnes de religions différentes ne peut manquer de produire : on ne peut guère servir Dieu en aimant un homme qui sert le diable. L'auteur termine par une belle description de la vie conjugale heureuse, si les deux époux sont chrétiens.

2. **De cultu feminarum.** Dans ce livre sur les ornements des femmes, l'auteur s'adresse alternativement à *sorores dilectissimæ* et à *Dei ancilla*. Ce traité est également en prose et comprend aussi deux livres.

ANALYSE. I. — La faute d'Eve est la cause de tout le mal en ce monde. Longue discussion sur les bijoux, pierres précieuses, vêtements de luxe, et autres ornements que les femmes portent. L'auteur les blâme tous, ils sont contraires à la volonté de Dieu, tendent à la luxure et entraînent au mal.

II. — Nous sommes tous, sur cette terre, des temples pour le Seigneur, nous devons donc être des monuments de pudicité ; soyons continuellement sur nos gardes et craignons de faillir. Une femme ne doit pas chercher à se rendre plus belle qu'elle n'est ; c'est de la tromperie. Donc, ne pas se farder, ni se teindre les cheveux, etc.,

[1] I Corinth. VIII, 14.

etc.; ce serait vouloir plaire au diable ; ne pas rechercher des coiffures extraordinaires (l'auteur en décrit quelques-unes), mais au contraire : *Prodiie vos medicamentis et
ornamentis exstructæ Prophetarum et Apostolorum, depic-
tæ oculos verecundia et os taciturnitate, inferentes in aures
sermones Dei, adducentes cervicibus jugum Christi, caput
maritis subjicite et satis ornatæ eritis. Manus lanis occupate,
pedes domi figite et plus quam in auro placebitis.*

— Chez Tertullien l'exaltation ascétique qui sera poussée
si loin dans les siècles suivants est encore absente ; mais
la plupart des idées développées par les autres écrivains
ecclésiastiques se trouvent déjà chez lui, au moins en
germe.

Saint Cyprien (Thascius Cæcilius Cyprianus) [1],
évêque de Carthage et Père de l'Eglise, naquit au commencement du iiie siècle en Afrique. Il mourut martyr
en 258.

3. **De habitu virginum,** *cæteras mulieres ad pudicitiam et
mundi contemptum invitans,* etc.

Tout ce traité est rempli de citations bibliques, principalement des Epîtres et du Cantique des Cantiques.

ANALYSE. — Tous nos efforts doivent tendre à obéir à la
loi de Dieu ; un de nos premiers devoirs est de rester
purs de corps et d'esprit, car nous devons être, en nous-
mêmes, un temple pour Dieu. L'auteur s'adresse spécialement aux vierges : *quam quo sublimior gloria, maior et
cura est.* Plus il y a de vierges, plus l'Eglise se ré-
jouit ; rien n'a plus de valeur qu'une vierge auprès de
Dieu ; qu'elle se garde donc avec soin des tentations

---

[1] *De catholicæ ecclesiæ unitate, de lapsis et de habitu virginum* (ed.
Geo. Krabinger. Tubingue, 1853).

du diable. La chasteté et la continence ne doivent pas résider dans la chair seulement, elles doivent aussi se montrer dans les vêtements et la contenance. Le mariage tend à diriger les pensées vers les choses de ce monde, car une femme mariée désire plaire à son mari, au lieu de plaire à Dieu [1]. *Si quis dilexerit mundum, non est charitas patris in illo* [2]. Ne pas porter des coiffures extravagantes, pas de bijoux, etc. Que votre luxe soit d'ordre spirituel. Attaque violente contre le luxe en général et la corruption à laquelle il aboutit ; ici l'auteur dit s'adresser à toutes les femmes sans exception. Nous sommes créés à l'image de Dieu, c'est donc un péché que d'employer des moyens artificiels pour changer notre apparence et nous embellir. Une vierge qui tombe est adultère envers Christ. La voie du bien est étroite et difficile, mais elle mène aux récompenses célestes.

Evagrius Ponticus [3] (345-399). — L'un des auteurs ascétiques les plus importants du ive siècle. Ses œuvres, qui ne nous sont parvenues qu'en fragments, ont été traduites du grec en latin par son disciple Rufin. Il n'est pas absolument certain que le traité attribué à Evagrius soit réellement de lui. Les originaux étant grecs, je cite cet auteur et le suivant, sans les compter dans ma nomenclature.

Sententiæ ad virgines. ANALYSE. — Aimez Dieu et il illuminera votre cœur. Aimez votre mère supérieure comme celle du Christ, et vos sœurs comme les filles de votre mère ; restez dans la paix. Priez sans interruption, fuyez les hommes, que toute votre joie soit en

[1] I Corinth. VII, 34.
[2] I Jean II, 15.
[3] Voy. Lucæ Holstenii *Codex Regularum Monasticarum.* I. p. 468. voy. Gallandii *Bibl. Pat.* VII. p. 551-581.

Christ. Ne soyez pas promptes à la colère. Ne prêtez pas l'oreille au mal. Ne regardez pas ce qui est mal. Ne portez aucun ornement. Oubliez le monde.

— Ce petit traité est, par son ton et son langage, l'un des plus exaltés que nous possédions.

Saint Athanase le Grand [1], évêque d'Alexandrie, père de l'orthodoxie dans la lutte de l'Eglise contre l'arianisme (296-373). On raconte qu'il savait la Bible presque tout entière par cœur.

Exhortatio ad sponsam Christi. — Ce texte se distingue par sa simplicité, sa pureté, et l'impression de sincérité qui se dégage de chaque phrase.

ANALYSE. — Combien il est grand et beau de dominer la chair en vue de la vie éternelle ! Exhortation à la vie monastique, à la pudicité et au mépris du monde. Faites aux autres ce que vous voudriez qu'on vous fît ; pleurez avec ceux qui pleurent [2]. Il ne suffit pas de s'abstenir du mal, il faut faire le bien. Restez humbles, ne vous vantez pas de votre pureté. L'auteur ne veut cependant pas condamner le mariage, il s'en tient aux paroles de saint Paul. Que vos pensées aussi soient pures. Ne portez pas d'ornements, ne jurez pas, etc. ; veillez sur vos yeux, vos oreilles, votre langue, vos mains, etc. Soyez dignes de votre divin Epoux.

Saint Ambroise [3] (340-397), Père de l'Eglise et évêque

[1] Edition de B. de Montfaucon, Paris 1693.
Migne *Patrologia gr.* XXVIII. p. 1557.
» » *lat.* CIII. p. 671.
Voy. Lucæ Holstenii *Codex* Op. cit. I. p. 447.
Il n'est pas absolument certain que saint Athanase soit l'auteur de cette exhortation ; voy. Migne *Patrologia Lat.* XVIII. p. 71 à 77 et suivantes.
[2] Rom. XII, 15.
[3] Voy. *Opera omnia* (éd. Bellerini 1875-83).

de Milan, l'un des pius fervents avocats du célibat, maitre et ami de saint Jérôme. Saint Ambroise eut aussi une grande influence politique. Il a écrit plusieurs traités en prose adressés aux femmes.

4. **Ad virginem devotam exhortatio.** — Cette exhortation est écrite avec feu dans un style que rappellera plus tard d'une manière frappante celui de Vivès. Elle parait être adressée à des sœurs qui se seraient un peu relâchées des sévérités de la règle monocale.

ANALYSE. — Tu t'es donnée à Dieu, tu es l'épouse du Christ, pourquoi donc alors recherches-tu les hommes ? Que leur veux-tu ? fuis-les bien au contraire. Détruis en toi-même tout ce qui tient à ce monde, car cela ne saurait plaire à Dieu. De la corruption des hommes. Reste pure et surtout garde ton esprit pur : *Virgo potes esse corpore sed non mente corrupta.* On ne peut pas servir Dieu et Mammon. Ne recherche pas un lit tendre, etc., visite les malades avec plaisir ; ne te mets pas en colère, ne jure pas ; humilie-toi ; prends exemple sur les saints ; prie continuellement ; jeûne, fais des aumônes.

5. **De virginibus ad Marcellinam sororem suam,** Libri III. Marcelline (330-398) était la sœur aînée de saint Ambroise ; elle eut une grande influence sur lui ; elle fut une des sept jeunes filles consacrées à Dieu en 353. Après la mort de sa mère elle vécut à Milan sous la direction spirituelle de son frère, qui lui portait une affection sincère. Il lui dédia trois de ses livres sur les jeunes filles.

ANALYSE. — I. Le premier livre est une défense de la virginité et une démonstration de la beauté de cet état. Exemple de sainte Agnès. De la pudeur. Des martyres vierges. La patrie des vierges est au ciel ; l'Eglise vierge

est la fiancée du Christ. L'auteur ne veut pas condamner
le mariage; en première ligne parce qu'il produit des vierges : mais la virginité lui est bien supérieure. Des dangers
et des revers du mariage. De la mondanité des femmes
mariées. Que vos ornements soient d'ordre spirituel. Une
vierge est la couronne et la récompense de ses parents.
Explication des allégories de plusieurs passages du Cantique des Cantiques. Beauté de la pauvreté : n'ayez ni envies
ni désirs. L'auteur prend la défense des jeunes filles qui
veulent se faire religieuses contre le désir de leurs parents :
Si vincis domum, vincis sæculum. II. Des mœurs et
coutumes des religieuses. L'auteur, se sentant inférieur à
son sujet, ne veut pas s'ériger en maître et établir des
règles, il se contentera donc de suggérer aux vierges des
exemples de vies saintes : la Vierge Marie, sainte Thécla,
exemple de belle mort, etc. Le dernier chapitre de ce livre
est curieux, l'auteur s'y excuse de son manque d'expérience
et de sa jeunesse : *nondum triennalis sacerdos.* III. Ici
l'auteur parle du discours du pape Libérius lors de la
réception de Marcelline et en cite des passages. Il donne
quelques conseils généraux : les religieuses doivent boire
peu de vin et se contenter d'une nourriture sobre, mais
elles ne doivent pas se soumettre à des jeûnes exagérés.
Elles doivent recevoir peu de visites, ne pas être bavardes
et garder le silence à l'église. Exhortation à la prière, etc.,
Prier même dans son lit avant de s'endormir. L'auteur
discute le cas de celles qui se suicident pour échapper à la
persécution et conclut qu'il vaut encore mieux se laisser
torturer, il cite l'exemple de sa mère sainte Sortheris.

6. **De lapsu virginis consecratæ.** — Adressé aux sœurs qui
ont manqué à leurs devoirs. Horreur de ces cas ; c'est
une tache pour l'Eglise. Contraste entre la parfaite beauté
d'une vierge comme telle, et l'horreur de ce qu'elle est
après sa chute. L'auteur réfute les excuses qu'on avance

habituellement dans ce cas. De la repentance ; Dieu seul peut sauver celles qui ne se seraient pas repenties des terribles punitions qui les attendent.

7. **De viduis.** — Suivez les conseils des apôtres. Elevez vos enfants, soignez vos parents, aimez Dieu. Soyez miséricordieuses, charitables, etc. Exemples de femmes qu'il faut s'efforcer d'imiter, entre autres Anne. Quoique l'auteur préfère qu'on ne se remarie pas, il qualifie cependant d'hérétiques ceux qui le défendent ; il trouve qu'une veuve qui n'a pas d'enfants est justifiée si elle se remarie dans l'espoir d'en avoir ; mais il ne conseille pas aux veuves qui ont des enfants de se remarier.

Sulpicius Severus [1] (363-420), de famille gauloise, se maria dans sa jeunesse, mais se distingua par sa vie ascétique après la mort de sa femme (392). Il était un grand admirateur de Martin de Tours qu'il alla voir plusieurs fois. Nous avons de lui deux traités, adressés à sa sœur, qui ne présentent rien de nouveau.

8. **De ultimo judicio ad Claudiam sororem suam** ; 7 paragraphes.

9. **De virginitate** (à la même) ; 19 paragraphes.

Saint Jérôme, [2] Père de l'Eglise, naquit à Stridon en Dalmatie en 331. Il est l'auteur de la version latine de la Bible appelée plus tard Vulgate, et fut l'un des promo-

[1] Voy. Migne, *Patrologia lat.* XX p. 223 et suivantes.
[2] Zœckler, *Hieronymus, sein Leben nund seine Werke*, Gotha, 1865. Vallarsi et Scipio Maffei 17, 34-42. Venise, 1766. Réédition chez Migne, *Patr. Lat.* XXII.

teurs les plus enthousiastes de la vie monacale. Il mourut
en 420 dans un couvent à Bethléhem.

10. **Epistola** [1] (22) **ad Eustochium de custodia virginitatis**
(383). — Ce traité sur la virginité, bien qu'il présente peu
de matières nouvelles, est un de ceux qui furent le plus
répandus et qui eurent la plus grande influence.

Saint Jérôme eut plusieurs disciples et amies ferventes
parmi les dames de la société romaine, entre autres Paula
et Marcella. Eustochium était la troisième fille de Paula ;
elle se consacra à Dieu et suivit saint Jérôme avec sa mère
Paula en Palestine, où elle fut religieuse dans le couvent
dont Paula fut abbesse. Saint Jérôme loue sa haute vertu
dans de nombreux écrits.

ANALYSE. — Saint Jérôme s'adresse à *mi domina Eustochium* et il explique qu'il est de son devoir d'appeler
domina une vierge sainte consacrée à Christ et sa fiancée.
Nombreuses citations. Des mauvais côtés du mariage pour
la femme. Cette vie n'est qu'un lieu de passage, où nous
luttons pour obtenir une couronne au ciel ; nous sommes
exposés aux tentations du diable. Saint Paul même ne se
disait pas sûr de son corps, malgré les jeûnes et les priva-
tions ; combien donc est précaire notre situation et de
combien de vigilance une vierge ne doit-elle pas entourer
sa vie. Il faut veiller non seulement sur sa chair mais
aussi sur son esprit. Mieux vaut se marier que de faire
vœu de chasteté et de ne pas le tenir. Saint Jérôme raconte
les tentations auxquelles il fut lui-même exposé. Fuyez
le vin ; exemples tirés de la Bible sur l'horreur de l'ivrognerie, etc. Même si vous êtes habituées à l'opulence par
votre éducation, contentez-vous d'une nourriture sim-

[1] Voy. Græber, *Grundriss* II, p. 90.
Cette épître a été traduite en catalan en 1517 par Jeronimo Gil,
Valence, 1517.

ple. Suit un long paragraphe sur les désordres dans les
cloîtres : *Pudet dicere, quot quotidie virgines ruant, quantas
de suo gremio mater perdat Ecclesia.* L'auteur fait allusion
à des suicides pour échapper à la honte, à des infanticides,
à des avortements volontaires, etc. Les vierges doivent
éviter la compagnie des matrones, des veuves, des femmes
de mauvaise vie ; lire beaucoup, jeûner, pleurer, se mortifier, etc. Eloge du mariage en tant qu'il produit des
vierges. Sous l'ancienne loi, la femme mariée était plus
louée que la vierge ; sous la nouvelle loi, c'est le contraire.
Citations de saint Ambroise, Tertullien, etc. La femme
mariée cherche à plaire à son mari, non pas à Dieu[1]. Toutes nos pensées doivent se rapporter à Jésus : c'est un
fiancé jaloux. Lorsque vous jeûnez[2], ne le laissez pas voir
dans votre contenance ; ayez l'air gaies. Faites la charité en
secret, soyez humbles. Blâme des religieuses hypocrites
qui se donnent l'air malade, qui gémissent et qui mettent
leur sainteté dans la saleté. Des femmes qui rougissent
de leur sexe et s'habillent en hommes. Gardez-vous des
mauvais prêtres et des faux moines. Choisissez vos direc-
teurs de conscience avec le plus grand soin. Ne lisez pas
les auteurs profanes. Pas de richesses, pas d'ornements.
Ayez des heures fixes pour la prière. Instructions relatives
au signe de la croix. En dehors de l'Eglise il n'est point
de vertu. Pour ceux qu'on aime tous les sacrifices sont
faciles ; si nous aimons Christ, cette vie de sacrifices nous
sera facile. Si jamais vous êtes tentées par le monde, pensez
au paradis et aux joies qui vous y attendent et vous vous
sentirez de nouveau fortes.

11. Ad Furiam de Viduitate Servanda[3] (396). — Furia

[1] Voy. I Corinth. VII, 34.
[2] Comp. Matth. VI, 16-17.
[3] Migne, *Patr. lat.* XXII, p. 550.

était la fille de Titiana, une des vénérables amies de saint Jérôme.

ANALYSE. — Panégyrique de Titiana et de Paula qui ne se sont pas remariées, éloge d'Eustochium ; l'auteur exhorte Furia à ne pas se remarier et à suivre l'exemple des susnommées. De l'amour de Dieu. Saint Jérôme s'étend sur les mauvais côtés du mariage, etc., et s'écrie que lorsqu'on se remarie on ressemble au chien *« revertens ad vomitum »* [1]. On dit que les enfants sont une des joies du mariage, mais combien de soucis ne donnent-ils pas à leurs parents, combien meurent, etc. Du reste Christ est votre époux, votre père, votre enfant ; que désirez-vous de plus ? Exhortation au jeûne et à la sobriété, semblable aux autres exhortations sur le même sujet. Fais des aumônes, visite les malades, ne recherche pas la compagnie des hommes, ne te montre pas en public, ne t'occupe pas de musique, etc. Saint Jérôme réfute les excuses habituelles de celles qui désirent se remarier ; entre autres : Au lieu de donner un nouveau père à vos enfants, c'est un tyran que vous leur donnez ; toutes vos raisons ne sont que des excuses pour la luxure. Exemples de veuves à imiter : Anne. etc.

12. **Ad Lætam de institutione filiae** (398). — Læta était la femme de Toxotius, le fils de Paula Senior, le frère d'Eustochium. Cette lettre traite de l'éducation de Paula Junior, fille de Læta ; Læta vivait à Rome ; lorsque cette lettre fut écrite, Paula Junior n'était encore qu'une enfant.

ANALYSE. — Exhortation adressée à Læta d'élever sa fille dans l'amour et dans la crainte de Dieu. Nous appre-

---

[1] Prov. XXVI, 11 ; II Pierre II, 22.

nons que Paula a été consacrée à Dieu dès avant sa naissance. Exemples d'autres enfants dans le même cas. Pour
qu'une âme devienne plus tard un temple de Dieu, il faut
qu'elle ignore le mal et les choses de ce monde. Que Paula,
quoique toute petite, apprenne les psaumes par cœur.
Lorsque la première enfance est passée, vient l'âge difficile ; il faut alors redoubler de soins et éloigner de son
enfant toutes les compagnes peu désirables. Il faut lui
apprendre à lire et à écrire. Saint Jérôme s'étend sur les
détails de ce que doit être cet enseignement. Il faut donner à l'enfant le goût du travail, entremêler le travail de
jeu pour qu'elle ne le prenne pas en dégoût ; on peut s'instruire même par le jeu. Saint Jérôme recommande des
compagnes de travail pour créer de l'émulation. Il faut
choisir avec soin les lectures de son enfant ; que ce soient
de préférence des passages de l'Ecriture sainte. Il faut lui
donner un maître instruit et de bonne vie. Il faut garder
sa fille des flatteries et des bavardages des femmes de service : *tibi est providendum ne ineptis blanditiis feminarum
dimidiata dicere verba filia consuescat.* Il faut avoir bien soin
de ne pas lui dire dans son jeune âge des choses qu'il
faille rétracter plus tard et qu'elle découvre être fausses.
La mère a une énorme influence sur les jeunes enfants,
car ce qui a été semé dans une âme encore inculte ne se
laisse pas facilement déraciner. Importance du choix de la
nourrice, dangers tant physiques que moraux de cette
institution. Il faut apprendre à sa fille l'amabilité envers
tous, la soumission à ses maîtres et l'affection envers ses
parents : *Quum avum viderit, in pectus ejus transsiliat,
collo dependeat, nolenti alleluia decantet.* Il ne faut pas mettre à sa fille de boucles d'oreilles, de colliers ou de bijoux, ni lui permettre de se farder ou de teindre ses cheveux en rouge. Comme les péchés des parents retombent
sur les enfants, de même en est-il du contraire ; soignons
donc le moral de nos enfants. Une jeune fille doit passer

sa vie dans les appartements des femmes et sortir le moins possible. Elle ne doit pas se montrer dans les réceptions de ses parents. Elle ne doit pas boire de vin. Mais lorsqu'une enfant est encore très jeune et peu forte, il faut lui donner quelquefois du vin et de la nourriture fortifiante, pour qu'elle ne devienne pas débile. Une jeune fille doit ignorer jusqu'au nom des instruments de musique : *tibia*, *lyra*, *cithara*, etc. Elle doit tous les jours réciter à sa mère des passages de la Bible. Elle ne doit pas cesser de s'exercer au latin pour que son langage reste pur. Elle ne doit jamais sortir sans sa mère : elle ne doit pas voir de jeunes gens, et, si elle en voit, elle ne doit pas les encourager par des sourires. Qu'elle n'ait pas de servante préférée, à qui elle confie ses secrets : ce que l'on dit à l'une, bientôt toutes le savent. Elle doit chanter des cantiques, tisser, filer, etc. : *lanam facere, tenere colum, ponere in gremio colathum, rotare fusum, stamina pollice ducere... sic dies transeat, sic nox inveniat laborantem. Orationi lectio, lectioni succedat oratio. Breve videtur tempus, quot tantis dierum varietatibus occupatur.*

Pour les laïques il ne faut pas trop de jeûnes ; pour les religieuses c'est différent, car la condition des unes et des autres n'est pas la même. Si Læta va à la campagne, qu'elle ne laisse pas sa fille seule à la maison. Qu'elle ne la laisse pas se joindre aux amusements des esclaves ; une jeune fille ne doit pas faire sa toilette devant des eunuques ou des femmes mariées. Saint Jérôme recommande la lecture des œuvres de Cyprien et d'Athanase et des épîtres d'Hilaire. Læta demandera sans doute comment assurer une pareille éducation à sa fille dans une ville comme Rome ; à quoi saint Jérôme répond en lui conseillant le couvent pour Paula. Eloge d'Eustochium. Saint Jérôme conclut en s'offrant comme *magister et nutricius* pour Paula.

— La discipline sévère des premiers siècles chrétiens se

fait jour dans ces conseils ainsi que la forte tendance
monacale de saint Jérôme ; mais en la comparant à l'éducation telle qu'elle fut comprise dans les siècles suivants, nous ne pouvons qu'admirer la haute moralité et
l'élévation de vues de saint Jérôme. La tendresse qu'il
ressent envers Paula et envers les petits enfants en général
est un trait que nous ne retrouverons plus et qui mérite
d'être relevé. L'épître est simple et courte, sans digressions, d'une lecture agréable, et frappe par son accent de
sincérité.

13. **Ad Theodoram viduam** [1]. — Lettre sur le veuvage.

14. **Ad Salvinam** [2] (400 et 405). — *Ad Salvinam Mulierem
nobilissimam de Nebridii mariti morte consolatur, et post
mortui viri laudes, quo modo superstiles ex eo parvulos
educare, qualemque ipsa vitam traducere debeat, docet, et a
secundis nuptiis dehortatur.*

15. **Ad Hedibiam** [3] (406). — *Quomodo vivere debeat vidua quæ
sine liberis derelicta est.*

16. **Ad Ageruchiam** [4] (409). — De monogamia.

17. **Ad Demetriadem** [5] (414). — De servanda virginitate.

18. **Epistola ad Gaudentium de Pacatulæ infantulæ edu-
catione** (415). Cette lettre fut écrite par saint Jérôme à la

[1] Migne, *Patr. lat.*, XXII p. 685.
[2] Migne, » » XXII p. 724 et 953.
[3] Migne, » » XXII p. 982.
[4] Migne, » » XXII p. 1046.
[5] Migne, » » XXII p. 1107.

prière de Gaudentius et de ses amis, alors que Pacatula n'était encore qu'une enfant ; elle était destinée à la vie religieuse. Cette lettre diffère peu de celle de Laeta, elle répète presque tous les mêmes conseils avec beaucoup de digressions et de longueurs et présente des vues plus étroites sur le rôle de la femme ; c'est l'œuvre d'un vieillard, et le sujet lui tient moins à cœur que lorsqu'il s'adressait à Læta. Je n'en donne donc pas d'analyse et me borne à relever un trait : c'était la coutume dans certaines familles, lorsqu'on destinait une enfant à la vie religieuse, de ne lui mettre que des vêtements sombres dès son jeune âge. L'auteur s'étend sur les avantages de la vie monacale.

Plusieurs autres lettres de saint Jérôme sont adressées à des femmes ; elles ne contiennent cependant rien de nouveau. Je n'en donnerai donc pas d'analyse et me contenterai de signaler ici les suivantes :

Lettres d'un caractère purement théologique à Paula, Eustochium, Fabiola, Asella, Desiderium et Serenilla, ad Virgines Æmonenses, etc.

16. **Ad Celantiam matronam** [1] (418). — **De ratione pie vivendi.** Cette lettre-ci est probablement attribuée à tort à saint Jérôme. Migne (loc. cit.) la croit écrite par Sulpice Sévère.

— Saint Jérôme se distingue par le grand nombre de conseils pratiques que contiennent ses traités, même si parfois il se montre plus intransigeant et plus exagéré que les autres Pères de l'Église.

La lettre 22 à Eustochium a été traduite en Italien au moyen âge (voy. Scelta di Curiosità Letterarie N° 110). Une autre traduction est : *Le virtu delle femine, frammento di Ieronimo da Caprile (tolto da un codice dell Ambrosiana per cura di G. L. P.) Livorno 1868.* Je n'ai

---

[1] Migne, *Patr. lat.*, XXII p. 1204.

malheureusement pas pu me procurer ce petit livre assez
rare.

Saint Augustin (Aurelius Augustinus) [1]. Ce célèbre Père de l'Eglise et philosophe, né à Tagaste en Numi-
die en 354, mort en 430, a aussi écrit deux traités adressés
plus spécialement aux femmes.

20. **De sancta virginitate** [2] (vers 401). — Ce traité ne nous
apporte presque rien de nouveau, il a cependant un caractère plus profondément théologique que les autres traités
de ce genre. Si l'expression n'était pas impropre, on serait
tenté de dire qu'il est plus sérieux.

ANALYSE. — Christ est le mari et l'époux des vierges.
La fécondité d'une femme mariée n'est jamais digne d'être
comparée à l'excellence d'une vie ge. La virginité est
honorée parce qu'elle est consacrée à Dieu. Exemple de la
Vierge Marie. Il faut veiller à la virginité de sa chair aussi
bien qu'à celle de son esprit ; la fécondité ne compense pas
la perte de la virginité ; soyez fécondes spirituellement, et
vous obtiendrez une couronne dans la vie future. Cependant il n'est pas défendu de se marier. Des tribulations du
mariage pour la femme. Nombreux exemples. De l'humilité ; c'est une vertu spécialement chrétienne et tout spécialement virginale. Ne pas s'enorgueillir. De la crainte
de Dieu. De l'obéissance. Plus vous serez saintes, plus
vous serez humbles.

21. **De bono viduitatis ad Juliam** [3] (vers 414). — Lettre écrite
à la demande de Julia elle-même.

---

[1] Edition des Bénédictins, Paris, 1679-1700.
[2] Voyez Migne : *Patr. lat.* XL p. 395.
[3] » Migne : *Patr. lat.* XL p. 429.

ANALYSE. — Il n'est pas mal de se remarier, il est cependant mieux de ne pas le faire. C'est un péché de se remarier si on avait fait vœu de ne pas le faire. Saint Augustin reproche à Tertullien de s'être montré trop sévère à l'égard des secondes noces. L'adultère et la fornication seulement sont des péchés. Exemples. Une vierge qui se marie après avoir fait vœu de chasteté commet adultère, elle est damnée. Même celles qui se marient plus de deux fois ne pèchent pas. Exemples. Exhortations à la continence et aux mœurs pures. Soyez jalouses de votre bonne renommée.

— Parmi les écrits traitant de la question des secondes noces, celui-ci se distingue par sa tolérance et sa largeur de vues.

Saint Eucher (Eucherius)[1], évêque de Lyon. Il épousa dans sa jeunesse Galla et eut deux enfants ; tous les quatre se retirèrent dans des couvents et Eucher se distingua bientôt par la sainteté de sa vie. Il mourut aux environs de 450.

22. **Admonitio ad virgines**[2], sorte de sermon, exhortant à la pureté et à la ferveur, et qui ne présente rien de nouveau.

Saint Avit (Alcimus Ecdidius Avitus) appartenait à une famille sénatoriale d'Auvergne et devint évêque de Vienne en 490. Il défendit l'Eglise catholique avec ferveur contre les hérésies des Burgondes, et fit du prosélytisme avec succès, quoique les moyens qu'il employa quelquefois

---

[1] Voy. *Bibl. Maxima Patrum.* Tome VI page 822 et suivantes.
[2] *Opera* éd. Sirmond, Paris, 1643.
Histoire Litt. III p. 122.
Bibl. Maxima Patrum. Tome IX p. 603.

ne jettent pas un jour très favorable sur son caractère. Avit est un de ceux qui aidèrent indirectement Clovis à conquérir le sud de la Gaule. Il vivait encore en 525 ; la date de sa mort n'est pas connue. Celle de ses œuvres qui se rattache à mon sujet est :

23. **De consolatoria laude castitatis ad Fuscinam sororem**[2] etc. C'est une espèce de traité ou de poème d'environ 660 hexamètres, adressé par l'auteur à sa sœur qui avait été consacrée depuis son enfance à la virginité.

Analyse. — Fuscina n'est pas heureuse ; du titre de l'ouvrage et de plusieurs passages dans le texte il ressort qu'elle eut à subir bien des combats intérieurs et bien des tentations ; pour la consoler Avit fait un long panégyrique de la virginité, dans lequel se retrouvent toutes les idées que nous avons déjà rencontrées dans les auteurs qui précèdent. Ici nous trouvons cependant dans un tableau encore plus crû et plus repoussant la même insistance sur les mauvais côtés du mariage et le rabaissement de la maternité ; le mariage n'étant du reste toujours considéré que comme une forme du concubinage.

— Dans ce texte nous remarquons déjà une différence sensible d'avec ceux qui précèdent. Ici la sensualité et la grossièreté apparaissent. Le texte contient naturellement de nombreux exemples tirés de la Bible et des Légendes. Un passage intéressant est celui où nous apprenons (v. 329-409) que Fuscina a lu toute la Bible et les poètes religieux latins. L'œuvre d'Avit eut un grand retentissement ; elle est citée entre autres par Isidore.

Saint Fulgence (Fulgentius)[1], évêque de Ruspe en

[1] *Opera*, Paris, Maujeant, 1684, et Migne : *Patr. lat.* LXV, p. 303 et suivantes.

Afrique, né en 468 à Télépe, mort en 533. Plusieurs de ses lettres sont adressées à des femmes.

24. **De conjugali debito et voto continentiæ a conjugibus emisso.** Cet écrit s'adresse à une femme que l'auteur ne nomme pas.

L'auteur recommande la continence dans le mariage ; la fidélité aussi bien du côté de l'homme que de celui de la femme. Dans tout le traité on est frappé de voir combien les deux époux sont placés sur un pied d'égalité. Qui n'a pas fait vœu de chasteté dans son cœur ne pèche pas en se mariant.

25. **Ad Gallam de consolatione super morte mariti et de statu viduarum.** — Fidélité à la mémoire du mari. Foi et espérance en la vie future. Une veuve doit se comporter de nouveau avec la chasteté d'une jeune fille. S'efforcer de plaire à Dieu et non pas aux hommes. Exemples.

26. **De virginitate simul atque humilitate ad Prolam.** — Cette lettre est écrite dans le ton habituel de ce genre d'écrits et ne présente rien de nouveau.

Fulgence a encore adressé à des femmes deux lettres d'un caractère purement théologique :

a) *Ad Prolam de oratione ad Deum et compunctione cordis.*

b) *Ad Venantiam de recta pœnitentia et futura retributione.*

Saint Césaire (Cæsarius) [1] (469-542), évêque d'Arles en 502, prédicateur célèbre, eut une grande influence sur le catholicisme du sud de la France. Il s'occupa spé-

---

[1] Migne : *Patr. lat.* LXVII, p. 1126 et suivantes.

cialement des classes inférieures, fut un avocat convaincu de la vie religieuse pour les femmes ; la plus ancienne règle, écrite spécialement pour les femmes, que nous possédions, est de lui : « Regula ad Virgines » (513).

27. **Ad Oratoriam abbatissam, quales esse debeant ductrices animæ.** Césaire nomme l'abbesse : *dulcissima soror et filia.* Quoique les préoccupations spirituelles doivent toujours occuper la première place dans votre esprit, ne négligez pas cependant le salut temporel des sœurs commises à votre garde ; en sorte que l'on n'ait pas à s'arrêter aux choses temporelles et que l'on puisse sans entraves tourner son esprit vers les spirituelles. Soyez en toutes choses un bon exemple pour les sœurs : *vitaque tua velut pennatum animal ad alta semper per desiderium evolet, per verbum resonet, luceat per exemplum.* Soyez la première à commencer le travail, la dernière à le quitter. Ne soyez en rien traitée avec plus d'indulgence que les autres sœurs, ni pour le manger, ni pour le coucher, etc., jeûnez avec les autres pour qu'elles ne disent pas : *O quam pulchre nobis abstinentiam prædicat plenus venter.* Ne soyez pas plus élégante dans vos habits, mais bien dans vos mœurs. Conduisez-vous avec plus de réserve qu'une autre. Ne montrez pas de préférence à une sœur, traitez-les toutes absolument de la même manière selon leur mérite, avec modération et charité. Ne favorisez pas les plus jolies, les plus connues ou les flatteuses, mais bien celles qui se montrent plus ferventes dans l'amour de Dieu. Sachez être sévère quand il le faut, châtiez, corrigez et maintenez l'ordre avec justice. Lorsque vous avez à parler à des laïques, commencez par recommander votre âme à Dieu. Que votre nom et vos bienfaits soient connus au loin, non pas votre figure. Dans les cas difficiles prenez conseil des sœurs les plus anciennes. Soyez bonne et

compatissante pour tout, sauf pour le vice. Que Christ
votre époux dirige votre route !

28. **Ad Cæsariam abbatissam ejusque congregationem.** Césaria
était l'abbesse du couvent fondé par Césaire et pour
lequel il écrivit la règle dont j'ai parlé plus haut. La
lettre dont il s'agit est écrite à la demande de Césaria ;
c'est une sorte de sermon s'adressant à toutes les sœurs
pour les instruire dans la vie parfaite. Elle ne présente
rien de nouveau.

29. **Epistola hortatoria ad virginem Deo dedicatam.** Exhortation à la virginité et à la vie pure, ne différant pas des
autres traités de ce genre.

Le moine **Léandre de Séville** [1], frère du célèbre
30. Isidore qui mourut en 595, écrivit une **regula de institutione
virginum**, adressée à sa sœur Florence qui était religieuse.
C'est une exhortation à la vie religieuse ascétique et pure,
avec des conseils sur la conduite ; elle ne présente rien de
nouveau.

Aldhelm [2], né en Wessex au milieu du viie siècle, de
sang royal, élève d'Hadrien de Kent, acquit une érudition
peu commune. Il était surtout célèbre pour sa connaissance du grec. Il devint abbé du couvent de Malmesbury,
visita Rome en 690 et devint évêque de Sherborn en 705.
Il mourut en 709.

31. **De laudibus virginitatis sive de virginate sanctorum.** —
Adressé à l'abbesse Hildelitha et aux religieuses de son
couvent.

---

[1] Grœber *Grundriss* II. 1. p. 105. — Migne *Patr.*, Sér. 1. Patres latini
p. 1849 et suivantes, LXXII, p. 869 et LXXXI, p. 14.
[2] voy. *Patres ecclesiæ Angliæ.* XXIII, p. 1844-47.

ANALYSE [1]. — Aldhelm remercie les sœurs d'un écrit qu'il a reçu d'elles ; il loue leurs vertus et les compare à des gymnosophistes spirituelles, ou aux abeilles en ce qu'elles butinent partout des connaissances. Et nous voyons que les sœurs n'étudiaient pas rien que la Bible, mais encore les historiographes, la grammaire, l'orthographe et la métrique. Les sœurs ressemblent encore aux abeilles par leur obéissance et leur chasteté. Louanges de la virginité, rien ne la surpasse ; il ne faut pas mépriser le mariage, mais la virginité lui est pourtant bien supérieure ; cette dernière ne doit cependant pas conduire à l'orgueil, car l'orgueil est le pire des péchés. Il faut que les autres vertus viennent en aide à la virginité, elle seule ne suffit pas. Suivent des exemples d'ascètes de l'Ancien et du Nouveau Testament, puis des vierges et des martyres. L'orateur termine en s'appuyant sur l'autorité de Grégoire et de Cyprien, et exhorte les religieuses à renoncer au luxe ; il attaque toutes les pompes et les vanités du temps. A la fin, il annonce son intention de célébrer encore la virginité en vers, si ce premier traité a plu à son auditoire. C'est ce qu'il fit dans son :

32. **De laudibus virginum,** qui compte 2905 hexamètres, plus une préface de 38 vers. Cette œuvre ne présente rien qui ne soit déjà dans la première.

Le style d'Aldhelm est des plus cultivés, souvent poétique ; il dénote une haute érudition, et nous avons là un aperçu sur la vie des couvents en Angleterre à l'époque de leur splendeur. Le traité d'Aldhelm jouit d'une grande popularité.

Hermann der Lahme (le Boiteux), moine de Reiche-

[1] Comparez : A. Ebert : *Allg. Gesch. der Litt. des Mittelalters im Abendlande.* I, p. 586 et suivantes. Leipzig, 1874.

nau (1013-1054), un des érudits les plus considérés de son temps et le maître de Berthold de Reichenau, l'auteur de la chronique *de sex mundi ætatibus*. Nous possédons de lui un enseignement, adressé à des religieuses, qui est curieux à plus d'un égard :

33. Opusculum diverso metro compositum[1], etc..... Ce traité devait se diviser en deux parties : la première, traitant des vices, nous a été conservée dans un manuscrit du XII⁰ siècle, la seconde, traitant des vertus, ne nous est pas parvenue et n'a, du reste, peut-être jamais été écrite. Cet enseignement présente la particularité qu'il est écrit à tour de rôle dans toutes les formes de la versification classique ; on dirait un exercice de versification. Le latin de l'auteur est du reste abominable. Le thème de l'enseignement est l'exhortation au mépris des joies passagères et incomplètes de cette vie, et à l'espérance en la vie éternelle. Le traité compte 1722 vers ; il dut être composé entre 1044 et 1046.

ANALYSE. — Hermann demande à la Muse de composer un poème pour ses sœurs les religieuses. La Muse acquiesce et se met à sa disposition. Hermann lui conseille d'aller elle-même vers les religieuses et de leur demander quelle sorte de chant elles préfèrent. La Muse leur fait part de sa mission. Les religieuses expriment leur étonnement d'avoir jusqu'alors ignoré son existence et semblent incriminer la nature des relations qu'elle entretient avec Hermann. La Muse répond qu'elle est devenue chrétienne et enseigne la vertu. Elle retourne contre les religieuses leur accusation d'impureté. Descriptions des peines éternelles qui attendent celles qui sont adonnées à des joies éphémères (1-174). La Muse s'interrompt pour redemander aux religieuses quelle sorte de chant les charmerait davantage.

[1] M. Haupt, *Zeitschrift f. deutsches Altertum*, neuere Folge, Band I, XIII, 1807.

Les religieuses reconnaissent dans ces reproches la manière acerbe d'Hermann. Nouvelles discussions entre la
Muse, Hermann et les religieuses. Finalement Hermann
prie la Muse de chanter la vanité et les vices de ce monde
et les joies qui attendent ceux qui ont vécu saintement
(411). Invocation à l'Esprit Saint, etc. Chant de la Muse
sur le mépris du monde (492-1666). Ce chant ne contient
pas d'idées originales ; ce sont toujours les mêmes pensées
qui reviennent : fragilité des biens d'ici-bas, peines éternelles auxquelles le vice entraîne, corruption du monde,
crainte de la mort, puissance du diable, corruption dans
les cloîtres spécialement, qui scandalisent Dieu et les lé-
gions célestes ; le jugement dernier, description des peines éternelles, etc., etc..... Ici les religieuses reprennent ;
elles donnent raison à la Muse, et la prient de chanter
maintenant par quels moyens on arrive à la vie éternelle si
désirable. La Muse promet d'accéder à leur désir après
s'être un peu reposée.

— Ce curieux poème ne présente cependant qu'un intérêt
pédagogique très médiocre.

**Hildebertus, évêque du Mans, archevêque de
Tours** (1057-1133), qui prit part à plusieurs conciles,
a écrit quelques lettres à des femmes, parmi lesquelles
il en est plusieurs qui se rapportent à un cas tout privé.
Je relève cependant une lettre à la reine d'Angleterre.
34. Adela, femme d'Henri Ier : **De sterilitate** (ep. xviii) [1],
puis des exhortations à entrer en religion, des lettres
sur le veuvage et sur la virginité ; elles ne présentent
rien de neuf.

Adam, abbé d'Evesham (1160).
35. **Exhortatio ad sacras virgines godestovensis coenobis.**

[1] *Œuvres complètes.* Paris, Beaugendre, 1708. — Migne, *Patr. Lat.*
CLXXI, p. 135 et suiv.

Daniel, moine de Rievaux, ami d'Ailred de Rievaux 36.(vers 1170). **De honesta virginis formula.**

Guibert de Nogent, moine français du xıı^e siècle, 37.écrivit un traité **de Virginitate**[1] dans lequel il recommande l'humilité, la douceur, la patience, l'abstinence et la charité.

— Je n'ai pas pu me procurer ces trois derniers traités ; je ne pense pas qu'ils présentent rien de nouveau.

Un anonyme français[2], probablement de la même 38.époque que Guibert, nous a laissé un traité : **de modo bene vivendi ad sororem,** dans lequel il décrit la vie religieuse parfaite.

Ce traité a été traduit en Catalan par le dominicain **de Canals** qui le dédia au chambellan de Martin Ier d'Aragon (xve siècle). Le manuscrit de cette traduction se trouve dans la bibliothèque du monastère de Saint-Cugat-del-Vallès, sous le titre : *Carta de S. Bernat à sa germana traduita al català per Antoni Canals, sobre las virtuts y vicis*[3]. — Ce traité a en effet été longtemps attribué à saint Bernard (1091-1153) ; on ne sait pas au juste de qui il est[4].

Ce traité de 72 chapitres a un caractère éminemment théologique : De la foi, de l'espérance et de la charité. De l'exemple des saints, des vices, des vertus, de la virginité, de la continence, de la patience, de la mort, etc. Si saint

---

[1] Voyez Groeber, *Grundriss* II. 1. p. 211.
[2] Groeber, *Grundriss* II. 1. p. 211.
[3] Torres Amat, *Memorias para ayudar a formar a diccionario critico de los escritores catalans*, etc., voyez au nom « Canals » 2 (Barcelona 1836).
[4] Voyez : Migne, *Patr. Lat.* CLXXXIV, p. 1199.
M. T. Ratisbonne, *Saint Bernard.* Paris, 1843[2], p. 464.

Bernard en est l'auteur, il l'aurait écrit pour sa sœur Hombeline.

La période des textes exclusivement latins est ainsi terminée.

BIBLIOGRAPHIE. — Pour cette période j'ai principalement utilisé :

A. Ebert. — *Allg. Gesch. d. Lit. des Mittelalters im Abendlande.* Vol. I, Leipzig 1874.

Wetzer u. Welte. — *Kirchenlexikon,* Freiburg i. B., 1882–1901.

Hauck. — *Real-Encyclopedie für prot. Theologie und Kirchengeschichte,* Leipzig 1899.

Fabricius. — *Bibl. Lat. mediæ ætatis.*

Etienne de Fougères [1] était originaire du sud de la Normandie ; il fut chapelain d'Henri II d'Angleterre auquel il dut sa nomination à l'épiscopat ; évêque de Rennes (1168-78). Après une jeunesse frivole il changea de vie avec l'âge et écrivit son enseignement dans sa vieillesse.

39. **Le livre des Manières.** Ce poème vieux français est le plus ancien de ce genre qui nous soit parvenu ; il fut composé aux environs de 1170, sous la forme peu usitée de quatrains octosyllabiques monorimes. Le style en est vif et nous remarquons la liberté de langage de l'auteur lorsqu'il s'adresse aux classes supérieures. Ce poème n'est du reste pas purement didactique ; il a une forte tendance satirique et prend place à mi-chemin entre les poèmes didactiques et les poèmes satiriques. La partie qui s'adresse aux femmes compte 70 quatrains (CCXLIV-CCCXIII).

[1] F. Talbert. *Le livre des Manières, par Et. de Fougères,* etc. Paris et Angers, 1877. Josef Kremer : *Et. de Fougères, Livre des manières,* in Stengels Ausg. u. Abh. XXXIX, 1887. — G. Paris : *Romania,* VII, p. 343. *Hist. Litt. de la France,* XIV, p. 10. — A. Boucherie : *Rev. des lang. rom.* 1877. — W. Fœrster : *Rev. des lang. rom.* 1878, II sér. t. V.

ANALYSE. — Le passage sur les femmes se divise en deux parties bien distinctes : la première est une violente attaque contre les femmes, la seconde au contraire s'efforce de montrer leurs bons côtés et leurs qualités. Etienne de Fougères ne parle guère que des femmes de la noblesse et n'adresse ses conseils aux femmes que d'une manière tout à fait générale, sans faire de distinctions de classes ; cependant on peut remarquer une tendance à attaquer surtout les femmes riches, et à voir plus de bien parmi les humbles et les simples.

L'auteur se tourne d'abord contre les comtesses et les reines, et les accuse d'être fomenteuses de guerres, de vols, de haines et de tous les maux qui s'en suivent. Il cite les exemples d'Hélène et de Dalila. Il reproche aux femmes riches leur immoralité ; elles n'aiment pas leur mari et font les prudes avec lui.

> « Vers lui se tient gorde et eschive,
> Vers un peior de lui braïve. » (str. CCXLIX)

Il leur reproche de se farder, de se teindre, etc. Il nous donne même une recette que ces dames employaient pour faire tomber les poils :

> « de vive chauz et d'orpiment
> aus peils oster funt un ciment
> mes il n'eult pas come piment. » (CCLVI l. 1024)

Suit une peinture extrêmement réaliste et très amère de la corruption parmi les femmes nobles de ce temps (adultères, bâtards, avortements, etc.). Cependant celles qui attirent tout spécialement la haine de l'auteur sont celles qu'il appelle les sorcières (elles remplissaient aussi les fonctions de certaines sages-femmes), car une sorcière

> « emplastre fet de tal meniere
> dont meint prodome gist en biere. » (l. 1036)

Elles empoisonnent les gens avec des herbes, ont commerce

avec le diable et se livrent à toutes sortes d'actes immoraux.
L'auteur se plaint de l'oisiveté des femmes riches ; puis il
introduit la seconde partie par ces quelques jolis vers :

> « Aset vos ai dit et conté
> Quel honte fet cor(s) déhonté ;
> Mais a petit sera conté
> Si ne redi de lor bonté. » (CCLXXVVII l. 1128)

Car il y a des grandes dames vertueuses :

> « Et meinte autre femme petite
> Qui entre nos encore habite. »   (l. 1132)

Voici quel est l'idéal d'une femme d'après Etienne de Fougères :

> « Bone fame est moult haute chose
> De bien faire pas ne repose,
> De bien dire partot s'alose,
> Bien conseilier et bien fere ose. »   (l. 1136)

On doit honorer les femmes, car Dieu par l'incarnation
de Jésus a élevé les femmes au-dessus des hommes. Une
femme doit aimer son mari, l'honorer, lui obéir et le servir ;
l'amour conjugal, voilà l'amour honnête et permis ; lui
seul apporte la vraie joie. Suivent de nombreux conseils
et considérations à l'égard des enfants ; j'en indique une
partie, car ils sont curieux, et les enfants sont rarement
nommés dans cette littérature.

> « Bon sunt li effant a aveir
> Quant il unt et sen et saveir
> . . . .
> Mais une rien sai bien de veir
> Que il et pere et mere afolent
> Quand il les beisent et accolent. »   (l. 1194)

Il ne faut pas se laisser entraîner à commettre de mauvaises actions par amour pour ses enfants. Ici l'auteur

recommande l'exemple de la comtesse d'Herefort[1] qui, ayant perdu tous ses enfants, se consacre aux bonnes œuvres ; sa bonté se manifeste surtout envers les gens d'église. Viennent encore quelques vers sur la vanité de la beauté matérielle, et l'auteur termine en priant Dieu de maintenir les bonnes femmes et d'amender les autres.

— Etienne de Fougères cite déjà Ovide, mais le caractère de son livre n'est pas influencé par l' « Ars amandi ». Le « Livre des manières » est strictement moral ; si sa valeur pédagogique n'est pas bien haute, il est du moins écrit dans un but élevé ; la distinction entre le bien et le mal y est observée, et si la peinture de la corruption des mœurs est navrante, du moins l'auteur voudrait-il y remédier. Je ne rencontre pas encore de traces de l'influence de l'amour courtois chez Et. de Fougères ; son livre appartient à une époque plus rude, l'amour conjugal est pour lui le seul vrai et le seul permis.

Garin lo Brun, dont il ne nous est parvenu qu'une « tenzo » étrangère à l'enseignement qui m'occupe ici, était contemporain de Pierre d'Auvergne (1155-1215) et compte donc parmi les troubadours de la première période. M. Chabaneau[2] émet la supposition que notre Garin serait peut-être le même qu'un nommé *Garinus Bruni* dont le nom figure dans un document de 1174.

40. **Ensenhamen** [3]. Cet enseignement nous est parvenu dans deux manuscrits seulement, et ni l'un ni l'autre ne nous donnent le nom de l'auteur ; cependant Matfre d'Ermengau[4], dans son « Bréviaire d'Amors », en cite plusieurs

---

[1] Voy. Lingard, *Histoire d'Angleterre*, trad. Noyeux, II 490. Paris, 1825.
[2] *Hist. du Lang.* X p. 350.
[3] Carl Appel. *Rev. des lang. rom.* XXXIII.
Bartsch *Z. j. Rom. u. Engl. Litt.* III, p. 379-409.
[4] Les passages cités par Matfre d'Ermengau se trouvent aux vers 30.278, 30.309, 30.461, 30.500, 30.641, 30.678 de l'édit. de M. Azaïs.

passages qu'il attribue à Garin le Brun. Cet enseignement,
en vers de six syllabes rimés deux à deux, compte 650
vers ; il s'adresse aux femmes de la noblesse et traite
principalement de la tenue de la femme, de la manière
dont elle doit se conduire en général. Le style est simple
et gracieux et ne manque pas de charme ; il n'y a pas de
longueurs et pour ainsi dire pas de redites ; si l'auteur n'a
pas une idée très profonde du rôle de la femme, du moins
s'en fait-il un idéal pur et gracieux.

Analyse. — Le poète commence par une fort jolie description du renouveau ; le printemps le fait penser à
l'amour et il déplore la décadence où le culte de l'amour
est tombé. Les hommes recherchent les plaisirs et non
plus l'honneur, et les femmes prennent ce qu'elles trouvent. Il est même difficile de trouver maintenant une
femme qui soit loyale en amour. L'auteur attristé de cet
état de chose désire conseiller les dames et leur donner
son avis. Une dame « *de grand corage, rica de bon lignage* »
(128) l'a prié de lui dire comment faire pour ne pas être
blâmée ; Garin fait bon accueil à sa demande. Le matin
lorsqu'on se lève, dit-il, il faut avoir soin d'avoir la figure
fraîche et propre ; il faut avoir une chemise blanche et
fine, des vêtements seyants ; des souliers petits pour que
le pied paraisse mignon ; il faut que les vêtements soient
mis avec soin et ordre. Que vos femmes de chambre soient
bien enseignées, qu'elles sachent leur ouvrage et soient
dociles, habiles à peigner leurs maîtresses. En allant à
l'église il faut avoir des compagnes dont on n'ait pas à
avoir honte. Une femme doit marcher lentement, à petits
pas et sans se fatiguer ; elle doit se tenir droite à pied
aussi bien qu'à cheval. Chez soi il faut savoir recevoir
chacun courtoisement ; mais il faut distinguer les bons
des mauvais, il ne faut être impolie envers personne ; mais
il est des gens pour lesquels un petit salut doit suffire. Il

ne faut pas laisser voir ses soucis ou sa colère. Si un homme vient vous faire visite, il faut l'en remercier ; si vous êtes assise à son arrivée, il faut vous lever pour le recevoir ; s'il est courtois et honorable, faites-lui prendre place à vos côtés. Il faut l'écouter s'il vous parle et, si sa conversation vous déplaît, il ne faut pas répondre avec colère. Une femme a toujours mille moyens de mettre fin à une conversation. Si au contraire sa conversation vous plaît, laissez-le lui voir, répondez avec un sourire, etc., mais gardez-vous de trop parler :

« *Que mais val uns taisars*
Assaz c'uns fols parlars. »   (342)

Il ne faut parler ni trop haut ni trop bas. Une femme ne doit admettre dans son intimité que les hommes qu'elle connaît depuis longtemps, depuis son enfance ; si elle y admet les autres on dira facilement des choses peu agréables sur son compte. Il est bon qu'une femme ait une certaine dose d'orgueil :

« *Non per desmesuranza*
Mas per bella semblanza
E per far esparen
Alla malvaza gen ».   (374)

Une femme doit savoir se faire désirer ; elle doit être gaie, enjouée, et par dessus tout courtoise et pleine de mesure. Il faut être gaie avec ceux qui sont gais et sérieuse avec ceux qui sont sérieux, observer son entourage et se mettre à son diapason, avoir du tact. Si vous êtes avec des gens qui aiment la musique, chantez. Écoutez lorsqu'on récite des poésies et retenez-les si possible, sinon en entier, au moins les plus beaux passages. Accueillez les troubadours et les jongleurs ; soyez leur favorable et faites leur des cadeaux, pour qu'ils vous louent et portent votre renommée au loin. Il faut honorer les étrangers et les recevoir le mieux que vous pourrez, pour qu'ils gardent de vous un bon souvenir et disent du bien de vous.

41. Die Winsbekin [1]. — C'est un petit poème moyen haut allemand, de 45 strophes de 10 lignes, qui est la contre partie de celui appelé « Der Winsbeke ».

Ce dernier est un enseignement d'un père à son fils, le premier un enseignement d'une mère à sa fille. Nous ne savons rien de leur auteur ; c'était probablement un seigneur de Windesbeke, nom originaire de Bavière, et nous ne pouvons dater ces poèmes que grâce à une allusion du Parzival de Wolfram d'Eschenbach contenue dans le Winsbeke ; ils appartiennent donc au commencement du XIIIe siècle. Il n'est pas certain que la Winsbekin soit du même auteur que le Winsbeke. Scherer [2] le croit, d'autre part M. Haupt croit que la Winsbekin est d'un autre auteur, qui aurait imité le Winsbeke sans le surpasser. Ce poème est écrit en forme de dialogue ; la mère et la fille parlent alternativement ; nous apprenons que la fille est jeune et belle, et les conseils de la mère s'adressent exclusivement à elle, non pas à toutes les femmes ni même à une catégorie de femmes ; ce sont presque exclusivement des conseils relatifs à l'amour [3].

ANALYSE. — La mère commence par bénir le jour qui a vu naître sa fille, et par exhorter cette dernière à l'amour et à la louange de Dieu. La fille, qui se montre tout le temps très soumise, assure sa mère de ses bonnes intentions. La mère exprime le désir d'enseigner à sa fille l'art de se bien conduire, pour qu'au cas où celle-ci ne le ferait

---

[1] Ed. M. Moritz Haupt, *Der Winsbeke und die Winsbekin mit Anmerkungen*. Leipzig, 1845.
[2] *Geschichte d. Deut. Lit.*
[3] On connaît une édition de la Winsbekin de 1760 : *Die Winsbekin od. mütterl. unterricht glücklich zu lieben und zu heuraten*. (Nach dem mss. des XIII. Jh. mit hochdeutscher Uebersetzung herausgegeben v. T. H. Spane, X 1760).

pas, le blâme n'en retombe pas sur sa mère. Une femme doit avoir une certaine hauteur dans ses manières, et son maintien cependant être modeste, de manière à ce qu'on la loue et que sa renommée soit bonne. Il faut avoir de la timidité et de la mesure dans le cœur et savoir s'incliner devant ceux qu'il faut honorer. Il faut éviter de tourner ses regards à droite et à gauche ; c'est un signe de désirs peu honorables et d'un caractère changeant. Quand les gens voient cela, ils prennent mauvaise opinion de vous, peut-être même se moquent-ils ! Observer ces conseils c'est se préparer une vieillesse honorée. C'est à la cour, nous dit-elle, que la mère a appris ces règles : *als ich ze hove bewiset bin* (str. 7 l. 2). Il ne faut pas se contenter d'avoir de bonnes intentions et d'avoir été bien instruite ; il faut montrer ce qu'on est par ses actions ; ce n'est que par les actions que les bons principes acquièrent de la valeur. La fille craint de ne récolter que du blâme pour ses bonnes actions. La mère la rassure. Celui qui agit avec vertu est sûr d'avoir une bonne renommée. Il faut acquérir de l'empire sur soi-même pour pouvoir contenir ses passions, c'est ainsi qu'on obtient les louanges des gens honorables. La fille affirme que, si jamais elle aime un homme, ce sera quelqu'un qui sera digne de son amour. Mais la mère est plus pessimiste : il est difficile de distinguer les bons des mauvais, et les hommes sont habiles à tromper, ils vous séduisent par de belles paroles. La fille n'a pas peur, elle a confiance dans sa propre force. On dit que les femmes sont légères ; malheureusement il y en a qui le sont. Si nous montrions plus ouvertement notre haine à l'égard de ceux qui nous trompent, les hommes nous en respecteraient davantage. Il faut faire son choix et réfléchir avant de se donner, car, après, les regrets sont inutiles. Ce n'est pas si facile, dit la mère, car l'amour est aveugle, ce n'est qu'avec l'aide de Dieu qu'on peut s'en défendre. La fille déclare alors n'avoir jamais connu l'amour ; elle s'en

4

glorifie, elle se sent forte et n'est pas du nombre de celles
que l'amour pourrait vaincre. Cependant, si un jour elle
était vaincue, elle s'informe quelle devrait être alors sa
conduite. Devrait-elle se livrer ou non? La mère avoue
avoir cédé elle-même ; mais elle conseille à sa fille de ne
pas se laisser dompter par un amour passionnel. La fille
prie alors sa mère de vouloir bien la retenir si jamais elle
la voit prête à céder : *vil liebiu muoter sô geı ich*.............
daz du mil riemen bindest mich (str. 28, l. 10). Mais
la mère s'y refuse, il faut savoir se garder soi-même ;
une femme forte et honnête se garde elle-même ; la surveillance est bonne pour les autres, du reste on ne peut
protéger efficacement que celle qui se laisse protéger.
Puis la mère fait une distinction importante entre l'amour
honnête (*hôhe Minne*) et l'amour passionnel (*twingende
Minne*) le premier vient du cœur et ennoblit, le second est
mauvais : *slipfec alsam ein îs* (str. 32, l. 10). La fille répond
alors par une jolie strophe où elle donne expression à son
ardent amour filial.

> *Ich lige dir in dem herzen dîn*
> *und luon dir in den ougen wol.* (str. 34, l. 4)
> *Du bist mir âne mâze liep.* (str. 34, l. 6)

La fille demande alors si *Minne* n'est qu'une imagination
qui flotte dans les airs, ou si elle vit vraiment sur cette
terre. A quoi la mère répond en s'appuyant sur Ovide, qui
nous instruit dans les choses amoureuses, qu'elle s'appelle
Vénus ; elle blesse les cœurs et les guérit à son plaisir.
elle est invisible et ne se repose jamais, on ne saurait lui
échapper. Si tous lui sont soumis, la fille consent à s'y
soumettre aussi. Toutefois elle ne comprend pas que
pareille jouissance ait été donnée à une déesse qui inspire
aux petits un amour pour ceux qui sont au dessus de leur
condition et aux grands pour ceux qui sont au dessous.
Die hôhen sollen hôhe gern, die nideren nider, daz stüende

baz (str. 36, l. 10). Mais la mère ne pense pas de même. « *Diu edele hôhe Minne* » n'abaisse pas les cœurs, elle peut seulement les élever, elle n'entre du reste que dans les cœurs vertueux. Si tel est le cas, la fille se déclare prête à se soumettre à l'amour. La mère termine alors par quelques règles d'amour. Il ne faut pas porter envie aux autres femmes de bien. Il faut s'efforcer d'être agréable et de plaire aux sages et aux gens de bien ; être chaste ; cultiver la courtoisie dans toutes ses branches *in zuhten wol gemuot* (str. 45, l. 2).

— Ce texte qui a un certain charme poétique est intéressant à plus d'un égard. Tout d'abord, remarquons le commencement de l'idée de l'amour courtois et l'influence d'Ovide, qui dans un texte allemand si ancien sont dignes d'être notés. L'idée que l'amour ennoblit, et ne peut entrer que dans un cœur noble, semble devancer une des idées les plus caractéristiques de Dante et de l'école du *dolce stil nuovo*. Comme malheureusement nous n'avons pas d'autre texte de ce genre qui soit d'origine purement germanique, il serait téméraire de vouloir dériver de ce seul exemple une caractéristique des idées spécialement germaniques sur l'éducation des femmes. Je relèverai cependant deux ou trois points qui sont d'autant plus frappants que je ne les ai pas retrouvés autre part. Ce sont : l'expression si forte et si passionnée de l'amour filial et de l'amour maternel, l'idéalisation de la jeune fille, et la conception un peu mélancolique et fataliste de l'amour. Nul ne peut y échapper et il est aveugle. L'horreur des mésalliances, qui est ici très marquée, se retrouve partout dans tout le moyen âge.

Thomasin da Cerchiari, d'origine italienne et chanoine d'Aquilée en Frioul, s'adresse aussi aux femmes dans son :

42. Der Waelsche Gast[1], poème moral en moyen haut allemand, écrit vers 1215-16. L'auteur s'adresse aux femmes et aux jeunes filles nobles. Le « Waelsche Gast » comprend 10 livres et près de 15.000 vers. Dans le premier livre, où l'auteur s'occupe plus particulièrement des coutumes et de la tenue extérieure, se trouve un long passage adressé spécialement aux femmes ; mais dans les autres livres, qui sont d'une teneur morale et religieuse, l'auteur s'adresse surtout aux hommes, tout en comprenant souvent les femmes dans ses conseils. Ces livres recommandent spécialement la mesure, attaquent l'intempérance (l'*unstetekeit*) et montrent comment les vertus mènent au ciel et les vices en enfer etc., etc.

ANALYSE (des passages s'adressant spécialement aux femmes) (I, 317-1704). — Il ne suffit pas qu'une femme soit vertueuse, il faut que ses manières et sa conversation soient à la hauteur de sa vertu. Lorsqu'on se plaît dans de vilaines conversations, c'est une preuve qu'on serait aussi prête à mal agir. Une femme doit être courtoise, et pour mériter ce titre il faut se garder d'être hautaine. Les jeunes filles doivent être chastes. Il ne faut pas que les hommes mentent aux femmes, ni les femmes aux hommes. Une femme ne doit pas se vanter, c'est aussi mauvais que de mal agir ; c'est pire pour une femme de se vanter que pour un homme. Lorsqu'un étranger arrive dans votre château, il ne faut pas faire comme certaines femmes qui restent dans leur chambre au lieu de venir recevoir leur hôte. Une femme ne doit pas regarder fixement un étranger ; elle ne doit pas être querelleuse. Une jeune fille doit parler doucement. Une femme ne doit pas croiser les jambes; elle ne doit pas marcher vite ou à grands pas; à cheval elle doit regarder vers la tête du cheval sans tour-

---

[1] *Der Waelsche Gast des Th. von Zirclaria*. zum ersten Male herausg. v. Dr H. Rückert, Leipzig, 1857.

ner la sienne à gauche ou à droite ; elle ne doit pas monter
comme un homme ; elle doit garder ses mains dans son
manteau et ne pas se mettre en chemin sans sa mante ;
aucune partie de son corps ne doit être à découvert ; elle
doit penser tout le temps à son maintien. Une jeune fille
doit rarement parler, à moins qu'on ne lui pose une question ; une femme ne doit pas non plus beaucoup parler ; en
mangeant elle ne doit pas parler du tout. Les femmes
comme les hommes doivent prendre plaisir aux bons livres
et aux histoires vertueuses, et non pas aux autres. Les
jeunes filles ne doivent pas lire l'histoire de la reine de
Grèce Hélène. Cependant il est bon qu'une femme vertueuse lise les mauvaises histoires ; cela peut lui être utile,
parce qu'elle est capable de distinguer le bien du mal,
tandis que les mauvaises tournent tout à mal. Il y a des
femmes qui se réjouissent lorsqu'elles entendent dire du
mal d'une autre ; une femme vertueuse s'en attriste au
contraire. Il faut se souvenir de l'histoire d'Hélène qui
eut beaucoup de beauté et peu de sens, ce dont elle récolta
grande honte. Il faut qu'une femme sache répondre comme il convient lorsqu'on lui parle d'amour ; il faut donc
qu'elle ait une certaine dose d'intelligence, mais :

> Ein vrouwe hât an dem Sinne genuoc
> Daz si si hüffsch unde gevuoc
> Und habe ouch die gebaerde guot
> Mit schœner rede, mit kiuschem muot. (l. 840)

Une femme n'a pas besoin de beaucoup de subtilité :
Einvalt stêt den vrouwen vvol, mais il faut qu'elle en ait
suffisamment pour se garder d'*Unminne*. La couronne
de la beauté, c'est l'honnêteté. Comme l'on pare sa
personne, ainsi faut-il parer son esprit. L'auteur préfère
une femme laide et honnête à une femme belle et vicieuse.
Par dessus tout, ne soyez pas fausses. Une femme doit
être douce, humble, fidèle, véridique et pas hautaine.

Comme lecture pour les jeunes filles, l'auteur recommande : (1830-1840) *Andromaches, Enit* [1], *Pénelopé, Oenoné, Galyênâ* [2], *Blancheflor et Sordâmôr* [3]. De son amoureux, une femme ne doit accepter que de petits cadeaux :

> *Hantschuoch, spiegel, ringerlin*
> *Vürfpangel, schapel, blüemelin.* (1341)

L'auteur enjoint la fidélité conjugale. Une femme doit demander qu'on lui fasse longtemps la cour avant de se donner. Il y en a qui sont si vaniteuses que si un homme a l'impertinence de leur demander leur amour sans avoir dûment fait sa cour, elles s'imaginent que la puissance de leurs attraits en est la cause ; à une femme vraiment vertueuse, un homme n'ose pas faire de pareilles demandes. Une vieille femme qui se vante des fautes de sa jeunesse prouve par là son peu de valeur. Il faut savoir distinguer les bons amoureux des mauvais. C'est une erreur de croire qu'un mari intelligent vous observe trop et qu'on serait plus heureuse avec un bêta.

> *Ein wîs man übersiht vil*
> *Des ein tôr niht übersehen wil*
> *Und niht übersehen kan.* (1615)

Il ne faut pas non plus croire que, si on s'est compromise avec un vaurien, cela ne fait rien parce qu'il n'osera pas s'en vanter, ou que, s'il s'en vante, on ne le croira pas : on est toujours porté à croire du mal des femmes, il faut donc doublement se garder. Une femme vertueuse se conduit bien, quelle que soit la conduite de son mari. Une veuve fait mal si elle se remarie avant qu'une année ne se soit écoulée depuis la mort de son mari ; mais il ne faut pas non plus le pleurer toute sa vie !

[1] Epouse d'Erec.
[2] L'Amante de Charles Mainet.
[3] Mère de Cligès.

— Ce qui frappe peut être le plus chez Thomasin, c'est qu'il place les hommes et les femmes sur un pied d'égalité. Style vif et vigoureux, qui se lit facilement malgré la longueur du poème.

43. **La Cour d'Amour** [1] se trouve dans le chansonnier Mac-Carthy, à Cheltenham [2]; c'est une sorte d'Art d'aimer, certainement antérieur au Roman de la Rose, dit M. L. Constans. Une partie de ce poème s'adresse spécialement aux femmes; c'est de cette partie seulement que je m'occuperai [3]. Ce poème, composé de 1730 vers octosyllabiques, rimés deux à deux, date du commencement du XIIIe siècle; il est dans le dialecte du sud-est du Languedoc; son auteur nous est inconnu. Le poète s'adresse aux femmes mariées de condition noble et incidemment aussi aux jeunes filles nobles.

ANALYSE. — L'amour, une princesse trônant sur le Parnasse, est introduite, entourée de *Fin'Amors, Solaz, Ardimen*, etc. Elle instruit ses suivantes dans de longs discours; finalement *Cortesia* décrit en quoi consiste l'essence de l'amour, puis après avoir donné des conseils à l'amant, elle s'adresse à l'amante. La femme qui veut : c esser *druda*

> *Deu enansi esser tenguda*
> *Con gentils om se dona soin*
> *Del sparvier, quant l'a en son poin,*
> *Que garda quel pluma non fraina.* (591-595)

Elle doit être jalouse de sa personne et donner le plus grand soin à son corps et à toute son apparence. Elle doit même se parfumer à l'eau de rose de sorte que, quand on

---

[1] *Revue des Langues Rom.*, IIIe série, VI, page 157, M. L. Constans.
[2] Ce texte présente plus d'une difficulté, plusieurs passages sont obscurs; à plus d'un endroit je n'ai pas pu obtenir un sens satisfaisant.
[3] *Rev. des Lang. Rom.*, pages 591-708 et 1131-1258.

l'embrasse, on croie qu'elle a le corps plein de fleurs. Il faut qu'une femme sache répondre à un amoureux d'une manière gracieuse ; par de jolis discours on acquiert des louanges, il ne faut pas rester coite ou répondre avec rudesse ou grossièreté. L'auteur s'étend sur l'importance de l'art de la conversation. Une femme doit s'arranger de manière à ce que, quand on prend congé d'elle, on ait l'impression d'avoir été intelligent, même si on est un sot. Elle ne doit pas tromper son ami, ni lui mentir ; lorsqu'une femme trompe une fois, c'est fini, elle ne peut plus être véridique, elle perd *cortesia*. Les cheveux doivent être attachés par un fil d'or ou d'argent ; une petite couronne doit les empêcher de tomber sur le front et un voile d'or ou de « cendal » doit les maintenir lisses, on ne doit en voir qu'un tout petit peu. Les sourcils doivent être droits, bien marqués d'une ligne fine et étroite, le menton beau et rond, les dents petites et régulières, le nez beau et les lèvres rouges *ben faitas ad obs de baisar* (l. 673) ; le cou blanc et les belles mains préservées par des gants pour que le « vilain » ne les voie pas. Il faut une belle bourse et une belle ceinture comme dans un tableau.

Une femme doit être : *Amorosa en totz son semblans* (l. 684). La chemise qui touche au corps doit être belle, fine et blanche comme la neige en hiver sur les branches. Une femme doit être bien chaussée et bouger ses pieds avec grâce. Elle ne doit pas poser sa guimpe sur sa tête à la manière des paysannes, mais doit la fixer soigneusement Une femme doit être propre et se baigner souvent ; pour tous, sauf pour son mari, couverte et réservée (l. 708). — (l. 1131). Une femme doit aimer pendant qu'elle est jeune, car lorsque vous serez vieilles et que vous emploierez de faux moyens, fard, etc. pour vous faire aimer, vous ne mériterez plus de baisers. Lorsque vous êtes avec votre amant, riez de joie et embrassez-le ; enlacez-le de vos bras et faites lui un coussin de votre poitrine. Dites-lui combien

vous l'aimez et l'avez désiré ; faites lui jurer fidélité et don-
nez-vous à lui tout entière. Lorsqu'il est parti, gardez-
vous de révéler qu'il a été là, et lorsque vous le rencontrez
en public, faites semblant de ne pas le connaître (I. 1258).

— L'auteur de la cour d'amour a beaucoup de goût et de
sentiment artistique ; mais la femme n'est guère considérée que comme un objet de luxe et de plaisir ; cependant
entre le manque de morale de ce texte et la crudité de Jacques d'Amiens il y a encore une différence fort appréciable.

44. The Ancren Riwle[1]. — L'auteur de l' « Ancren Riwle »,
un prêtre, nous est inconnu. Il écrit son livre ascétique
pour trois sœurs qui avaient renoncé au monde dans
la fleur de leur jeunesse pour se retirer avec leurs servantes et quelques frères laïques dans un cloître dont
elles étaient les seules habitantes, dans le comté de Dorset.
L'auteur possède une haute culture, une grande connaissance du cœur humain, une foi sincère et beaucoup de
distinction ; nous apprécions surtout sa largeur de vues,
malgré l'horizon restreint de son temps.

Entre notre auteur et Matfre d'Ermengau par exemple
il y a un monde. L'auteur laisse aux sœurs beaucoup plus
de liberté que ce n'est le cas dans les règles de couvents
proprement dites.

Il insiste aussi sur l'importance de la propreté comme
ce n'est le cas dans aucune autre œuvre religieuse de ce
genre. Comme caractéristique spécialement anglo-saxonne
je relèverai la sobriété d'expression de notre auteur.

L' « Ancren Riwle » est écrit en moyen anglais dans le
dialecte du sud-ouest. Le plus ancien manuscrit que nous
en possédions date des environs de 1250; l'original de
l'œuvre, d'après le langage, doit dater du commencement
du XIIIe siècle[2].

[1] voy. éd. James Morton for Camden Society, London, 1853.
[2] voyez : ten Brink. *Gesch d. engl. Litt.* I. zweite verbesserte u: ver-
mehrte Auflage herausgegeben v. Alois Brandl, Strasbourg 1899, p. 234
et suiv.

Cette œuvre eut un grand retentissement et fut traduite
en latin et en français. La version française est maintenant perdue, elle fut détruite dans l'incendie de la bibliothèque Cottonienne. Le livre contient de nombreuses
citations latines des Pères et de la Bible et de nombreux
exemples.

Analyse. — Introduction en latin. — Toute règle comprend deux parties distinctes : la règle intérieure qui dirige la conduite du cœur, la règle extérieure qui dirige
celle du corps. La conscience et l'amour de Dieu doivent
être les pierres de touche de la règle intérieure. (La suite
est en moyen anglais). Quant à la règle extérieure elle consiste à être obligeants les uns envers les autres. La règle
intérieure est de beaucoup la plus importante, il n'y en a
qu'une qui ne change pas ; l'autre n'existe que pour aider
à la première, elle varie selon les couvents et les ordres.
Aucune religieuse ne doit professer plus de trois choses :
obéissance, chasteté et constance ; on ne doit pas se lier à la
règle extérieure par des vœux. Le livre sera divisé en huit
parties ; sept se rapportent à la règle intérieure et un à la
règle extérieure.

1) Du service divin. Chapitre très ascétique et exalté,
prescriptions relatives aux offices et aux cérémonies du
culte, etc. Il est à remarquer que les prescriptions sont
beaucoup plus strictes pour les jours ordinaires que pour
les dimanches et fêtes.

2) De la manière de veiller sur son cœur. Des cinq
sens : a) De la vue. Les yeux sont la porte du cœur, il faut
donc y veiller avec une attention spéciale : *The hearte is a
ful wilde best, and maketh monie wilde lupes* (p. 48). Ayez
de toutes petites fenêtres à vos cellules et qu'elles soient
recouvertes de drap noir avec une croix blanche ; que les
fenêtres du parloir soient bien gardées. *Impudicus oculus*

impudici co dis est nuncius (p. 60). Aucun homme ne doit voir vos yeux sans permission spéciale.

b). Du langage. Lorsque vous recevez des visites au parloir, parlez toujours le moins possible ; avant de vous y rendre faites le signe de la croix avec votre pouce sur vos yeux, votre bouche et vos oreilles. Des dangers de la conversation. Si Eve n'avait pas parlé au serpent, elle ne serait pas tombée ; la sainte Vierge au contraire n'a guère parlé que quatre fois en sa vie. Confessez vos péchés à un prêtre sage et de bonne vie, mais méfiez-vous des mauvais prêtres; même pour vous confesser ne soyez jamais seule avec un homme ; ne parlez pas avec un homme par les fenêtres de l'église. Observez le silence aux repas. Des jours auxquels il faut observer le silence. N'ayez jamais de conversations oiseuses. Des fruits spirituels du silence.

c) De l'ouïe. Ne pas écouter de mauvaises paroles; c'est un poison. Du mensonge, de la flatterie, et de la médisance. Beaucoup de cloîtres ont la réputation d'être un foyer de bavardages et de médisances, c'est là un triste état de choses. La religieuse est l'épouse du Christ, elle doit vivre retirée dans le silence, ne désirant que l'amour de son époux ; elle aura sa récompense au ciel.

d) De l'odorat. Une bonne chose a souvent une mauvaise odeur et *vice-versa*; il ne faut donc pas se laisser tromper par les apparences. N'attachez pas trop d'importance aux choses de ce monde et cultivez la patience.

e) Du toucher. Comme ce sens s'étend sur tout le corps, il a d'autant plus besoin de surveillance. Il faut savoir supporter la souffrance avec patience. Défense de s'embrasser, etc. Il y en a pour lesquelles c'est même mauvais de regarder leurs propres mains si elles sont trop blanches. Il faut méditer sur la pensée de la mort.

3) Leçons de morale. Exemples; raisons pour lesquelles il faut embrasser la vie monastique. Du péché de colère; remède contre ce péché. Comparaison de la fausse ana-

chorète avec un renard ; de la vraie, avec un oiseau ; de son cloître, avec un nid. De la confession ; du besoin de mortifier la chair par des jeûnes, des vigiles, la discipline et le travail. Le mérite des bonnes actions se perd par l'ostentation. Des huit raisons pour lesquelles on recherche une vie monastique : la sécurité, la préservation de la virginité, pour obtenir le ciel en fuyant le monde, etc. Soyez humbles et ayez le sentiment de votre fragilité.

4) De la tentation. Il y a deux sortes de tentations : les extérieures et les intérieures. Nul n'est au-dessus de la tentation, au contraire, plus un homme est bon, plus il est tenté ; *Vor euer sor the hul is more and herre, so the wind is more theron* (p. 178). Le meilleur remède contre la tentation, c'est l'empire sur soi-même. La maladie est un feu purificateur qu'il faut endurer avec patience. Les malheurs nous sont envoyés de Dieu pour nous châtier et nous purifier. Dans la souffrance il faut se souvenir des souffrances de Jésus. L'amour et l'obéissance valent plus contre la tentation que les pénitences sévères. Les trois sœurs auxquelles l'auteur s'adresse sont plus spécialement exposées aux tentations de la flatterie ; qu'elles s'en gardent. Les tentations extérieures sont celles de la luxure, de la gloutonnerie, de la paresse ; les tentations intérieures sont celles de l'orgueil, de l'envie et de la colère. Des sept péchés cardinaux. C'est une consolation dans la tentation de savoir que même les saints ont été tentés. De la force de la prière contre la tentation, etc. Une dernière ressource contre la tentation, c'est la flagellation.

5) De la confession. *Schrift schal beon wreiful, bitter, mid seoruwe, ihol, naked, ofte imaked, hihful, edmod, scheomeful, dredful and hopeful, wis soth and willes ovune and sludewest, bithouht binoren longe.* Développement de ce passage. Exemples de confessions. Ne confesser que ses propres péchés et autant que possible ne pas incriminer d'autres per-

sonnes..... *Auh, thus thu meiht siggen : a munuch other a preost, and nout willam ne water thauh ther ne beon non other.* Parmi les petits péchés l'auteur nomme : rire, s'amuser, laisser tomber des miettes, renverser de la bière, laisser pourrir, moisir ou rouiller quelque chose, laisser des habits se mouiller, se salir ou se déchirer, casser de la vaisselle, etc. etc. Pour ce genre de péchés confessez-vous sans crainte ; mais lorsqu'il s'agit des péchés de la chair faites attention à qui vous vous confessez.

6) DE LA PÉNITENCE. Des différentes classes d'élus. La douleur et la honte sont une échelle conduisant au ciel. Soyons durs pour nous-mêmes ; jeûnons, veillons, portons des vêtements grossiers, ayons des lits durs, etc. La charité rend faciles tous les sacrifices.

7) DE LA CHARITÉ. Un cœur pur est essentiel à la charité. De l'amour de Dieu pour les hommes, etc. La charité est la règle suprême, etc.

8) RÈGLES POUR LES CHOSES EXTÉRIEURES Les prescriptions de l'auteur, nous dit-il tout spécialement, ne s'adressent exclusivement qu'aux trois sœurs auxquelles il écrit sur leur demande. Combien de fois elles doivent prendre part à la communion ; chaque fois, elles doivent commencer par faire une entière confession de leurs péchés, se soumettre à la discipline ; il faut se la donner soi-même et non pas se la faire donner par un homme ; jeûner un jour avant de communier. Sauf les jours de jeûne il faut prendre deux repas par jour. Ne pas se nourrir d'une manière trop riche, ne boire que modérément ; mais d'un autre côté ne jamais jeûner au pain et à l'eau sans permission spéciale. N'encouragez pas les vagabonds à venir chercher aumône au couvent ; ne soyez pas prodigues des aumônes des autres ; si vous faites la charité, que ce soit en secret ; ne désirez pas posséder des richesses. Donnez à boire et à manger aux femmes et aux enfants qui ont travaillé pour vous, mais sauf dans les cas extrêmes ne

laissez aucun homme manger en votre présence. N'ayez
point d'animaux dans le couvent, sauf un chat. S'il faut
absolument que vous ayez une vache, ne vous laissez pas
distraire de vos devoirs religieux par elle. Ne vendez pas
des marchandises et n'en achetez pas. N'acceptez pas la
garde des biens d'autrui, cela a mené à mal plus d'un
cloître. Qu'aucun homme ne couche au couvent. Que vos
habits soient simples, chauds et bien faits ; la couleur en
importe peu, car personne ne vous voit et vous ne voyez
personne ; ayez des vêtements en nombre suffisant, pour
le jour et pour la nuit. Que vos habits de dessous soient
de toile grossière. Celles qui le désirent peuvent porter
une chemise laine et coton ; ne portez ni fer, ni haire, ni
peau de porc-épic, ne vous fustigez pas avec des fouets de
cuir, ni avec des lanières plombées, ni avec du houx ; ne
vous flagellez pas trop souvent ni sans la permission de
votre confesseur. Dormez vêtues et ceintes. Ayez des
chaussures fortes et chaudes. En été vous pouvez marcher
pieds nus, si vous voulez ; vous pouvez porter des bas
même pour dormir si vous voulez ; ayez des pantalons
descendant jusqu'au bas des jambes et attachés là. Ayez
des capes chaudes et des voiles noirs par dessus. Point
de bagues ou d'autres ornements de ce genre, ni de gants.
Occupez-vous des travaux les plus grossiers possible ;
raccommodez des habits pour les pauvres ou des vêtements
d'église ; faites vos propres vêtements, ne restez jamais
oisives. Ne changez pas votre cloître en une école ; si
cependant il se trouve quelque petite fille pour laquelle il
vaut mieux qu'elle n'aille pas à l'école avec des garçons,
votre servante peut l'instruire [1]. Ne recevez, ni n'écrivez
aucune lettre sans permission spéciale. Coupez vos cheveux quatre fois par an ; faites vous saigner quatre fois

---

[1] Comparez A. Jourdain. L'éducation des femmes au moyen-âge.
Mémoires de l'Inst. nat. de France, Académie des Inscriptions, 1874.

par an, ou plus souvent si vous voulez ; s'il y en a qui peuvent se passer de saignée, c'est aussi bien. Si vous êtes déprimées et tristes, racontez-vous des histoires les unes aux autres pour vous divertir. Soignez-vous quand vous êtes malades. Lavez-vous autant que vous le voudrez et là où vous en aurez besoin. Ayez deux femmes pour le soin de votre nourriture, l'une qui reste au couvent et la prépare ; et l'autre qui aille la chercher au dehors. Que cette dernière s'arrête le moins possible sur son chemin, qu'elle ne cause pas avec les gens, mais qu'elle chante des cantiques sur sa route. Que ces servantes soient obéissantes tant qu'on ne leur ordonne rien de mal, qu'elles ne possèdent rien sans que leurs maîtresses le sachent ; qu'elles ne soient pas des messagères de commérages auprès de leurs maîtresses. Que leur vie soit honnête, leurs cheveux courts et leur coiffe basse. Que nul homme ne les voie sans voile ou la tête découverte. Qu'elles n'embrassent nul homme, ne jouent, etc., avec nul homme. Elles ne doivent pas chercher à déplaire à leurs maîtresses. Que ces dernières maintiennent la paix entre elles. Qu'elles aient aussi un confesseur, mais ne se confessent pas sans la permission de leurs maîtresses. Si elles ne savent pas d'autres prières et qu'elles ne sachent pas lire, les Pater et les Ave leur suffisent. Sauf la nourriture et les vêtements, les servantes de couvent ne doivent pas recevoir de gages ; elles auront leur récompense après la mort. Que l'anachorète lise cette dernière partie du livre une fois par semaine à ses servantes, jusqu'à ce que celles-ci la connaissent parfaitement. Ayez soin de vos servantes, qu'elles vous aiment et vous craignent, soyez libérales envers elles, dans leur nourriture, etc., et strictes envers vous-mêmes. Lisez tous les jours dans ce livre dans vos moments de loisir et priez pour son auteur ; c'est la seule récompense qu'il vous demande.

Richard de Fournival [1] († 1260) florissait aux environs de 1230. Celle de ses œuvres qui nous concerne ici est :

45. **Li Cousaus d'amors** [2]. — Le manuscrit ne nomme pas l'auteur, et M. Zarifopol, auquel je dois les renseignements suivants, ne croit pas que le « Conseil d'Amour » soit vraiment de R. de F. Le conseil est en prose, il s'adresse a une dame que l'auteur nomme *sœur* et de laquelle nous ne savons rien ; il ressort du texte que l'auteur la connaissait bien ; il lui dit : *telle que je vous connais* ; la phrase finale qui commence : *je conseille encore une fois à ma bonne sœur*, etc., indiquerait peut-être que l'auteur s'adressait vraiment à sa propre sœur.

ANALYSE. — L'auteur désire enseigner ce que c'est que l'amour. La première qualité de l'amour est d'être absolument irrationnel, un roi peut s'éprendre d'une femme de *noient pris* ; une reine, d'un homme de *peu d'affaire*, et *une garce osera aimer un roi*. Plus on y pense, plus il grandit ; plus on voudrait l'éteindre, plus il augmente. L'amour vous fait passer par les tourments les plus cruels ; mais les joies de l'amour vous les font oublier. Tel est du moins l'amour vrai duquel nous vient tout le bien, de même que tout le mal vient du faux amour. L'amour naît d'une manière merveilleuse, il commence par *la bone volenté ki vient soudainement de la racine de notre cœur* ; c'est là le meilleur amour ; moins bon est celui qui naît de la bonne renommée d'une dame ; mauvais est celui qui est causé par l'envie ou par l'intérêt, en vue d'un profit. Le cœur des amants doit être plein de noblesse. Les qualités nobles sont : *l'humilité, la debonnaireté, la cointise, la verité et la loyauté. La langue est un petit membre moult*

---

[1] Voy. *Hist. Litt.* vol. XXIII, pages 708 à 733.
[2] Paris, Biblioth. Nationale, fonds franc. 25,566, fol. 207 *, 217 *.

escoulenjaus, dit l'auteur, *et je vous lo, belle sœur, que vous n'aiés ja fiance en homme qui trop parole.* Le chemin préféré de l'amour est les yeux. Il y a trois degrés en amour *Amour commenciee*, éveil des désirs, *amour affremee*, réciprocité, *amour accomplie*, lorsqu'on en est au *baisier et à l'accoler.*

Il y a des gens qui admettent un quatrième degré : *amour estable*, l'amour consacré par le mariage ; mais ce dernier ne rentre pas dans ce dont l'auteur veut parler ; il parle *d'amour de grâce*, et l'amour conjugal est un *amour de delte.* Il y a aussi 3 maladies en amour : *blanche fièvre*, insomnies, *li maus sans repos, limaus désguisés.* Par *prolongances* d'amour, on entend le cas où la dame est trop éloignée, ou trop bien gardée, ou de trop haut parage. D'une manière générale il faut *en la plus belle maniere qu'on peut montrer sa proiere à sa dame et hardiement.* Il arrive que c'est la femme qui aime la première et que l'homme ne s'en aperçoive pas ; alors elle doit lui faire voir son amour par ses regards, etc., mais il ne faut pas que *femme arrive à prier homme d'amour.* Un autre cas de *prolongances*, c'est quand la dame vous fait trop attendre la réalisation de vos désirs ; les pires conséquences en sont le désespoir de l'amoureux et les médisances des gens qui finissent par s'apercevoir de son amour. Il ne faut pas se laisser tromper par quelqu'un de ces amoureux de profession. Le véritable amoureux n'est pas capable de tourner de belles phrases en présence de celle qu'il aime. N'aimez qu'un seul homme ; ne croyez pas facilement le mal qu'on dit de votre ami ; ne l'oubliez pas quand il serait malade, pauvre ou absent. Pour terminer l'auteur conseille à sa sœur de ne pas rester sans amour ; il raconte comment dans sa jeunesse il ne voulait pas aimer et comment un jour il chevauchait dans un bois, en quête d'aventure, lorsqu'il arriva à la cour du roi d'amour même et fut témoin des réjouissances de ceux qui avaient été fidèles serviteurs de l'amour et des punitions de ceux qui n'avaient pas voulu se soumettre à son joug ; dès lors tout son orgueil fut oublié et il se mit à aimer loyalement. Que Dieu vous accorde de bien jouir du vrai et bon amour et à moi de même.

— L'auteur ne s'occupe, comme l'indique du reste le titre, absolument que de l'amour, et cet amour est un curieux mélange d'amour purement conventionnel, soumis à une foule de règles arbitraires, tel qu'on aimait à se le représenter alors, et d'un amour plus vrai et plus simple.

46. **Sordello** (vers 1200-1270) : **Ensenhamens d'onor** [1]. — Le poème de l'Italien Sordello, qui florissait de 1225-1250, est écrit en provençal comme toutes les œuvres de ce poète. C'est probablement d'après les sentiments exprimés dans ce poème que Dante a conçu le caractère de Sordello tel qu'il nous le dépeint (Purg. VI, v. 58 et suiv.). Dante mentionne encore Sordello avec respect et admiration dans le « de vulgari eloquentia » (I, 15). Cet « ensenhamens » mentionné par Benvenuto da Imola (qui déjà ne l'avait pas eu lui-même entre les mains), Francesco da Buti et quelques autres commentateurs ainsi que par quelques chroniqueurs, et qui jouit d'une certaine célébrité jusque dans les xive et xve siècles, disparut alors complètement ; un seul manuscrit en a été retrouvé au xixe siècle [2]. Ce manuscrit donne à ce poème le titre de *documentum honoris*, Sordello lui-même le nomme : *Ensenhamens d'onor* (l. 1283). C'est un traité de morale et de conduite s'adressant aux hommes et aux femmes de condition noble ; il compte 1326 vers octosyllabiques rimés deux à deux, plus un vers de six syllabes à la fin.

---

[1] *Le poesie inedite di Sordello*, memoria del dott. Pio. Giuseppe Palazzi. Atti del. reale istituto veneto 1886-1887. Tomo V. Serie VI.
[2] Bibl. Ambrosiana, R. 71 sup.

Les vers 1069-1270 s'adressent spécialement aux femmes. D'après Palazzi c'est une œuvre appartenant à la vieillesse de l'auteur.

ANALYSE (vers 1069 à 1270). — Sordello s'étonne qu'une dame écoute un cavalier *volpilh et cubetos* : la valeur et la renommée d'une femme dépendent de la valeur et de la renommée de son amoureux ; si donc elle se laisse faire la cour par un *aman demieg*, elle non plus n'est pas parfaite. Si une femme veut aimer, il faut donc qu'elle choisisse avec soin celui auquel elle veut donner ses faveurs. Si elle aime loyalement un cavalier digne de l'être, elle ne peut perdre son *7.etz*, pourvu que tous deux : *abque sapchan l'onor gardr,*

> *Aissi com si cove a far*

C'est une douce chose que l'amour honorable. Une femme inconstante : *Pert del tot sa fama e son nom*

> *E sa beltat.* (v. 1108)

La mort seule peut séparer les amants. Il faut observer la conduite des autres et savoir s'approprier le bien et rejeter le mal. Il faut bien dire et bien faire.

> *Pros dopna, qui volgen regnar,*
> *Cove que sia es deja far*
> *Orba, sorda, muda e sazo :* (1175)

Aveugle, parce qu'elle ne doit pas regarder les vilaines choses, autrement on la prendra pour « musarda ». Sourde, parce qu'elle ne doit écouter que ce qui convient, et si elle ne peut s'empêcher d'entendre de mauvaises choses, au moins ne doit-elle rien répondre. C'est une faute grave pour une femme que de trop parler. Une femme ne peut se conduire comme il faut sans *retenenza*, elle doit avoir *noble cor*, qui la mène au bien et la garde du mal. Il ne faut pas être sur un pied de familiarité avec ses domestiques,

tandis qu'on adresse à peine la parole aux étrangers de
valeur qui sont de passage chez vous. Il ne faut pas avoir
en secret des désirs dont on aurait honte s'ils étaient connus en public. L'honneur d'une femme est vite perdu, il
ne peut jamais se reconquérir, il faut donc y veiller avec
une attention jalouse. Lorsqu'on a derrière soi une vie
honorable comme celle recommandée par Sordello, on af-
fronte la mort sans crainte ; car la mort du corps n'est pas
à craindre, mais bien celle de l'âme, et l'auteur termine
par des réflexions sur la vanité des choses de ce monde.

— Comme traité d'éducation, cet enseignement nous
paraît aujourd'hui assez superficiel ; mais comparé aux
écrits du temps il se distingue cependant par une certaine
élévation morale.

Jacques d'Amiens.

47. **L'art d'amors** [1]. — C'est un poème de 2384 vers octosyllabiques rimant deux à deux, qui, comme le titre l'indique,
traite des règles de l'amour et des différentes situations
amoureuses. C'est en grande partie une traduction libre de
l' « Ars Amandi » d'Ovide. La première partie du poème
s'adresse aux hommes, mais la seconde (vers 1719 à 2384)
aux femmes. L'auteur nous donne lui-même son nom à la
fin du poème « Iakes d'Amiens (v. 2367). C'est probablement le même auteur duquel nous possédons 7 poèmes
lyriques contenus dans le chansonnier de Berne. Il écrit
en dialecte picard. Nous ne savons rien de sa vie. D'après
son langage et d'après le contenu de son livre, et du fait
qu'il échangea un jeu-parti avec Colin Muset, il doit appartenir à la première moitié du xiiie siècle ; il écrivit probablement ses poèmes lyriques au commencement de sa car-

[1] Gust. Kœrting, *L'art d'amors und li Remedes d'Amors von Jacques
d'Amiens*. Leipzig, 1868. — *Jacques d'Amiens*, von Philipp Simon, in
Berliner Beitraege zur germ. und rom. Philologie. IX, 1895.

rière littéraire et son « Art d'Amors » à la fin, donc vers
le milieu du xiii⁰ siècle.

Analyse (vers 1719 à 2384). — L'auteur commence
comme d'habitude par assurer les dames de ses bonnes
intentions. Il veut leur apprendre à distinguer les
vrais amoureux des faux ; il y a tellement de trompeurs que l'auteur comprend très bien que les dames
hésitent à donner leur amour. Il faut octroyer son amour
à un amoureux fidèle, car si par hasard on vous blâme au
sujet de cet amour, il faut que l'amoureux soit : *si cortois
et vaillans ke li blasmes en fust moins grans* (l. 1776). Une
femme doit aimer dans sa jeunesse et se laisser aimer ; mais
c'est laid d'attendre d'être vieille pour penser à l'amour.
Du reste si on n'aime pas quand on est jeune on perd son
temps.

> *Dame qui pecié n'avera*
> *de coi dont se repentira ?* (l. 1826)

Comment il faut répondre aux amoureux déplaisants.
Si c'est un homme qui ne mérite pas d'être aimé, il faut
lui laisser voir votre déplaisir tout de suite, sans hési-
tation, au besoin le faire mettre à la porte par vos gens et
lui défendre de jamais vous adresser la parole. Si par malheur c'est un homme de si haut rang qu'on ne puisse pas
le faire, ni même lui défendre l'entrée de la mais⸗ il faut
éviter au moins de se trouver en tête à tête avec lui, et il
faut lui faire comprendre votre déplaisir par vos manières.
S'il se trouve qu'il vienne quand vous êtes seule, appelez
vos gens ou trouvez quelque excuse pour vous éloigner,
cela ne fait rien qu'elle soit fausse.

> *Et li di bielement ⸗ as ire :*
>
> *biaus dous sire, ne vos poist mie*
> *mandé m'a une moie amie*
> *aler m'i convient sans alonge*
> *car c'est por une grant besoinge.....* (l. 1878)

> *... ensi t'en poras delivrer,*
> *et tout sans toi faire blasmer.* (l. 1882)

Comment éprouver et attirer à soi un amoureux qui vous plaît. Il ne faut pas trop le faire languir, car il pourrait bien se lasser et alors c'est vous qui seriez malheureuse. Il faut le regarder avec amour, lui montrer qu'on l'écoute parler avec plaisir, lui sourire, causer et badiner avec lui, de la sorte il se plaira dans votre compagnie et comprendra que vous l'aimez. Dit-il une chose gauche ou maladroite, il faut passer par dessus et la tourner à bien *que cascun n'a pas bien le sens de bien parler* (l. 1932). Observer ses manières, voir quels sont ses goûts et régler sa conduite d'après cela :

> *Li un heent molt le simplece,*
> *cointise heent et noblece,*
> *li autre aiment molt les beubans,*
> *les orghius et les hors del sens,*
> *le feme baude de parler.* (l. 1939)

Il faut même, sans en avoir l'air, se laisser embrasser, quitte à se montrer fort en colère après. L'auteur insiste sur la force enchanteresse de la conversation agréable et spirituelle :

> *Car nulle coze tant n'afolle*
> *cuer d'ome que douce parolle.* (l. 1994)

Pour savoir si votre amoureux vous aime vraiment, observez s'il vient partout où vous allez : *au moustier, as noces* (2015), *a fieste*, mais en *nul point miex nel pués prover, c'a la bourse* (l. 2031), dit l'auteur ; il faut voir s'il fait des largesses à vos domestiques, et comment ces derniers en parlent. Cependant il doit garder le secret de son amour et ne pas le trahir. Un bon signe est aussi qu'il fasse quelque prouesse en votre honneur. Lorsqu'on a donné un rendez-vous à son amant, il ne faut pas trop lui en faciliter l'arrivée ; qu'on le fasse d'abord attendre dehors, puis qu'il entre par une toute petite porte qu'on ouvre à peine et qu'on referme bien vite. Si le rendez-vous est dans le jardin, il faut qu'il ait à passer par dessus un mur ou bien au travers d'une haie où il s'écorchera les mains et la figure. S'il vous aime vraiment tout cela ne fera qu'augmenter son amour. Mais lorsqu'il est ainsi arrivé avec beaucoup de peine :

> Adonkes gabe, jue et ri
> doucement le baisse et embrace
> et sueffre que tout son bon face. (l. 2106)

Discussion pour savoir si une femme doit accepter des cadeaux de son amant. Il faut toujours éviter d'en demander, tout d'abord parce qu'il pourrait croire que vous avez déjà eu l'occasion de le faire, tandis que, si vous n'en demandez pas, il croit que vous ne pensez qu'à son amour. Cependant, comme il y a tellement d'hommes faux et trompeurs, il vaut encore mieux accepter le plus de cadeaux possible pour que, lorsqu'on est trompée, il vous reste au moins quelque chose. On peut aussi au moyen des cadeaux constater ce que vaut l'amour d'un amant. On lui offre de lui rendre ses cadeaux et on observe alors comment il se conduit. A ce sujet nous apprenons que par ces cadeaux l'auteur entend tout simplement de l'argent. Si vous avez vraiment besoin d'argent il faut en accepter sans scrupules. Mais il faut aussi se souvenir qu'il est des amoureux sincères mais pauvres. Suit un chapitre très grossier sur les secrets de l'amour. Conseils relatifs à la toilette et à l'apparence extérieure qu'il faut adopter pour plaire. Etre toujours vêtue avec goût ; il y a beaucoup de jolies et même de belles femmes qui ne comprennent pas l'importance de cela, et une grande partie de leur beauté est perdue. Lorsque vous vous habillez, il ne faut pas que votre amant vous voie, car peut-être verrait-il bien des

choses qui lui déplairaient. Il faut savoir choisir les étoffes
et les couleurs qui vous vont le mieux. Le noir fait paraître pâle, le rouge le contraire :

biele guimple et bielle cemise aies toujours;

il faut avoir les cheveux bien nattés, les laver, les peigner
fréquemment. Il faut avoir bien soin de ne pas avoir le cou
sale : *c'est laide cose par Saint Pol* (l. 2284), avoir soin
d'être toujours très propre. Il y a des dames qui croient
que la propreté est un signe de mœurs légères : c'est une
erreur, il faut prendre exemple sur les Béguines :

> *Les beghines je le sai bien*
> *aiment netté sor toute rien*
> *plus nettement appareillies*
> *les voi c'autres et affaities*
> *molt tienent nés lor garnemens*
> *les vis ont clers et rouvelens*
> *s'aiment bien boire et bien mangier*
> *largement viestir et caucier,*
> *molt se sunt enviers diu enclines*
> *volentiers lievent as matines.* (2308)

mais l'auteur ajoute :

> *Tel cose ai oï parler*
> *lce je ne voel ci raconter*
> *d'une rin suis liés, sans mentir,*
> *lce diu ne puet on pas mentir,*
> *le siecle puet on engignier,*
> *mais diu ne puet on cuncyer.* (l. 2314)

Il ne faut pas avoir de jolies femmes de chambre. et
éviter d'en employer une pour porter ses messages
d'amour.

L'auteur donne aussi des exemples de déclarations et
des exemples de réponses ; ces réponses des dames se
rattachent encore à mon sujet. Ces morceaux sont du

reste curieux et intéressants, ce ne sont plus des traductions d'Ovide mais bien des originaux. Ces réponses sont :

1° (l. 746 et suiv.) Celle d'une femme mariée qui désire rester fidèle à son mari. 2° (l. 786 et suiv.) Celle d'une dame qui a peur du qu'en dira-t-on. 3° (l. 814 et suiv.) Celle d'une dame qui a peur de la fausseté et de l'inconstance des hommes. 4° (l. 886 et suiv.) Celle d'une dame très vertueuse qui, par conséquent, est indignée qu'on lui fasse une pareille demande, elle s'écrie même :

> A une garce de ces cans
> devés tel cose estre querans. (l. 909)

5° (l. 944 et suiv.) Celle d'une dame *sage*, comme dit l'auteur, qui éconduit l'amoureux sans beaucoup de paroles et sans donner de raison. Ces réponses sont donc toutes des refus, mais l'auteur a soin d'ajouter qu'il ne faut pas se laisser décourager pa un pareil commencement, et il indique comment on arrive tout de même à ses fins.

— Cette œuvre s'adresse donc, comme tant d'autres, principalement aux femmes mariées de la noblesse, et prétend traiter de l'amour chevaleresque ; mais entre l'amour courtois tel qu'il fut aux cours de Provence et que les troubadours l'ont chanté et l'amour que dépeint Jacques d'Amiens, la différence est immense ; chez lui, la sensualité et l'immoralité tiennent le premier rang, et son petit livre jette un triste jour sur la société du nord de la France dans la première moitié du xiii° siècle.

Cependant en comparant cette œuvre avec d'autres du même genre, nous arrivons à la conclusion que le ton en dépend peut-être plus de l'auteur même que du milieu dans lequel celui-ci vivait. Chez Jacques d'Amiens les femmes ne sont considérées que comme des joujoux qui sont là uniquement pour le plaisir des hommes ; il ne considère jamais le côté moral des choses ; il n'a pas de sens moral. Le livre de Jacques d'Amiens ne manque pas d'un certain mérite littéraire, et c'est une des plus individuelles parmi les œuvres de ce genre que nous possédons.

48. **Le miroir de l'Ame.** [1] — Je donne un extrait de l'article de l'Histoire littéraire, cité en note. Ce petit traité ne compte qu'une trentaine de pages, dans lesquelles l'auteur développe assez élégamment les raisons qui doivent décider une reine à pratiquer rigoureusement les vertus chrétiennes. L'ouvrage est anonyme et il n'a pas été jusqu'ici possible d'en découvrir l'auteur. Mais on peut au moyen du prologue en fixer approximativement la date.

Il est dédié à Blanche de Castille, qui mourut en 1252 ; c'est donc un ouvrage de la première moitié du xiiie siècle. « Une très petite miniature à fond d'or, qui décore la lettre initiale du prologue, représente une reine assise, qui reçoit un miroir des mains d'une religieuse à genoux, en manteau blanc, avec coiffure noire. Même en supposant qu'une religieuse ait été chargée de remettre le miroir de l'âme entre les mains de la reine, il serait téméraire d'invoquer cette circonstance pour justifier une hypothèse sur le sexe et sur la profession de l'auteur du traité. Quel qu'il fût, cet auteur parlait à la reine avec une grande autorité et avec une entière liberté. Le langage qu'il tient est d'ailleurs en parfaite harmonie avec ce que nous savons des sentiments de piété dont était animée la mère de saint Louis. Du commencement à la fin le « Miroir de l'Ame » est fortement empreint de mysticisme. Il n'y a guère que des considérations sur les félicités célestes, sur les peines éternelles, sur la crainte de la mort, sur la lutte entre les appétits du corps et les aspirations de l'âme, sur les dangers de la vie mondaine. Voici un exemple du style et de l'auteur :

[1] Voy. *Hist. litt. de la France* XXX 325-329. Bibl. Mazarine. manuscrit 809. N. 870 du nouveau catalogue.

« *Saichiez donc tres chere et tres amee dame que tout ce qui leur avient* (aux damnés) *il vous puet avenir ; car vous estes terre aussi comme il sont, et vives de terre, et en terre revertirez quant le jour de la mort venra, qui vient tost et soudainement, et par aventure la mort vous prendra en la journee d'hui* ». etc.

Nous ne connaissons qu'un seul exemplaire de cet ouvrage.

49. Robert de Blois. — Le Chastoiement des Dames[1] est un petit poème de 757 vers octosyllabiques. De son auteur nous ne savons presque rien ; il nous dit lui-même qu'il avait deux amis et protecteurs, Hue Tyrel de Poix et son fils Guillaume. Hue Tyrel est un personnage historique connu ; il fut seigneur de Poix de 1230 à 1260[2]. L'auteur appartient donc au deuxième tiers du xiiie siècle. Le Chastoiement des Dames de Robert de Blois a été introduit dans « le Jardin de Plaisance » (1501) par l'Infortuné, sous le titre : « *Le livre des dames à icelles baillé au jardin de plaisance pour les instruire et doctriner en quelle manière elles se doivent tenir et contenir* (au feuillet CLVIII). La langue en est rajeunie et le texte a subi quelques altérations de peu d'importance, si on excepte l'omission des vers 91 à 144[3]. Le poème de Robert de Blois sur l'Amour[4] fait immédiatement suite au Chastoiement dans le Jardin de Plaisance.

Le « Chastoiement des Dames » de Robert de Blois se distingue par sa concision, sa clarté et sa fraicheur. L'au-

---

[1] « *Die didactischen und religiœsen Dichtungen Robert von Blois* », nach der Arsenal Hs. herausgeg. von Dr Jacob Ulrich, Bd. III. 1895, pages 57 et suivantes.

[2] Voyez P. Meyer, *Romania* XVI, 334.

[3] Ces vers contiennent les passages défendant les baisers sur la bouche, etc.

[4] J. Ulrich, op. cit., Bd. II, p. 102, Berlin, 1891, et Piaget, « *Martin le Franc* », p. 160, Lausanne, 1888.

teur, après une introduction, divise son livre en 21 paragraphes, qui traitent chacun d'un sujet différent ; les
premiers vers résument chaque fois en peu de mots la
morale ou le conseil que l'auteur se propose de développer
dans le paragraphe ; par exemple :

> « *S'aucuns de votre amor vos prie,*
> *Gardez ne vos en vantez mie :*
> *C'est vilenie de vanter.* (171)
> *Sor totes choses de lancier*
> *Vos vail je, dames chestiër.* » (256)

ANALYSE. — Les premiers vers nous introduisent tout
de suite dans le sujet avec une fine bonhom·e qui est
caractéristique de l'auteur, et rare dans ce genre de littérature :

> « *Cest livre petit priseront*
> *Dames s'amandees n'an sont.* » (2)

Puis, comme d'habitude, l'auteur assure ses lectrices de
ses bonnes intentions ; il veut par ses conseils les aider à
obtenir ou à conserver une bonne renommée. Plusieurs
dont les intentions sont bonnes, sont mal jugées, c'est
pourquoi l'auteur veut leur venir en aide. Et il formule
dès le début, d'une manière générale, une recommandation qu'il aura souvent l'occasion de répéter : la mesure
en toute chose. — I. Conseils sur la conduite en allant à
l'église : il faut aller droit son chemin, ne regarder ni à
gauche ni à droite, marcher lentement, à petits pas, pas
trop loin en avant de ceux qui vous accompagnent ; saluer
tous ceux que l'on rencontre ; c'est un signe d'avarice et
de manque de courtoisie de ne pas saluer volontiers ; il
ne faut pas être hautaine avec les pauvres, et, si on ne
leur fait pas d'aumône, au moins faut-il leur parler avec
amabilité. Dieu vous en saura gré. — II. Sauf à son mari,
une femme ne doit permettre à aucun homme de poser la

main sur sa chair nue (sa poitrine, etc.). C'est pour em‑
pêcher de pareils attouchements que furent inventées les
broches (!) ; cela fait naître de mauvais désirs. — III. Sauf
celui auquel elle appartient, nul homme ne doit embrasser
une femme sur la bouche, car cela enflamme les cœurs et
mène à mal. Lorsqu'une femme s'est laissé embrasser sur
la bouche, elle tombera sûrement ; ni le mariage, ni sa
position, ni le devoir ne la retiendront plus. — IV. Une
femme ne doit pas regarder un homme la première, à moins
qu'elle ne l'aime d'un amour permis ; car, voyant son
regard, cet homme croira qu'elle l'aime : « *Ou est mes
cuers, la vont mi oïl* ». C'est un signe de sagesse que de
savoir contrôler ses regards, beaucoup ne s'en rendent pas
compte. — V. Si quelque amoureux vous déclare son
amour, gardez-vous de vous en vanter, parce que, si par
hasard vous veniez à l'aimer à votre tour, vous pourriez
vous repentir amèrement d'en avoir parlé. — VI. On ne
doit laisser voir sa chair nue qu'à ses intimes *(privés)*. Il
est des femmes qui laissent voir leurs seins, leurs côtés
ou leurs jambes, c'est une coutume peu honorable. Mais
on peut montrer sa figure, son cou et ses mains. Il n'est
pas non plus convenable d'apparaître devant les gens lors‑
qu'on est délacée. — VII. Une femme ne doit pas accepter
de cadeaux d'un homme, cela conduit à mal. Mais d'un
parent, on peut accepter un présent s'il vous le donne
ouvertement, non pas en secret, que ce soit : « *jouel, bele
corroie, ou bel coutel, aumosniere, esfiche* ». — VIII. Une
dame ne doit surtout pas se quereller ; une femme qui se
met en colère ne mérite le nom ni de *dame* ni de *bonne ;*
c'est une *ribaude*, une *famme*, cela l'enlaidit et elle perd
tout empire sur elle-même. Il faut savoir supporter les
contrariétés :

> *S'on voz dit lait, si lo sosfrez ;*
> *Jai certes pire n'an serez.*   (284)

Qui vos dit honté par corroz,
Soi manmes honist, non pas vos. (290)

IX. Il ne faut pas jurer, pas trop boire, ni trop manger :

En dame ne sai vilonie
Nule plus grant que glotenie (306)

Et l'auteur fait une satire violente, appuyée de descriptions réalistes, contre ces trois défauts, surtout contre l'ivrognerie ; il s'écrie :

Fiz de la dame qui s'enyvre,
Ele n'est pas digne de vivre. (328)

— X. Lorsqu'un grand seigneur vous salue, il faut vous découvrir et enlever votre voile ; du reste une jolie femme ne doit se voiler que lorsqu'elle va à l'église ou chevauche par les routes ; car lorsqu'une femme se cache la figure on croit qu'elle est laide. — XI. Remèdes contre l'anémie et *la mie bone oudor.* — XII. A l'église même il faut veiller avec soin sur sa conduite, car là beaucoup de gens vous voient, et comme on vous juge à l'église, ainsi vous jugera-t-on toujours. Il faut s'agenouiller et prier :

De molt rire, de molt parler
Se doit on en mostier garder. (408)

— XIII. Quand on se lève, il faut s'agenouiller, se signer, etc. Pendant le service divin, une femme malade, etc. peut rester assise pendant toute la messe et lire dans son psautier si elle sait lire. — XIV. Lorsque la messe est terminée, les dames doivent attendre que le plus gros de la foule soit écoulé, puis s'incliner en passant devant les autels ; si l'on est avec d'autres, il faut les attendre et sortir avec elles ; plus leur rang est élevé, plus il faut être polie avec elles. — XV. Si une femme sait chanter, qu'elle chante, mais il ne faut pas chanter hors de propos ; lorsqu'on vous prie de chanter, faites-le sans faire de façons ; lorsqu'une femme est seule dans sa chambre, elle peut chanter tant qu'il lui plaît. — XVI. Il faut avoir soin de ses mains, les ongles

Ne doivent ja la char passer
C'ordure n'i puist amasser. (472)
Avenandise et natetez
Vaut moit muez que ne fait beautez. (476)

Lorsqu'on est dehors et qu'on passe devant les maisons des autres, il ne faut pas s'arrêter pour regarder ce qui se passe à l'intérieur :

Tel chose fait aucons sovant
En son hostel priveēment
Qui ne voudrait pas c'on veïst
S'aucuns devant son huis venist. (486)

Il faut parler ou tousser en entrant chez les gens pour prévenir de votre arrivée, autrement vous auriez l'air de vouloir les surprendre et épier leurs mouvements. — XVII. A table, il ne faut pas trop causer ou rire. Si l'on mange avec une autre personne, il faut lui laisser les meilleurs morceaux. Il ne faut pas mettre de trop gros morceaux dans sa bouche pour ne pas s'étouffer et il faut avoir soin de ne pas se brûler. S'essuyer la bouche avant de boire. Ne pas s'essuyer le nez ou les yeux avec la nappe, ne pas faire de taches, ni *trop engluer* ses mains. Ne pas faire de remarques sur ce qu'on vous offre ; si vous n'aimez pas un mets, refusez-le tout simplement. — XVIII. Ne pas mentir ; de l'horreur du mensonge. — XIX. Il y a des dames qui, lorsqu'on leur parle d'amour, sont si étonnées qu'elles ne savent rien répondre et restent muettes ; on croit alors qu'elles vous aiment et qu'elles sont faciles à conquérir : c'est du manque de savoir vivre de leur part ; il faut savoir se faire désirer, répondre avec art et courtoisie à de pareilles demandes. Exemple d'un pareil dialogue. — XX. Longue déclaration de Robert, en strophes. — XXI. Réponse de la dame : « Je ne vous veux pas de mal, mais je désire res-

ter fidèle à mon mari ; je ne comprends pas ce que vous
trouvez à louer en moi ; vous me croyez sans doute très
simple et assez naïve pour me laisser prendre par de pareilles paroles ; je ne suis p.. assez belle pour qu'on me
parle de la sorte ; si j'étais vraiment belle et que ma beauté
fût la cause de pareils discours, je la haïrais. Vous voulez sans doute vous moquer. Je vous pardonne cependant
si vous promettez de ne jamais plus me parler de la sorte ».
Et ainsi après plusieurs entretiens de ce genre et après
s'être bien fait désirer, on peut donner son amour.

— Robert de Blois s'adresse aux femmes de la noblesse,
mariées ou non ; il nous donne beaucoup de détails sur la
vie matérielle et laisse les considérations religieuses et
morales de côté. Il aime à citer des proverbes. Mais on a
l'impression que Robert connaît assez bien les femmes ;
malgré les conseils tout superficiels qu'il leur donne, elles
ne sont pas de simples poupées pour lui, mais des êtres
vivants.

50. **Saint Louis.** — **Enseignements à sa fille Isabelle**[1]. —
Le plus ancien manuscrit de ce petit enseignement est de
1310-1320. Le confesseur de la reine Marguerite, Guillaume (op. cit.), nous apprend que saint Louis écrivit l'enseignement à sa fille de sa propre main : il s'adresse à Isabelle, reine de Navarre, née en 1241, mariée en 1255 à Thibaut, roi de Navarre, et qui mourut en 1271. L'enseignement est écrit en prose. il est simple, sobre et sincère, et
a un caractère essentiellement religieux.

ANALYSE. — § 1. Saint Louis pense que, vu son amour

[1] A. M. Chazaud. Paris, 1878. Dans les *Enseignements d'Anne de
Beaujeu à sa fille Suzanne*, p. XX.
Collection des historiens de France, Tome XX, p. 82-86 et p. 307 ;
dans *La Vie de Saint-Louis par le confesseur de la reine Marguerite*,
éd. Cl. Ménard, 1617.

pour son père, sa fille retiendra plus facilement des conseils venus de lui. — § 2. Exhortation à l'amour de Dieu : *La mesure par laquelle nous devons Dieu amer est amer le sanz mesure.* — §§ 3, 4 et 5. Celui qui place un autre amour au-dessus de celui de Dieu, n'est pas dans le bon chemin. — § 6. Qu'Isabelle se confesse souvent et choisisse un confesseur qui soit de *sainte vie et de suffisante letture.* — § 7. Elle doit aimer à entendre les services religieux, et se garder, lorsqu'elle est à l'église, de *muser ou de lire vaines paroles.* — § 8. Elle doit aimer à entendre des ser-mons et à s'entretenir sur des sujets religieux avec des personnes sérieuses ; *toute voie privez parlemens eschivez que de gens moult eslevez en bontez et en sainteez. Pourca-chiez volontiers les pardons.* — § 9. Il faut supporter les souffrances avec résignation et savoir reconnaître qu'on les mérite et qu'elles vous sont envoyées pour votre bien. — §. 10. Il faut remercier Dieu avec humilité pour le bonheur, et prendre bien garde de ne pas s'enorgueillir. — § 11. Si vous avez quelque souci, dites-le à votre con-fesseur ou à une personne de confiance, cela vous soula-gera, si c'est une chose que vous puissiez dire. — § 12. Il faut avoir pitié des malheureux, quels qu'ils soient, et être charitable. — § 13. Il faut aimer tous les gens de bien, religieux et laïques, et les pauvres pour l'amour de Jésus. — § 14. Il faut avoir soin que *les femmes et les autres mesniees qui avec vos conversent plus priveement et secreement* soient de bonne vie ; et il faut éviter la com-pagnie des gens de mauvaise renommée. — § 15. Il faut obéir à son mari et à ses parents. *Mais contre Dieu vos ne devez a nul obeïr.* — § 16. Il ne faut pas avoir trop de robes et de bijoux, il vaut mieux dépenser son argent en aumônes. *Et prenez garde que vous ne fachiez outrage en votre atour, mais toujours vous enclinez au chois devers le moins que devers le plus.* Il ne faut pas passer trop de temps à se parer. — §§ 17 et 18. *Chiere fille pourcachiez*

6

volentiers orisons de bones gens, et m'i accompaigniez. —
§ 19. Si je meurs avant vous, priez... etc... pour moi. —
§ 20. *Je vous commant que nus ne voit chest escrit sans mon
congiet, excepté vostre frere* (Philippe III le Hardi). — § 21.
Bénédiction.

— Le ton élevé et même mystiquement exalté qui se dégage de cet ouvrage le place à part ; on y sent cependant
l'influence des Pères de l'Eglise, et il présente plus d'un
rapport avec l'enseignement d'Anne de Beaujeu et avec le
Ménagier.

La personnalité de saint Louis le domine tout entier.

51.   On possède encore **un autre enseignement de saint Louis
à une de ses filles** [1]. Il s'adresse à sa fille Blanche ou à
Marguerite ; la première épousa Ferdinand de la Cerda, la
seconde Jean Ier, duc de Brabant. M. Bouquet croit qu'il
fut probablement écrit pour Marguerite.

Cet enseignement, plus court que le premier, lui est
très semblable.

Analyse. — Cherchez à connaître Dieu, et à connaître
votre propre cœur et vos pensées. Ne soyez pas paresseuse.
Priez en vous levant le matin. Soyez recueillie à l'église.
Priez avant et après les repas, ne songez pas seulement au
delict de la bouche. Faites votre examen de conscience
avant de vous coucher le soir. Soyez charitable. N'ayez
pas de mauvaises connaissances et ne soyez pas facilement
familière ; soyez humble. Parlez peu et sagement, sachez
répondre à chacun comme il convient. Aimez l'Eglise,
pensez à la mort. Gardez votre cœur de tout contact impur. *Fille soyez humble et peu vous prisez, et vous semble
tous dis que vous estes la pire femme de celles en la cui com-
paingnie vous estes.* Soyez gaie avec ceux qui sont gais et

[1] Voy. Bouquet, *Coll. des Hist. de France*, T. XXIII, p. 131 et suiv.

pleurez avec les malheureux. Soyez véridique. Ne jurez pas.
Aimez Jésus-Christ et honorez-le. Ne montrez cet enseignement à personne, lisez-le dans la solitude. Prière.

Philippe de Novaire, surnommé l'Asne († 1270), originaire de Novare en Lombardie, est l'un des Italiens dont
les écrits appartiennent à la littérature française. C'était un
juriste de valeur et qui fut chargé de plusieurs missions
diplomatiques importantes. Il se mit au service du roi de
Chypre Henri II, combattit à ses côtés en Orient, fut pro-
tégé et richement récompensé par la reine Alix, et mourut
à un âge très avancé. Une partie de son livre, intitulé :

52. **Des quatre tens d'aage d'ome** [1], s'adresse spécialement
aux femmes. L'auteur nous dit lui-même qu'il avait plus
de 70 ans lorsqu'il commença à l'écrire. Philippe s'adresse
aux femmes en général sans distinction de classes ; son
livre est en prose et ne manque pas de valeur littéraire. —
L'ouvrage contient 235 paragraphes ; ceux qui s'adressent
aux femmes sont les suivants :

ANALYSE. I. ANFANCE (§ 21-32). — Il faut que les petites filles soient élevées strictement pour qu'elles ne soient
pas *baudes ne abendonees de paroles ne d'envies vileines*.
Il ne faut pas qu'elles deviennent des coureuses, des femmes dépensières, convoiteuses, etc. Dieu a commandé que
la femme soit toujours soumise ; jeune elle doit obéir à
ses parents et à ses maîtres, plus tard à son mari, ou,
si elle devient religieuse, à la règle et à sa supérieure.
Il ne faut pas que par ses manières elle encoure le risque
d'être appelée vilaine, c'en serait fait de son honneur. Par
dessus tout, il faut se garder des fautes charnelles, aussi

[1] Société des Anc. Textes français, éd. par M. de Fréville, 1888.

bien en apparence qu'en fait ; car pour une femme, une
pareille faute entraine plus de honte que pour un homme,
et cela couvre d'opprobre toute sa famille. Il ne faut donc
sortir que peu. Il faut éviter de fréquenter des hommes ;
c'est jouer avec le feu.

Aucune femme, quelle que soit sa condition, ne doit-être
dépensière, il ne faut donc pas comme enfant lui laisser :
(§ 23) *chose de quoi ele peust faire joiaux por doner as parans
ne as autres*, pour qu'elle ne prenne pas de mauvaises habitudes ; car plus tard elle dépenserait l'argent de son mari.
Une seule dépense est à louer chez une femme : ce sont
les aumônes. On soupçonne facilement une femme prodigue de l'être aussi de sa personne. Dès son enfance, une
femme doit apprendre à coudre et à filer, et elle ne doit
pas dédaigner ce genre d'occupation, car la Vierge elle-
même daigna s'y abaisser. Quant à lire et écrire, l'auteur
est tout à fait catégorique : il ne faut pas qu'une femme
l'apprenne, cela l'expose au mal et ne lui sert de rien ;
c'est différent si elle est destinée à la vie de religieuse. Il ne
faut pas permettre à une jeune fille la compagnie de femmes de mauvaise vie. Il faut être sévère avec les enfants
et savoir les châtier (§ 27) : *car enfance est li fondemenz de
vie, et sor bons fondemenz puet on bastir granz edifiz et bons.*
Mêmes conseils que dans tous les textes de ce genre sur la
tenue, la démarche, les regards, la contenance en général.
Il faut défendre aux jeunes filles de se montrer trop gaies,
causantes ou gourmandes lorsqu'elles vont à des fêtes, etc.
Importance des bonnes manières lorsqu'il s'agit de trouver
un mari ; une bonne renommée a même souvent sauvé
celles qui avaient commis quelque faute, et vice-versa. Il
y a des gens qui disent que l'on ne peut garder que celles
qui veulent bien se laisser garder ; l'auteur n'est pas de cet
avis. On dit aussi que les femmes qui ont eu elles-mêmes
une jeunesse un peu légère, savent très bien garder leurs
filles. Un homme, pour que son honneur reste intact, doit

veiller à plusieurs choses ; pour une femme une seule suffit : la chasteté. Il faut donc bien en enseigner l'importance aux jeunes filles.

II. Jovent (§§ 86-94). — Les femmes *sont en mout grant peril en lor jovant, car ele n'ont mie si estable sens ne si bon porposement come ont li home* (§ 86). Elles ont grand besoin de l'aide de ceux sous la garde desquels elles se trouvent, que ce soient leurs parents ou leur mari ; il faut donc bien les garder et se souvenir qu'un château qui n'est jamais attaqué n'est jamais pris. Leur mari peut tout spécialement les aider en leur donnant honorablement et convenablement tout ce qui est nécessaire à leur entretien, pour qu'elles ne cherchent pas à se le procurer autre part et aient une occasion de moins de mal faire. Un mari doit aimer sa femme et le lui témoigner, cependant sans arriver à la rendre orgueilleuse. De la honte des péchés d'amour. Injonction aux maris et aux parents de ne pas laisser une jeune femme en mauvaise compagnie et de ne pas mettre de tentations sur son chemin. Si les femmes ont moins de sens que les hommes, par contre la grâce de Dieu s'étend sur elles avec plus de complaisance.

III. Moien aage (§§ 161-195). — Il faut savoir s'abstenir et se gouverner, élever et éduquer ses enfants, diriger sa maison et régler la dépense ; mener une vie simple et venir en aide à son mari en toute chose, et veiller au mariage de ses filles, si on en a. Recevoir et savoir entretenir ses parents et ses amis ; être bonne envers les parents moins fortunés et charitable envers les pauvres. C'est l'âge où il faut s'amender si on a été dans la voie du mal ; il faut dire adieu aux plaisirs de l'amour, et se tourner vers les choses sérieuses ; qui ne s'amende pas alors, ne le fera jamais et sera honnie de Dieu et des hommes. (Exemple de la dame aux petits couteaux).

IV. Viellesce (§§ 182-187). — Une vieille femme doit passer son temps en jeûnes, prières, pénitences et charités ;

elle doit penser aux choses sérieuses et être un bon exemple pour les jeunes (§ 183). *Les bones vieilles font grant profit as jones et a eles meismes et a lor amis, et governent et gardent lor ostieus et lor biens, et norrissent lor anfanz, se eles les ont, et leur assamblent mariages, et autres profiz lor font.* Celles qui agissent ainsi auront uue bonne fin. Mais il est de mauvaises vieilles qui continuent dans le péché, qui ne veulent pas admettre qu'elles vieillissent et veulent toujours encore jouir de l'amour, qui se peignent, se mettent de faux cheveux, des emplâtres, etc. ; ayez horreur de ces femmes-là, elles sont pires que les vieillards du même genre. Prions donc Dieu pour qu'il donne persévérance aux bons et repentance aux mauvais, afin que tous les chrétiens et chrétiennes *parviegnent à bone fin.*

— Philippe de Novaire se distingue par son bon sens et sa morale ; sa morale est plus élevée que celle de ses contemporains qui ont écrit sur des sujets du même genre ; il a quelques notions de pédagogie. Ses conseils sont principalement d'ordre pratique. La religion reste curieusement au second plan chez lui; il commence bien par placer l'amour de Dieu au-dessus de tout, mais après il n'y revient plus.

53. **La clef d'amors** [1] est une traduction libre de l' « Ars Amandi » d'Ovide. M. G. Paris [2] place la « Clef d'Amors » avant « l'Art d'Amour » ; mais M. Doutrepont, dans l'ouvrage cité, place la « Clef d'Amors » aux environs de 1280, donc après l' « l'Art d'Amour » et dit être arrivé à cette date avec l'aide de M. G. Paris ; ce dernier a donc changé d'opinion depuis la publication de son article de « l'Histoire Littéraire ». L'auteur termine son poème par une énigme destinée à donner le nom de sa dame et le sien;

[1] *Bibl. Norm.* A. Doutrepont, 1890.
[2] *Hist. Litt.* XXIX, p. 461-468.

cette énigme n'a pas encore été résolue, et nous ne savons rien de l'auteur. D'après sa langue c'était un Normand du nord-ouest (Manche, Calvados). Son livre diffère naturellement fort peu de celui de Jacques d'Amiens. La partie s'adressant aux femmes comprend 1361 vers. La « Clef d'Amors » est écrite en vers octosyllabiques rimant deux à deux.

La « Clef d'Amors » se distingue de l' « Art d'Amors » en ce que le premier de ces poèmes est moins crû, et nous donne plus de détails sur les coutumes, costumes, etc., du temps ; le style en est agréable et l'adaptation des conseils d'Ovide à la société du XIIIᵉ siècle très bien réussie ; le côté moral n'est guère plus élevé que chez Jacques d'Amiens.

ANALYSE (vers 2065 à 3426). — L'auteur s'excuse de son ignorance auprès de sa dame et des femmes en général. Toutes les femmes doivent rechercher l'amour dans leur jeunesse ; sans amour il n'y a pas de joie parfaite. Violente attaque contre le mariage :

> *des mariz ne me parlez mie*
> *ce n'est ne mes sochonnerie !* (vers 2094)

C'est une prison pour la femme. Description de la vieille femme et des regrets qu'elle éprouve si elle n'a pas aimé dans sa jeunesse. Il ne faut pas en amour vouloir être plus hautaine que les déesses de l'antiquité : elles aussi ont aimé. Pour être aimée, il faut être plaisante, sage, courtoise, simple, débonnaire, savoir bien parler et avoir de jolies manières, n'avoir point d'orgueil et ne pas être fausse. Lorsqu'on est belle, il faut encore cultiver sa beauté pour la rehausser :

> *Les ledes meismes amendent*
> *Quant a elles cointir entendent* (v. 2224)

Mais il ne faut pas se parer avec exagération ; par dessus tout il faut être propre, se laver la tête fréquemment,

avoir une raie bien droite et des tresses faites avec soin,
porter une coiffure qui vous aille bien, et ne pas oublier
que :

> *biauté empire de couvrir*
> *et ledure de descouvrir.* (v. 2264)

Il ne faut pas toujours vouloir porter soi-même ce
qu'on voit porter aux autres, car ce qui sied à l'une ne
sied pas à l'autre ; il faut prendre conseil de son miroir
Description de différentes coiffures. Les figures rondes
sont préférées. Bien aligner ses sourcils, se laver les yeux,
le nez, la bouche, les oreilles et la figure tous les matins,
avoir ses dents toujours *escurees forbies et frottees* (v. 2305-
2306). Si une femme a un beau cou et de belles épaules,
qu'elle porte des robes décolletées : *Si que cescun y muse et*
bee (l. 2328). Mais que son collet et sa chemise soient bien
en ordre. Choisir de belles étoffes et des couleurs qui vous
aillent, changer de robe souvent. Avoir des mains soi-
gnées et se couper les ongles souvent, porter des gants ou
des mitaines pour préserver la peau. Avoir soin d'avoir trois
plis à sa pelisse et des jupes courtes; il est vrai que les jupes longues ont aussi leur avantage. Porter des chaussures aussi petites que possible pour faire paraître le pied
mignon. Il faut savoir cacher ses défauts physiques si l'on
en a, tels que la calvitie et les cheveux gris, se teindre, se
mettre de faux cheveux ou des coiffes épaisses ; il faut savoir se farder avec art, mais alors il ne faut pas permettre
à votre amant d'assister à votre toilette ; de même, à
moins d'avoir une très belle chevelure, ne la déployez pas
devant lui. Si on est trop petite, il vaut mieux ne se laisser voir qu'assise, ou étendue avec une couverture bien
longue. Si on est trop maigre, on peut y remédier par de
nombreux vêtements. Qui a un vilain pied ne doit jamais
le laisser voir nu, de même pour les autres parties du
corps ; si on a la poitrine trop forte, il faut la comprimer

par des bandeaux ; si on a de vilaines mains, ne pas faire
de gestes en parlant ; si on a une mauvaise haleine, ne pas
parler à jeûn et pas trop près des gens ; si on a de vilaines dents, ne pas rire à bouche ouverte. Le rire idéal est
un petit rire doux et court, à bouche entr'ouverte avec
deux jolies petites fossettes. Ne pas rire haut et longuement ; si on a un vilain rire s'efforcer de ne pas rire. Il y
en a qui savent pleurer sur commande : *tant sagement l'art
en aprennent* (v. 2556). Conseils relatifs à la démarche (toujours les mêmes). Il faut apprendre à chanter à *vois melo-
diose, simple, plesant et graciose* (v. 2601), savoir sonner le
psalterion, timbre, guiterne, citole (v. 2606 et suiv.), savoir
lire des romans *fétichement, bien danser, baler, passer au ri-
golet a petit pas simple et molet* (v. 2616). Savoir jouer aux
échecs et aux « tables » etc. ; l'important n'est pas de bien
jouer, mais de le faire avec grâce ; il ne faut pas s'emporter
au jeu, ni se fâcher et jurer si l'on perd.

Quand il fait chaud il faut se tenir dans un lieu ombragé
pour éviter le hâle. Pour pouvoir rencontrer son ami plus
librement, l'auteur recommande d'aller à l'église, aux « ca-
roles », aux assemblées, et aux petits pèlerinages. Il faut
qu'une femme sorte beaucoup ; si elle ne se montre jamais, à quoi lui sert sa beauté ?

Se méfier des flatteurs et des amoureux cupides. Lorsqu'on vous envoie un message d'amour, il faut l'accepter,
mais tarder un peu à y répondre ; il ne faut pas non plus
que le délai soit trop long, ni la réponse trop claire, il
faut se faire prier. Envoyer son message par sa chambrière, pas par un enfant, car ils ne savent pas garder les secrets.
N'avoir qu'un seul messager et n'employer que des tablettes où l'écriture soit peu distincte, parlant de soi-même
au masculin et de son amant au féminin. Ne jamais être
triste, se montrer toujours gaie et enjouée. Conduite à tenir envers son amant. (Comme Jacques d'Amiens). Suit le
passage où l'auteur conseille de choisir son amoureux

parmi les clercs, d'où il ressort que l'auteur était lui-
même très probablement un clerc (v. 2925).

> As clers soutilz douz et avables
> Soiez douces et amiables.
> D'amer sevent la guise et l'art,
> Tant facent il le papelart
> Biau sevent amors deporter
> Et lor amies conforter.
> J'a n'iert d'amors bien assignie
> Fame, se de clerc n'est amie. (v. 2932)

Pour tromper la surveillance du mari il faut s'écrire sur
des tablettes de cire, si on ne peut se procurer du parche-
min; au besoin on envoie seulement un message verbal;
recette d'encre très pâle, etc. Pour tromper son gardien
on peut user de narcotiques ou de médecines, l'enivrer,
l'acheter ou l'envoyer faire un message, etc. Ne pas
confier son secret à ses compagnes. Faire croire à son
amant qu'on l'aime par dessus toute chose, lui reprocher
sa venue tardive, feindre la jalousie, etc., etc. Ne pas
croire le mal qu'on vous dit de lui. — Dangers de la jalousie. — De la conduite à table. — De la *Contenance secree*.
Enigme.

Matfre Ermengau. — Tout ce que nous savons de lui
est tiré de ses œuvres mêmes; c'était un frère mineur de
Béziers (département de l'Hérault, près de Narbonne). Il
commença son « Bréviaire » en 1288 et vivait probablement encore en 1322. Le langage de Matfre présente plusieurs particularités dialectales caractéristiques de Béziers.

54. **Lo Breviari d'Amor** [1] est écrit en couplets octosyllabi-

[1] *Le Bréviaire d'Amor de Matfre Ermengau, suivi de la lettre à sa
sœur.* Publ. par la Soc. Arch. scient. et litt. de Béziers. M. G. Azaïs.

ques, mais avec cette particularité que l'auteur emploie in-
différemment des vers masculins de huit syllabes et des vers
féminins de sept syllabes qu'il compte comme huit. Le style
en est familier, simple et clair. Le Bréviaire est une ency-
clopédie des connaissances du temps et compte 34597 vers.
Le passage qui a trait à mon sujet se trouve aux vers
30 220-31 082. Matfre s'adresse aux jeunes femmes mariées
de la noblesse et leur donne des conseils sur le sujet de
l'amour courtois.

ANALYSE. — L'auteur assure les dames de sa bonne volonté. Tout d'abord les dames doivent s'habiller le mieux
possible et de la façon la plus seyante, selon leur rang et
leur fortune. Dans la rue comme à la maison elles doivent
avoir de bonnes manières, ne jamais sortir sans être accom-
pagnées ; elles doivent être gaies, polies et habiles dans
tout ce que nous appellerions les arts d'agréments. —
Conseils sur la manière de recevoir les gens, de se conduire
à l'église et en y allant (les mêmes que chez Garin lo
Bruns). Si quelque amoureux vous parle d'amour, il ne faut
pas s'émouvoir, crier, faire du bruit, ni s'en plaindre à son
mari ou se montrer hautaine et orgueilleuse ; car si les
femmes se conduisent ainsi il devient impossible de s'amuser ! Et celles qui sont brusques sont souvent plus mauvaises au fond que celles qui sont humbles et douces et ne
récompensent leurs amoureux qu'avec de belles paroles et
de jolies manières. Bien des femmes sages et bien élevées,
lorsqu'un amoureux trompeur ou de mauvaises manières
leur fait la cour, s'aperçoivent de son caractère, et comme
on les trompe, elles trompent à leur tour : elles sont polies
et aimables, promettent beaucoup et ne donnent rien, et se
moquent de lui en le tenant le bec dans l'eau comme un
fou ; elles ont raison, *fan o pel boban del mon* (v. 30369). Cependant Matfre n'approuve pas entièrement cette conduite ;
d'après lui il vaut mieux être franche et avoir le courage de

dire ce qu'on pense; ainsi on ne court pas le risque d'être accusée de fausseté. Il faut être accueillante et aimable, c'est vrai, mais il faut se garder des actes déshonnètes; une femme doit avoir assez de tact pour savoir s'arrêter à temps et pour qu'on ne puisse jamais rien dire de mal sur son compte. Il faut qu'elle réfléchisse avant de parler, qu'elle ne parle ni trop haut, ni trop bas; qu'elle ne parle pas sans qu'on lui adresse la parole, et qu'elle ne soit pas trop familière avec des hommes d'un autre rang que le sien. C'est là ce que recommande Garin lo Bruns (v. 30461). Plus une femme est jolie, plus elle doit se tenir sur ses gardes, car on soupçonne plus facilement une jolie femme. Elle ne doit pas se laisser louer par les fous et les imbéciles; car si elle tolère les louanges des troubadours, c'est pour en retirer de la gloire; or les louanges des fous et des imbéciles ne sauraient en procurer. Une dame qui se connaît aux choses de l'amour doit savoir distinguer les bons des mauvais. C'est pourquoi une femme doit avoir de la mesure; avec les joyeux elle doit être joyeuse; avec les sages, sage; et doit honorer les étrangers; nouvelle citation de Garin lo Bruns à ce propos. (v. 30641). Vient un dialogue entre un amoureux et sa dame qui l'éconduit parce qu'il n'est pas digne d'elle. Il vaut mieux avoir un amant de basse condition, mais honnète, qu'un empereur qui ne l'est pas. La fidélité vaut mieux que la richesse; c'est pourquoi il ne faut pas quitter un amoureux fidèle pour un riche. Attaque contre les défauts des riches. Celui qui vous adresse des éloges exagérés a l'air de se moquer de vous, il faut lui répondre comme le fait Raimond Miraval (v. 30882). Une dame doit faire attention de ne pas choisir comme amant un homme de rang inférieur au sien ou qui soit trop laid. Comme dernier conseil, Matfre prie les dames de considérer le bonheur des bons et le malheur des méchants. On apprend à bien se conduire par l'exemple des bons.

— Les nombreuses citations de troubadours qui se trouvent dans ce passage lui donnent un intérêt littéraire tout spécial. — L'œuvre de Matfre manque absolument d'individualité ; il ne fait que répéter ce que d'autres ont dit avant lui ; c'est une sorte de résumé des règles conventionnelles de l'amour courtois.

55. Lettre de Matfre Ermengau à sa sœur[1]. Cette lettre est écrite en vers décasyllabiques, rimant deux à deux, et compte 138 vers. C'est par l'en-tête de cette lettre que nous savons que Matfre était frère mineur ; mais de sa sœur nous ne savons rien, et la lettre ne nous apprend pas grand'chose sur son compte. Elle n'appartenait évidemment pas à la noblesse, ni même probablement à la haute bourgeoisie ; nous remarquons que Matfre devait être en relations cordiales avec sa sœur, car il avait l'habitude de passer les fêtes auprès d'elle. Il lui envoie des cadeaux et la tutoie. Voici la suscription de la lettre : « *Ayso es la pistola que trames Frayres Maffres menres la festa de Nadal, a sa sor na Suau et apres lieys en general a totz.* » La lettre s'adresse donc à toutes les femmes. Elle a un caractère essentiellement religieux.

ANALYSE. — Matfre salue d'abord sa sœur. Comme cette dernière le sait, c'est l'habitude à l'occasion de Noël d'envoyer à ses amis des oublies ou gaufres, avec une boisson épicée (« *neulas ab pimen* »), et, si on veut leur faire un très beau cadeau, on leur envoie un beau chapon. Telle est aussi l'intention de Matfre. Comme il ne peut pas aller passer les fêtes avec sa sœur, il veut lui envoyer les présents susnommés. Alors commence l'explication de la valeur symbolique de ces cadeaux. Les *neulas* représentent des hosties, le *pimen* le sang du Christ, et le chapon Christ lui-même :

---

[1] voy. M. G. Azaïs, op. cit.

« Lo sieu sanh cor nos a dat per capo.
Lo cals per nos en [la] crotz raustiz fo. »   (l. 19)

L'auteur pousse alors à l'extrême cette explication allégorique des dons de Noël, avec une foi enfantine, naïve et superstitieuse, tombant souvent dans un réalisme grossier qui choque le lecteur moderne ; mais on ne peut pas mettre en doute les bonnes intentions de l'auteur. Il parle du chapon plumé par les Juifs, etc. Les *neulas* mangées chaudes et avec foi apporteront le salut, mais celui qui en mange sans foi, s'attire la mort, car il prend le sacrement sans y croire. Le prêtre seul peut boire le vrai *pimen*, les laïques doivent le boire seulement en symbole. La puissance de ce *pimen* est telle que si un mort en buvait et qu'il eût la vraie foi, il ressusciterait. Il faut préparer et cuire le chapon en pensant tout le temps que c'est un symbole du corps de Christ ; et le manger de même, pieusement ; c'est un péché d'en manger avec gourmandise et goulûment. Dans le bec du chapon il faut mettre du vinaigre, lui meurtrir le dos, etc. Puis l'auteur s'adresse à sa sœur, la priant de ne pas manger le chapon seule, car celui qui reçoit un tel cadeau et le mange seul est appelé *truan e glot, majormen can grans es lo prezens* ; elle invitera donc ses amis et amies et leur dira de remercier Dieu pour ces présents et non pas Matfre, car c'est de Dieu qu'ils viennent et c'est de Lui que Matfre attend sa récompense. L'auteur termine en priant sa sœur et ses amis de se joindre à lui pour rendre grâces à Dieu en ce temps de Noël. Matfre demande à sa sœur de prier pour lui, comme il le fait pour elle ; il lui souhaite le bonheur ainsi qu'à tous ceux qui croient au fils de Dieu et le louent.

En Amanieu de Sescas [1] appartient au dernier quart

[1] K. Bartsch. *Prov. Lesebuch*, p. 140, Elberfeld, 1855, et *Hist. Litt.* XX, p. 526-529.

du XIIIᵉ siècle, il était Aragonais et écrivait encore en 1291.
En dehors de l'enseignement que je cite ici, nous en possédons encore un autre du même auteur qui s'adresse à un
jeune homme ; et de plus quelques chansons.

56. **Ensenhamen de la donzela.** — Cet enseignement s'adresse
à une jeune dame de compagnie, en service chez une châ-
telaine ; c'est le seul enseignement que nous possédions qui
s'adresse exclusivement à cette classe de jeunes filles. Amanieu donne à cette jeune fille le titre de *na marqueza*. Ce
petit poème en vers de six syllabes, rimés deux à deux,
compte 686 vers. L'auteur commence par des prescriptions
sur les détails de la vie pratique, mais bientôt il arrive aux
conseils relatifs à l'amour courtois ; il oublie alors la suite
de son plan et son enseignement devient très semblable
aux autres poèmes de ce genre et présente peu d'originalité.

ANALYSE. — Introduction : L'auteur se dit au printemps,
il pense à celle qu'il aime et qui ne lui rend pas son amour ;
alors une demoiselle s'approche de lui et le prie de bien
vouloir donner des conseils à ses pareilles sur la manière
dont elles doivent se conduire (v. 109). Amanieu donne donc
les conseils suivants : Se lever toujours de bonne heure, de
manière à être prête lorsque votre maîtresse vous sonne.
Avant de se « corder », il faut se laver les mains, les bras
et la figure. Il ne faut jamais avoir les ongles si longs
qu'on y voie un bord noir ; il faut surtout avoir soin que
votre coiffure soit en bon ordre ; se laver les dents tous
les matins et se servir de son miroir pour voir si tout est
bien en ordre sur sa personne. Préparer tout ce dont votre
maîtresse aura besoin pour son lever, ne pas aller auprès
d'elle avant que son mari ne se soit levé, s'il couche avec
elle ; puis il faut l'aider à s'habiller ; avoir avec soi du fil et
des aiguilles en cas de besoin ; la parer, la peigner, etc. ;
lui apporter l'eau et l'essuie-mains pour sa toilette. Lors-

qu'elle est prête, lui tendre son miroir et ne la quitter que
lorsque sa toilette est irréprochable. Après quoi vous pouvez sortir ou aller dans la salle et saluer poliment les gens
sur votre chemin. Si on vous parle, répondez comme il
convient. Conseils sur la démarche et la conduite à l'église,
les mêmes que d'habitude. Savoir chanter avec grâce. Ne
jamais s'amuser d'une manière vulgaire et bruyante, ne
jamais crier, ne jamais porter de vêtements décousus. Conseils sur la tenue à table, les mêmes que d'habitude ; si on
mange avec une dame, la servir la première ; si c'est avec un
homme, c'est lui qui doit vous servir la première ; il faut
prendre place plus près du bas de la table que votre maîtresse, qu'il y ait au moins deux personnes entre elle et vous.
Si l'un de vos amis vous fait la cour, il faut savoir répondre
gracieusement ; mais s'il finit par vous importuner, il faut
alors le prier de vous raconter les nouvelles du jour, ou bien
lui poser quelques questions comme : Quelles sont les plus
jolies femmes, les Gasconnes ou les Anglaises ? et, quelle
que soit sa réponse, défendez l'avis contraire et discutez
avec lui jusqu'à ce que vous appeliez d'autres gens à venir
juger le différend ; surtout ne vous montrez *mala parlieira*
envers aucun homme, fût-il l'ennemi de tous vos amis ! Il
ne faut pas choisir son amoureux pour sa richesse, mais
bien pour sa bonne renommée ; exemple de la manière dont
il doit vous parler et vous faire hommage ; réponse de la
jeune fille ; s'il est loyal et fidèle elle le sera aussi, mais
rien ne doit se passer qui puisse tourner au déshonneur de la
jeune fille ; on peut échanger un *joyel*. Des différentes espèces
d'amoureux ; réponse de la demoiselle à d'autres amoureux.
A l'un on répond qu'il est si parfait qu'on l'aimerait en
effet si on n'avait pas déjà donné son amour. Si quelqu'un
est chargé par un autre de vous faire une déclaration, on
le refuse carrément ; quant à ceux qui soupirent et n'osent
rien dire, il faut être aimable et les divertir ; se montrer
bonne et douce envers tous. L'auteur termine par une lon-

gue énumération de toutes les dames de haute renommée
de la Provence dont il faut suivre l'exemple, et dit vouloir
envoyer son « Ensenhamen » au roi d'Aragon [1], et s'il ne
plaît pas à ce dernier, Amanieu le retouchera.

57. **Poème anonyme sur l'amour de Dieu et sur la haine du
péché** [2]. — Nous ne savons absolument rien sur l'auteur
de ce poème. On en connaît sept manuscrits. Le poème
fut composé en Angleterre au xiiie siècle ; il présente toutes les particularités métriques et autres des poèmes an-
glo-normands de cette époque ; il compte 780 octosyllabiques. L'auteur écrit pour une dame qu'il appelle « *bele
suer* » ; tantôt il la tutoie, tantôt il lui dit : vous.

ANALYSE. — De l'amour de Dieu. De l'amour humain.
L'amour doit survivre à la mort, non pas dans l'espoir d'une
récompense, rien que par amour. Mais un amour pareil
est rare, hélas ! Songeons à l'exemple de Jésus ; la voie
qui mène au ciel est étroite. Des raisons pour lesquelles
nous devons aimer Dieu. et des manifestations fréquentes et
nombreuses de son amour. Ici digression, l'auteur se lance
dans l'histoire d'Adam, la description du Paradis, la vie de
Jésus, etc. Comment il faudra se comporter devant le
Juge au dernier jour. Il faut servir Dieu de corps et d'âme.

> De tote vous poez aquiter
> Soulement pur bien amer. (v. 282)

Mais il faut aimer les gens selon leur valeur. En amour,
lorsque vous avez trouvé un ami sûr, soyez-lui fidèle à jamais et à lui seul. Il faut aimer les bons plus que les mauvais, et Dieu par dessus tous les hommes (v. 319). Raisons
pour lesquelles nous devons haïr le péché. L'amour nous

---

[1] Pierre III (1276-1285).
[2] Voy. *Romania* XXIX, p. 9 et suiv., poèmes français du manuscrit
Rawlinson.

7

incite à embrasser la voie vertueuse, et la peur de la
punition éternelle nous fait haïr le péché. De la peur de la
mort subite sans absolution, du jugement dernier, de l'enfer. L'auteur ne laisse naturellement pas échapper l'occasion de décrire l'enfer, et cette description est du reste une
des meilleures parties du poème ; les vers sur la peur de
la mort spécialement ont quelque chose de poignant ; l'auteur termine ainsi :

> *Et mort, come dur et comme amer,*
> *Est ta memoire a versiler.* (v. 394).

Il faut aimer Dieu pour trois raisons : parce qu'il nous
a formés à sa ressemblance ; à cause de la passion de Jésus-Christ ; à cause de la grande douceur et de la grande
bonté de Dieu et de la promesse de pardon qu'Il nous a
donnée si nous nous repentons de nos péchés. L'auteur
fait ensuite une longue description du paradis et des joies
qui nous y attendent, cette description aussi est très réussie ; l'auteur termine :

> *Averom. . . . ., . . .*
> *Noundisable douce odur*
> *Et treis delitable savour.* (v. 738)
> *Illoke averom a compaignie.*
> *. . . . .*
> *Lui patriarche et lui doctour*
> *Lui prophete et lui confessour*
> *Apostels, martyrs et seynz assez*
> *Que pur Dieu furrent turmentez*
> *Les chastes dames qui en despit*
> *Aveint chekun mal delit.* (v. 750)

Dieu veuille que nous soyons dignes un jour de prendre
part à cette gloire !

— Toute la seconde partie du poème est beaucoup plus
intéressante que la première. C'est du reste une œuvre peu
originale ; l'auteur tire ses idées en grande partie des livres

saints ; et les quelques allusions à l'amour paraissent plutôt hors cadre.

58. Le miroir des dames.

a) SPECULUM DOMINARUM[1] par **Durand de Champagne**,
franciscain, confesseur de la reine Jeanne de Navarre
(† 1305, femme de Philippe le Bel), dont le nom se trouve
dans trois documents de 1304, 1305 et 1307, et qui écrivait
à la fin du XIIIᵉ et au commencement du XIVᵉ siècle.
Il a composé en latin une « Somme des Confesseurs » ;
il est aussi l'auteur du texte latin et original du « Miroir
des Dames », c'est-à-dire du « Speculum dominarum ».
C'est un manuel de morale chrétienne à l'usage des
femmes en général, mais particulièrement destiné aux
princesses et aux reines. Il a été écrit pour l'édification et
l'instruction de Jeanne, reine de France et de Navarre,
comme nous l'apprend un prologue où l'auteur a exprimé
en quelques lignes tout ce que nous savons sur l'origine
de l'ouvrage. (Hist. Litt., loc. cit.). Cet ouvrage n'a pas
été publié ; on n'en connaît qu'un seul manuscrit [2].

ANALYSE [3]. — Le Miroir des dames est composé de trois
traités assez mal reliés les uns aux autres.

I. *De conditionibus mulierum.* — 1º *Quid sit mulier ex con-
ditione naturæ* (15 chapitres). Tableau des misères de la
condition humaine, surtout de celles qui atteignent particulièrement les femmes. 2º *Quanta sit (mulier) ex addi-
tione fortunæ* (23 chapitres), qui montrent quelles brillantes
prérogatives sont attachées au titre de reine, et indiquent
comment une femme se mettra à la hauteur d'une telle
dignité. Une reine doit mériter les titres que le cérémonial

---

[1] *Hist. litt. de la France.* T. XXX, p. 302 et suiv.
[2] Paris, Bibliothèque nationale: manuscrits latins. 6784.
[3] D'après l'Hist. littéraire.

oblige à lui donner: *præclarissima, illustrissima, serenissima, excellentissima, altissima, potentissima*. Il lui faut aussi répondre à l'empressement des populations qui accourent sur son passage quand elle visite les provinces du royaume. De tous côtés la reine distribue d'abondantes aumônes ; elle visite les monastères et les léproseries ; elle entre dans les plus humbles réduits où se cache la pauvreté. L'annonce de son arrivée remplit d'espoir tous les malheureux qui souffrent de l'oppression sans pouvoir se faire rendre justice, trop pauvres pour aller à la cour et obtenir une audience, ou bien rebutés par des ennemis de tout genre et fatigués par des délais toujours renaissants. La reine, dans ses voyages apporte un soulagement à de telles misères ; elle écoute les réclamations des innocents, accueille les plaintes des persécutés et répare les injustices des grands et des officiers royaux. La confiance renaît dans l'âme de tous ceux qui l'approchent, on lui porte à l'envi des cadeaux, on est fier des honneurs qu'on lui prodigue. Mais plus la reine a de pouvoir, plus elle a une lourde responsabilité à porter. Elle doit se mettre en garde contre les dangers de toute sorte auxquels l'exposent à chaque instant le luxe dont elle est entourée et l'absolue soumission de ses sujets. Quand tous, des plus humbles jusqu'aux plus grands princes du royaume, s'inclinent respectueusement et plient le genou devant Sa Majesté, elle ne doit pas manquer de rentrer en elle-même pour reconnaître sa fragilité et s'humilier devant Dieu. 3° *Qualis debeat esse regina ex infusione gratiæ*. Cette partie a pour but d'exposer les effets de la grâce divine sur les femmes en général et sur les reines en particulier ; elle forme à elle seule les deux tiers de l'ouvrage et comprend quatre divisions intitulées : de la Grâce, des Mœurs, des Passions, des Vertus. — Cette partie présente peu d'intérêt. A noter cependant ceci : l'auteur recommande aux dames les bonnes lectures. Pour une dame, c'est une honnête et salutaire occupation que de lire ou d'écouter des préceptes et des exemples propres à l'édifier, à la consoler et à l'instruire. Dans cette partie l'auteur s'élève avec force contre plusieurs abus, etc.

II. Le deuxième traité se compose de 32 chapitres et roule uniquement sur les avantages de la sagesse, qui, aux yeux de l'auteur, repose principalement sur l'instruction. La sagesse, utile à tous les hommes, puisqu'elle les distingue des brutes, est surtout nécessaire aux rois. Parmi tous les avantages de la sagesse ou de l'instruction, il en est un que l'auteur se plaît à mettre en relief : c'est qu'elle est une source inépuisable d'honnêtes distractions.

IIIᵉ traité. *De domo multiplici quam œdificare debet regina, vel quælibet alia domina.* Il est question ici de quatre demeures, qui sont distinguées par les épithètes : extérieure, intérieure, inférieure et supérieure. La demeure extérieure est la maison dans laquelle la reine entretient ses gens ; l'intérieure c'est la conscience, qu'il faut disposer et décorer avec le même soin et le même luxe que le plus somptueux palais ; la demeure inférieure, c'est le séjour des réprouvés, par opposition à la demeure supérieure, c'est-à-dire le ciel, où tous les fidèles doivent s'assurer une place par la pratique des vertus chrétiennes.

— La lecture du Miroir des Dames offre assez peu d'intérêt. On y trouve surtout des lieux communs, des préceptes et des pensées tirées des livres sacrés et des auteurs ecclésiastiques. A peine y remarque-t-on quelques citations des écrivains de l'antiquité latine : Cicéron, Sénèque, Macrobe. Tous les exemples, à peu près sans exception, sont empruntés à l'Histoire Sainte. (Hist. Litt.).

b) LE MIROIR DES DAMES [1]. — Le texte original du Miroir des Dames, « speculum Dominarum » ne paraît pas avoir été fréquemment copié. Il dut avoir beaucoup moins de

---

[1] P. Paris, *Manuscrits français*, t. V. p. 185.

succès qu'une traduction française qu'en fit faire la reine Jeanne à qui l'original latin avait été présenté. Le traducteur, qui appartenait comme l'auteur à l'ordre de saint François, le dit expressément dans une courte préface où, après avoir rappelé l'utilité de l'instruction et cité l'exemple de Charlemagne, il indique les raisons qui ont décidé la reine à faire entreprendre cet ouvrage : *lequel livre peult estre apellé le mireur de dames, affin qu'elle sache voir et considerer comment toute tache ostee de sa conscience, puisse estre bien ordonnee a Dieu et a ce qui luy appartient et comment au gouvernement de sa personne de son ostel et de ses subgès elle se doit avoir, et comment avec tous sans nulle reprehension doit honnestement converser, et apres par quieulx merites puisse venir a perdurable gloire, et sans fin avec le souverain roy regner.*

« La traduction suit assez exactement les grandes lignes du texte original ; mais elle s'en écarte dans beaucoup de développements secondaires. Les différences sont d'ailleurs trop peu intéressantes pour qu'il y ait utilité à les relever. Au moyen âge, le Miroir des Dames devait être entre les mains de la plupart des reines et des princesses. Jeanne d'Evreux, veuve de Charles-le-Bel, en possédait un exemplaire. Il y en avait deux exemplaires dans la bibliothèque du Louvre. » (Hist. Litt.).

Actuellement on en connaît les manuscrits suivants :

1° Bibliothèque nationale, fonds français, n° 610.

2° Cambridge, Corpus Christi College Library, n° 324 (exemplaire qui était anciennement au Louvre).

3° British Museum, fonds additionnel, n° 29,986.

4° Bruxelles, Bibliothèque royale, n° 9555.

5° Vatican, fonds de la reine de Suède, n° 403.

6° Wolfenbüttel *(Guelferbüt)*, n° 2326.

Sur ce dernier manuscrit voici quelques renseignements que je dois à l'amabilité de M. le Dr W. Suchier. Le Miroir des Dames comprend 15 feuillets, il y est fausse-

ment attribué à « Christine de Pizzano ». Le commencement
en est (f. 11ʳ) *Selon ce que dit un maistre nommé vegeti en
un livre quil fait de ce qui appartient a chevalerie. Il fus
ai tume (sic) anciennement bonne et saine doctrine mectre en
escript por offrir y presenter aux princes y aux grans seigneurs. Car nulle chose n'est droictement encomensee etc.* Fin
(f. 198 v.) *Inhabitare facit unanimes in domo. Dieu dist-il fait
que ceulx qui sont en la maison nre Seigneur sont dun courage et dune voulenté. A ceste glorieuse maison de pardurable
beneürté nous veulle conduire et mener dieu tout puissant qui
en trinité parfaite vit et regne par durablement.*

AMEN.

*Cy fine la tierce partie de ce livre et par consequent tout le
livre du mirouer des dames : Lequel appartient a noble demoiselle Marie de Gaucourt, espouse de monseigneur de beau-
chatel.*

c) LE MIROIR DES DAMES par **Ysambert de Saint-Léger**. Le
Miroir des Dames, qui avait obtenu un si grand succès
aux XIVᵉ et XVᵉ siècles, faillit avoir un regain de vogue à l'é-
poque de la Renaissance. Un contemporain de François Iᵉʳ,
Ysambert de Saint-Léger, prêtre, voulut l'approprier au
goût du jour. Il le remit en français et dédia sa nouvelle
traduction à la sœur du roi, Marguerite de France, reine
de Navarre. La dédicace en est curieuse par le jugement
que l'auteur y porte sur la première rédaction du livre :

*A la verité, l'auteur de cestuy traicté escript tout en la sorte
que s'il declamoit au peuple, sans aulcunement phalerer ne
decorer des elegances de rhetorique sa deduction,* etc. Dans
cette dédicace l'auteur nous apprend aussi qu'il adresse ce
livre autant aux filles de Marguerite qu'à elle-même. Ysambert écrivit sa traduction entre 1526-1531. L'ouvrage se
trouve à la Bibliothèque nationale, fonds français, n° 1189.
Ce manuscrit n'est qu'un premier tome de l'ouvrage ; il

ne contient pas même en entier le premier des trois traités dont se compose le Miroir. Il s'arrête à la fin de la
deuxième « distinction » de la troisième partie de ce traité.
Il n'est pas probable qu'Ysambert ait jamais fini son ouvrage, car l'original est déjà fort long, et il a encore beaucoup amplifié la partie qu'il a traduite. « Comme tableau
de mœurs, l'arrangement d'Ysambert de Saint-Léger est
infiniment supérieur à l'œuvre de son devancier ». (Hist.
Litt., loc. cit.).

Francesco da Barberino [1] (1264-1348) étudia le
droit et fut notaire à Bologne et à Florence ; de 1309 à
1313, il voyagea en France. Il avait une connaissance approfondie de la littérature provençale ; c'est en Provence
qu'il écrivit son œuvre la plus célèbre : « Documenti d'a-
more » L'autre œuvre de Francesco da Barberino :

59. **Del Reggimento e costumi di Donna** [2], fut commencée
avant la première, mais terminée après elle (entre 1307 et
1315 environ). Ce livre est écrit pour la plus grande partie
en vers non rimés et de différentes longueurs, avec des
passages en prose ; il n'est pas toujours facile de distinguer les vers de la prose. Francesco s'adresse aux femmes
des conditions sociales les plus diverses, aux vieilles et
aux jeunes. Le cadre de l'ouvrage est assez curieux : « Madonna » ordonne à Francesco d'écrire ce livre, et entre
tous les chapitres, quelquefois au milieu d'un chapitre, il
y a une conversation allégorique entre Francesco et une
ou plusieurs vertus personnifiées qui l'inspirent pour cette
partie de son œuvre ; de temps à autre, l'auteur fatigué

[1] A. Thomas : *Francesco da Barberino et la litt. provençale en Italie
au moyen âge.* Paris, 1883.
[2] *Collezione di opere inedite o rare dei primi tre secoli della lingua ;
Barberino, opere volgari.* Vol. II. éd. Carlo Baudi di Vesme. Bologna,
1875.

s'interrompt pour parler à « Madonna », qui lui rend le courage et lui donne des forces pour continuer son œuvre. Madonna[1] représente « l'Intelligenza universale ». L'œuvre est fortement pénétrée de traits allégoriques et de conceptions scolastiques. Dans mon analyse je ne ferai qu'indiquer sommairement les discours allégoriques, car ils ne rentrent pas dans mon sujet. Dans le manuscrit, il y a en tête de chaque chapitre une place blanche, que devait remplir une miniature représentant la vertu inspiratrice du chapitre, ou bien la catégorie de femmes à laquelle il s'adresse. Le texte parle chaque fois de ces miniatures, invite les lectrices à les regarder et les décrit en détail.

ANALYSE. — Les 20 premières pages contiennent une longue conversation entre Francesco et Madonna, etc. Table des matières du livre qui sera divisé en vingt parties.

I. — CONSEILS AUX JEUNES FILLES CHEZ QUI VIENT DE S'ÉVEILLER LE SENTIMENT DE LA PUDEUR. Influence du bon exemple. La jeune fille doit être continuellement auprès de sa mère ou de femmes âgées ; à moins d'être appelée par son père ou ses frères, elle ne doit jamais être avec des hommes ou des jeunes garçons. En public elle doit rester les yeux baissés, car les yeux trahissent facilement des sentiments qui doivent rester cachés. Il faut écouter parler les gens pour apprendre à faire de même. Parlez peu et bas, mais il ne faudrait cependant pas qu'on vous prît pour une muette. Que toutes vos actions soient empreintes de pudeur. C'est à table qu'il faut le moins parler ; il faut manger proprement et boire peu ; conseils habituels sur la tenue à table. Si on vous prie de chanter ou de danser faites-le doucement et avec grâce. Si une jeune fille porte une couronne, que celle-ci soit petite ; plus une jeune fille est jolie, plus elle doit se vêtir simplement. Il ne faut pas rire

[1] D'après Gaspary, *Gesch der Ital. Litt.*, Traduction Zingarelli, 1887, T. I. p. 175.

aux éclats, cela fait voir les dents, ce qui n'est pas joli. Si on a du chagrin, on peut pleurer, mais non crier ; il va sans dire qu'il ne faut jamais se mettre en colère et jurer. Si une jeune fille va à l'église, que ce soit avec sa mère et qu'elle apprenne à se conduire comme cette dernière. Si un cavalier l'aide à monter en selle, qu'elle se laisse aider honnêtement, les yeux baissés. La jeune fille doit apprendre à bien lire et écrire, pour que, si plus tard elle doit gouverner des terres, elle soit mieux capable de le faire. — CONSEILS S'ADRESSANT SPÉCIALEMENT AUX FILLES DE ROIS OU D'EMPEREURS. Plus votre rang est élevé, plus on attend de vous, et plus la honte sera grande si vous manquez à votre devoir. — AUX FILLES DE MARQUIS, DUCS, COMTES ET BARONS. Il leur faut un certain luxe de toilette, chacune selon son rang et la fortune de son père. — AUX FILLES D'ÉCUYERS, DE JUGES, DE « SOLENNE MEDICO » ET AUTRES GENTILSHOMMES DE PAREIL RANG. Elles auront un peu plus de liberté que les précédentes :

> E porrà ben più ridere giucare
> E più d'attorno onestamente andare
> Ed anco in balli e canti
> Più allegrezza menare, (p. 38)

pourvu qu'elles restent dans les limites des convenances. Qu'elles apprennent à coudre ; c'est aussi très utile pour des jeunes filles de ce rang-là de savoir faire la cuisine :

> Che quelli et quello che si sa far servire
> Lo qual sa como si fanno i servigi. (p. 39)

L'auteur se demande avec perplexité si une jeune fille de ce rang doit apprendre à lire et à écrire ; les avis sont partagés, dit-il, mais il finit par se prononcer négativement :

> Ma pur nel dubio dobiamo pigliar
> La più sichura ; e or m'acordo in questo
> Ch'esso fatichi a imprendere altre cose
> E quello lasci stare ! (p. 42)

Exception pour les religieuses, desquelles on exige des connaissances. Aucun homme ne doit embrasser une jeune fille, sauf son père ; et sauf des intimes elle ne doit accepter des cadeaux de personne. — Aux filles de marchands et d'ouvriers, etc. Bien des choses qui ont déjà été dites s'adressent aussi à elles ; qu'elles prennent seulement garde de ne pas vouloir s'élever au-dessus de leur position. Elles ne doivent pas apprendre à lire et à écrire. — Aux filles de paysans. Qu'elles soient jalouses de leur honnêteté ; qu'elles apprennent à coudre, à filer, à cuire et à remplir les devoirs domestiques de toute sorte. Elles doivent remplir l'office de servantes dans la maison, se coucher tard, faire les courses si possible ; cependant elles ne doivent pas sortir seules la nuit. Elles peuvent rire, chanter, pleurer et jouer librement.

2ᵉ PARTIE. — S'adressant aux jeunes filles en age d'être mariées. (En tête du chapitre « Virginità » les personnifie). — Il faut : *molto sforzare e rifrenare i voleri e i desiri*. Filles d'empereurs et de rois : Elles doivent être tout spécialement tenues d'une façon stricte ; qu'on ne les voie ni à la fenêtre ni au balcon, etc. Que cela leur soit désagréable d'être vues : voilà un signe d'honnêteté. Elles ne doivent pas fixer les gens, ni se montrer en public. Si c'est cependant le désir des parents d'une de ces jeunes filles qu'elle aille à une réception, ou dans un jardin, une maison, un bateau, etc., qu'elle reste les yeux baissés et ne parle que quand la nécessité l'y force. Quand elle est dans ses appartements, elle peut parler comme elle veut, pour se divertir, et même une fois par jour elle peut chanter : « *Alchuna bella e onesta canzonetta* » (p. 53). Mais en public elle ne doit ni chanter ni danser, ni sauter. Qu'elle ait une compagne de son âge, car une jeune fille ne pourrait résister à une vie trop sévère. Qu'elle apprenne la « *viuola od'altro stormento onesto e bello* » (p. 53), surtout la harpe, car : « *e bene da gran donna* » (Ici l'auteur se dit fatigué ; intermède : conversation avec « Madonna ».) Que la jeune princesse soit vêtue selon la coutume de son pays et comme il convient à son rang. Elle doit saluer les gens courtoisement, marcher à petits pas lents, sans regarder à gauche ni à droite, sans s'amuser des choses drôles qui peuvent se trouver sur sa route. Si on fait des guirlandes dans le jardin et qu'elle veuille aussi en faire, qu'elle choisisse des fleurs petites et bien fraîches. Elle ne doit pas posséder de miroir, mais doit se faire habiller et parer par ses femmes. Elle ne doit pas recevoir le moindre cadeau d'une personne qui puisse donner lieu à des soupçons. Si elle trouve une guirlande au jardin, elle ne doit pas s'en parer, à moins qu'elle ne l'ait vu faire par une de ses suivantes ; elle doit prendre ses repas en présence de ces dernières. L'auteur trouve que pendant ces années-là elle ne doit même pas aller à l'église, car plus elle mène une vie cachée, plus elle sera estimée, et si elle a des défauts on ne les verra pas. Mais qu'elle ait dans sa chambre un petit autel consacré à la Vierge. Il ne faut pas non plus des dévotions exagérées ; mieux vaut prier rarement et avec ferveur, que souvent et des lèvres seulement, il ne faut pas, comme certaines gens, prier seulement pour que votre beauté extérieure vous soit maintenue. — AUX FILLES DE DUCS, MARQUIS, ETC. A peu près comme ci-dessus, chacune selon son rang. — AUX FILLES D'ÉCUYERS, ETC. Plus de liberté ; cependant, sauf avec leur père ou leurs frères, elles ne doivent jamais rester seules avec un homme. Si quelqu'un leur dit quelque chose *contro a suo onore*, il ne faut pas répondre, mais s'éloigner en ayant l'air de ne pas avoir compris. Il ne faut accepter ni lettres ni cadeaux. Un défaut très fréquent parmi ces demoiselles, c'est de faire semblant d'être malades, soit lorsqu'on les a contrariées, soit parce qu'elles veulent simplement éprouver l'amour de leurs parents ou de leur entourage ; l'auteur blâme fortement une pareille folie, qu'il ne peut même pas comprendre. Si du reste elles arrivaient ainsi à se rendre

vraiment malades et qu'elles en mourussent, leur âme irait
sûrement en enfer. — Aux filles d'artisans, etc. encore
plus de liberté ; mais il ne faut pas pousser la liberté jusqu'à la légèreté, et il faut se garder de vouloir s'élever au
dessus de son rang. (Suit une lacune dans le manuscrit).

3ᵉ partie. — Comment doit se conduire celle « che
passa il tempo del maritaggio poi ». — Ici point de distinction de classes. (Portrait de la Patience en tête du chapitre.)
Ce sont là des années pleines de combats et de difficultés,
mais il ne faut pas perdre courage ; plus d'une, qui avait
perdu tout espoir de jamais se marier, a fini par trouver
un excellent mari. Ces conseils s'adressent à toutes celles
qui ont passé l'âge de 12 ans sans se marier. Il faut éviter
la solitude et l'oisiveté, et continuellement se préparer en
pensées au mariage, mais fuir la lecture des livres qui
parlent d'amour. Il faut se nourrir sobrement, ne pas boire
de vin, porter un charme contre la luxure (par exemple une
topaze) et lire ou se faire lire le lire de Francesco.

4ᵉ partie. — Conseils a celles qui vu leur age ont vraiment perdu tout espoir de se marier et se marient tout de
même. (En tête du chapitre l'Espérance). — Ce chapitre
n'est qu'une variante du précédent. Discours allégoriques.
Lorsque ces jeunes filles-là sont fiancées, elles doivent,
pendant les jours qui précèdent leur mariage, se conduire
de nouveau absolument selon les règles établies au chapitre II. Il ne faut pas laisser percer trop de joie de son mariage, cependant : « *Meni allegezza nella mente sua.*

    Chacci il contradio e rinovelli tutta. (p. 108)

S'informer des goûts et habitudes de son futur mari,
pour pouvoir tout de suite tenir sa maison à son goût ;
rendre grâces à Dieu du bonheur qui vous arrive.

5ᵐᵉ Partie. — Devoirs de la femme mariée : le jour des
noces, le second et le troisième jour, les quinze premiers
jours et plus tard. (En tête du chapitre : « Castità »).
Devoirs principaux de la femme mariée : être fidèle à son

mari même s'il est infidèle ; désirer d'avoir des enfants. Le jour *dell'annello* (p. 118), être timide, réservée, presque peureuse ; ne pas tendre la main à l'anneau avec empressement, et répondre « oui » à voix basse. Avant qu'on vous mène au repas de noce dans la maison de votre mari, il faut manger quelque chose dans votre chambre :

> *Che poi frala giente*
> *Magiando men parra più temperata.* (p. 120)

Avant le mariage se faire instruire par sa mère sur de certains points. En route pour se rendre à sa nouvelle demeure, la fiancée doit-elle saluer les gens qu'elle rencontre ? les avis sont partagés, Francesco donne le conseil de suivre sur ce point la coutume du pays où l'on est. En arrivant à la maison du fiancé, si celui-ci est là dans la salle, il faut d'abord avoir l'air de ne pas le voir, c'est plus courtois. Ici l'auteur se dit de nouveau obligé de faire des distinctions de rang. Une jeune fille doit se conduire selon le rang de celui qu'elle épouse et non pas selon le sien propre, sauf en cas de mésalliance. — CONSEILS A CELLE QUI ÉPOUSE UN ROI OU UN EMPEREUR. Le jour des noces, si la jeune fille arrive de loin, elle commence par aller se reposer, puis elle salue les parents de son mari, chacun selon son rang, mais elle ne parle pas sans qu'on lui adresse la parole ; elle se rend alors au repas de noces. Description brillante du luxe et des somptuosités de ce repas. La fiancée est conduite à sa place et on lui apporte l'eau pour se laver les mains ; elle doit avoir eu soin de se les être lavées auparavant pour ne pas trop salir l'eau ; il ne faut pas se laver la bouche. Ne manger que très peu et ne pas parler du tout, manger le plus proprement possible pour ne pas salir l'eau après le repas. Après le dîner, la fiancée reste avec les dames, elle peut alors se montrer un peu plus gaie. Vient le moment de prendre congé de ses compagnes,

elle peut pleurer et les embrasser. On mène alors la fiancée à la chambre nuptiale ; description du luxe extraordi-
naire de cette pièce ; il est alors coutume d'assurer à la
fiancée que son fiancé est parti ; on lui lave le visage et
les mains avec de l'eau de rose ou de violette, on la désha-
bille, on la met au lit, elle s'endort, et ses compagnes se reti-
rent ; arrivée du mari et spécimen de toute leur conversation, etc. Le lendemain la jeune mariée doit avoir l'air
timide mais heureux ; on la mène dans la grande salle
où sont assemblées les dames de la cour ; quelques-unes
prennent déjà congé ce jour-là et retournent dans leurs
terres. Il n'est pas d'usage que la jeune reine réponde
elle-même aux princesses qui prennent congé d'elle le
premier jour après son mariage ; du reste la plupart des
princesses ne partent que le second ou le troisième jour,
et alors la reine répond en personne à chacune selon son
rang, comme il convient. Il n'est pas non plus habituel ni
bien que la jeune reine parle de son mari le premier jour
après le mariage. (Exemples de discours d'adieux et de
réponses de la reine). Le roi vient alors chercher la reine
pour la mener au dîner, elle doit se montrer un peu inti-
midée en présence de son mari, mais elle n'a pas besoin
d'être aussi silencieuse que la veille. Le troisième jour,
sorte de réception dans les jardins, on fait des guirlandes,
on cause, etc., et l'auteur oublie presque qu'il écrit un
enseignement ; la description tourne au roman pendant
quelques pages. Les quinze premiers jours après le mariage
sont ceux pendant lesquels les époux font connaissance,
s'observent et s'habituent l'un à l'autre. Il faut aussi avoir
soin de se faire aimer des dames de la cour et des suivantes ; de ne pas laisser voir ce qui vous déplaît et de ne pas
montrer de préférences pour telle ou telle personne, de ne
pas trop assurer son autorité, de parler du roi avec le
plus grand respect, de peu manger et de peu boire ; de
n'avoir d'yeux que pour le roi, d'être toujours également

bien parée ; et si on s'aperçoit que le roi a des attentions pour une autre dame de la cour, il faut fermer les yeux et ne rien dire pendant les premiers jours ; ne pas importuner le roi de demandes, l'égayer et le consoler s'il est triste et soucieux. Conseils plus généraux à suivre pendant tout le mariage : obéissance, constance, chasteté ; l'auteur s'appuie sur l'autorité de *l'Ecclésiastique* (p. 116 et suiv.), de *Masserio*, des *documenti d'amore*, de *Hugues de Saint-Cyr (Saxiro)* ; du *Libro di madonna Mogias d'Egillo qu'essa appell Libro di Fica l'arme nel cuere* (inconnu) ; de *madonna Lisa de Londres* (id.) ; de *Peire Vidal* et de *Messer Ramondo d'Anjou.* Fuir la mauvaise compagnie ; ne pas avoir de belles servantes ou des servantes de mauvaise vie, connaître leurs familles et leurs antécédents ; se fier aux anciens domestiques plus qu'aux autres ; décourager tous les amoureux ; chercher à savoir toujours exactement ce que l'on dit de vous. Mieux récompenser celui qui vous dit une vérité, même blessante, que celui qui vous flatte. Etre charitable ; avoir un confesseur honnête et ne rien lui cacher ; rendre honneur aux gens d'église ; tâcher d'avoir une influence pacifiante sur son mari et l'exhorter à la clémence ; secourir les prisonniers ; en cas de guerre se montrer courageuse ; si jamais on découvre une trahison la révéler tout de suite. Faire bien garder les vêtements, meubles et aliments de son mari ; qu'on n'y puisse rien glisser pour lui nuire. Si votre mari se met en colère, ou vous bat, il faut toujours rester humble et soumise et ne pas vous souvenir des offenses. Lorsque votre mari s'absente, montrez-vous triste et menez une vie retirée. Il faut savoir aider son mari à s'habiller et savoir indiquer au tailleur ce qui lui sied le mieux ; si votre mari est malade, il faut vous montrer anxieuse ; et si vous êtes vous-même souffrante et qu'il vienne vous voir, il faut lui dire que depuis qu'il est là vous vous sentez déjà mieux ; dites à tout le monde que vous allez bien, sauf au docteur auquel vous pouvez dire la vérité ; lorsque le docteur vient, soyez complètement couverte. Ayez soin de vous faire laver la tête par une personne propre. Ici, au lieu de s'adresser en détail aux femmes des autres classes, l'auteur leur conseille simplement de prendre, dans ce qui vient d'être dit. ce qui convient à chacune selon son rang. Une femme qui n'a pas d'enfants doit donner d'autant plus de soin à sa maison. Si son mari a des bâtards, elle doit les protéger. Plus une femme vieillit, plus elle doit se tourner vers les idées religieuses ; il faut savoir vieillir peu à peu. (Exemple).

6ᵉ Partie. — Des veuves. (En tête du chapitre la Constance). Plaintes de la veuve désolée, « Costanza » la console, longue digression ; conversation entre Francesco, « Cortesia », « Pietate », etc. Une jeune veuve sans enfants doit passer un an de veuvage honnête, soit chez elle, soit chez ses parents, en vivant dans la retraite ; après quoi, si ses parents songent à la remarier, il faut les laisser faire. Si elle est plus âgée, elle peut agir à sa guise, se remarier ou non. Si elle est vieille, qu'elle mène une vie sobre et retirée. Si une veuve a des enfants, qu'ils restent avec elle et qu'elle leur fasse donner une bonne éducation par de bons maîtres. Si elle a des terres, la veuve doit les gouverner elle-même en se faisant aider par d'habiles conseillers, choisis parmi les amis de son mari. (Digression, conversation avec Madonna). Elle doit faire instruire ses fils dans le maniement des armes et leur faire lire les hauts faits des grands seigneurs. Elle doit prier pour l'âme de son mari et faire élever ses bâtards s'il en a laissé. La demeure de ses fils et de leurs précepteurs doit être séparée de celle des femmes de la maison. Il faut renoncer à tout faste et ne jamais rester seule avec un homme.

7ᵉ Partie. — Des veuves qui se remarient. L'auteur blâme celles qui se marient plus de trois fois. Il donne peu de conseils nouveaux ; une femme qui se marie pour la

8

seconde fois est un peu plus libre que la jeune fille à son mariage. C'est le père qui doit choisir le nouveau mari. Il ne faut pas trop parler au second mari du premier, et, si celui-ci était meilleur, ne pas le laisser voir au second ; ne pas vouloir introduire dans la seconde maison les coutumes de la première. (Exemple).

8ᵉ Partie. — De celles qui deviennent des religieuses non cloîtrées. (En tête du chapitre : la Continence.) L'auteur ne les approuve guère, il trouve que c'est une position mal définie et très dangereuse, pleine de tentations ; l'auteur n'approuve cette condition que pour les vieilles.

> *Poche di quelle che giovani siano*
> *Por solo amor del nostro sire Iddio* (p. 252)

deviennent religieuses ; d'aucunes le font par pauvreté, d'autres pour cacher une infirmité. Il faut se tenir exactement à sa règle, la lire ou se la faire lire, et cesser *ogni lavar e liscio ed ornamento* (p. 254). Pas de jeux, pas de divertissements, pas de familiarités avec les prêtres ; lire les Livres-Saints. (Exemples).

9ᵉ Partie. — Des religieuses cloîtrées. Elles doivent obéir absolument à leur règle et à leur supérieure. (En tête du chapitre : la Religion). Les sœurs d'un même couvent doivent vivre dans la concorde et la paix, avoir tout en commun, ne faire qu'un cœur et qu'une pensée, dire leurs prières aux heures convenues, et détourner leurs pensées du mal. Ne prendre plaisir à aucune chose matérielle, penser à Dieu continuellement, écouter ce qui se lit pendant les repas et dominer la chair de toute manière. Soigner les sœurs malades et ne pas les dédaigner. L'abbesse doit mener une vie qui soit un parfait exemple pour les sœurs ; elle doit se faire aimer plus que craindre. Que les portes du couvent soient fermées et bien gardées. Que celles qui remplissent les fonctions de portières, etc.,

le fassent avec équité, sans favoriser les unes au détriment
des autres. Les religieuses doivent dormir en commun et
les novices doivent être confiées aux anciennes les plus sages. Que les novices soient en bonne santé ; du moins
n'en faut-il pas admettre qui aient des maladies infectieu-
ses. Pas de conversation à voix basse, etc., etc. (Exemple).

10ᵉ Partie. — Des recluses. (En tête du chapitre : « For-
tezza »). Ici de nouveau l'auteur blâme cette coutume, à
cause des terribles tentations auxquelles l'oisiveté et l'iso-
lement des recluses les exposent ; l'auteur ne connaît pas de
position plus dangereuse pour une femme. Il conseille de
choisir un lieu de retraite plutôt en un endroit fréquenté
qu'en un lieu isolé. Prier constamment pour s'occuper.
Avoir un toit solide à sa cellule, pas de porte et rien qu'une
toute petite fenêtre, ne pas récolter d'aumônes et avoir un
conseiller fidèle.

11ᵉ Partie. — Des suivantes et dames de compagnie. Aimer et respecter sa maîtresse, prendre part à ses joies et à
ses chagrins. Avoir le plus grand soin de ce qui lui appartient ; ne pas être curieuse des secrets de sa maîtresse ;
l'accompagner quand elle sort ; vivre soi-même honnêtement ; ne pas flatter sa maîtresse. Supporter patiemment
sa colère ; aimer et craindre les enfants de ses maîtres.

12ᵉ Partie. — Des domestiques. Que les servantes se
tiennent sur leurs gardes si elles veulent rester honnêtes ;
qu'elles n'aillent pas en service chez un homme seul, à
moins d'être bien sûres de son honnêteté. Qu'elles n'écou-
tent pas les flatteries des jeunes seigneurs ; qu'elles soient
propres dans tout leur travail, spécialement à la cuisine, et
ne cherchent pas à voler leurs maîtres. Se méfier des domestiques hommes ; ne pas se parer, cela ne convient pas à
cette classe de femmes. Etre diligentes et économes pour
avoir de quoi vivre dans leur vieillesse.

13ᵉ Partie. — Des nourrices, gardes et sages-femmes.
Il vaut mieux que la mère ne nourrisse pas elle-même. Des

soins à donner aux nouveaux-nés, comment les emmail-
loter, les laver, etc., leur chanter et les bercer. Une bonne
nourrice doit avoir de 25 à 35 ans ; elle doit ressembler à
la mère et être forte et bien portante, avoir bon teint et
être plutôt grasse que maigre, avoir la chair ferme et de
bonnes dents ; que son lait soit blanc, et non pas vert, etc.
Il vaut mieux choisir une nourrice dont l'enfant est un fils.
Elle doit nourrir deux ans en moyenne. Il faut faire dormir
l'enfant les yeux fermés ; lui faire peur de tout ce qui fait
mal : le feu, l'obscurité, l'eau, etc. Lui apprendre à frapper
l'objet avec lequel il s'est blessé, en signe de vengeance.
(Lacune).

14ᵉ Partie. — Des esclaves ou serves. (En tête du chapitre : la Liberté.) La servitude est une chose contre
nature, l'esclave doit donc aimer la liberté. Il faut servir la
famille de son seigneur avec révérence, foi et loyauté. Si
une esclave apprend qu'un danger menace son seigneur,
elle doit le lui faire savoir immédiatement. Il faut prier
pour son seigneur, et l'aider de tout son possible. Peut-
être, si vous agissez ainsi, le seigneur finira-t-il par vous
récompenser en vous libérant.

15ᵐᵉ Partie. — S'adressant a des femmes exerçant différentes professions. — Aux coiffeuses. Qu'elles pensent
à leurs peignes et à leurs rasoirs et non pas à faire les
coquettes avec les clients. Aux boulangères. Qu'elles ne
vendent pas à faux poids, ne trompent pas leurs clients, et
ne permettent pas aux servantes de venir médire de leurs
maîtres dans leur boutique. Aux fruitières. Ne pas mettre
des feuilles fraîches sur le vieux fruit, ni les plus beaux
fruits au dessus ; ne pas oindre les figues pour les faire
mûrir, etc., ne pas acheter aux servantes le pain, le vin,
etc., qu'elles ont volé à leurs maîtres. Aux tisseuses. Ne
pas donner une fausse mesure d'étoffe et ne pas tricher sur
le chanvre. Aux meunières. Ne pas tenir la farine dans un
lieu humide, ne pas rendre de la mauvaise farine pour du

bon grain, et ne pas se mêler de ce qui ne les regarde pas.
AUX MARCHANDES DE VOLAILLE OU DE FROMAGE. Ne pas laver
les œufs ou le fromage pour les faire paraître frais, de
même ne pas tromper sur la volaille. AUX MENDIANTES. Ne
pas servir de messagères d'amour. Ne pas revendre le vieux
pain. Si on vous envoie porter un message, n'empochez pas
l'argent sans exécuter l'ordre reçu. Ne jurez pas si on ne
vous donne pas d'aumône, n'étalez pas l'histoire de vos
malheurs et ne mentez pas en mendiant. AUX MERCIÈRES
COLPORTEUSES. Ne trompez pas les jeunes filles en leur faisant de faux messages amoureux. Ne trafiquez pas en faux
bijoux. AUX CONVERSES D'ÉGLISE. Ne faites pas les savantes ;
ne trompez pas ceux qui vous parlent de bonne foi ; n'af-
fermissez pas les gens dans le mal et ne recherchez pas un
commerce déshonnête avec les prêtres de votre église. AUX
AUBERGISTES. *Vendi le cose, ma non tua persona* (p. 334).
Ne pas resservir les restes comme si c'étaient des plats
frais. Ne pas empêcher les gens de continuer leur chemin ;
ne pas enchevêtrer leurs chevaux la nuit, ni leur donner
quelque chose de nuisible à manger, ni *legar lor colle sete
le giunte* (p. 335) pour les empêcher de partir le lendemain.

16ᵐᵉ PARTIE. — Elle commence par de longues discussions
entre Francesco, la Prudence, la Volupté, Madonna, etc.
Puis suit une longue récapitulation de plusieurs choses
qui ont déjà été dites ; nouvelles conversations allégoriques ; long traité sur le désir d'avoir des enfants et comment il faut s'y prendre pour être sûre d'en avoir, comment pour avoir des garçons, comment pour des filles.
Toute cette partie est un vrai fouillis de superstitions et de
remèdes de bonne femme. De la manière de se conduire
pendant la grossesse, avec exemples. Suivent d'autres
conseils de toute sorte ; ne pas se servir d'onguents pour
rendre la peau souple, c'est malpropre ; ne pas se râcler
la peau comme certaines personnes le font, cela la rend

dure et jaune. La colère, la maladie et les chagrins font vieillir rapidement. Pour se conserver un teint frais, manger avec modération et se laver à l'eau tiède. Nouveaux discours allégoriques. Quelques recettes, beaucoup de lacunes. Comment rendre les dents blanches, les cheveux blonds ; talismans, boissons amoureuses, etc. etc. Dialogues allégoriques.

17ᵐᵉ PARTIE. — Destinée à consoler les femmes de leurs maux ; la Pitié et la Compassion leur parlent. De l'utilité des tribulations. Citations de Grégoire, d'Isidore, de Sénèque.

18ᵐᵉ PARTIE. — Douze questions sur les différentes espèces d'amour, avec les réponses à ces questions.

19ᵐᵉ PARTIE. — Petit choix d'énigmes galantes avec leurs solutions ; jeux de mots ; discussion sur la question de savoir qui est supérieur, de l'homme ou de la femme.

20ᵐᵉ PARTIE — « Conclusion » fait un long discours citant les Pères de l'Eglise ; Espérance, Madonna et Francesco répondent. Finalement Madonna se déclare contente de l'œuvre de Francesco.

— Comme on le voit, c'est une œuvre des plus consciencieuses et des plus approfondies que celle de Francesco de Barberino, et l'on n'est pas étonné qu'il ait plusieurs fois éprouvé le besoin de s'arrêter et de se reposer, comme il nous le dit naïvement lui-même. A côté de sa valeur littéraire, l'œuvre présente un haut intérêt au point de vue des mœurs ; nous possédons très peu d'ouvrages qui nous donnent autant de détails et surtout qui s'adressent à des classes aussi variées. Après l'atmosphère si conventionnelle et si pleine d'hypocrisies et de mensonges polis qui entoure la jeune princesse, telle que la décrit Francesco, on prend doublement plaisir aux quelques échappées que son livre nous ouvre sur la vie des petites gens et sur le caractère des femmes de ces milieux-là ; caractère qui semble avoir remarquablement peu changé depuis lors.

Les histoires et anecdotes racontées par Francesco sont toujours intéressantes et bien racontées, plusieurs sont originales. Tandis que dans les autres œuvres de ce genre on retrouve toujours les mêmes exemples, Francesco n'a presque pas d'histoires que j'aie rencontrées autre part.

60. « **Dodici avvertimenti** *che deve dare la madre alla figluola quando la manda a marito » (testo di lingua d'incerto autore del trecento. Nuovamente scoperto et publicato. Firenze, Tofani, 1847)*[1].

Ce charmant petit traité a été écrit aux environs de 1300, d'après M. P. Gori ; son auteur nous est inconnu. L'ouvrage est écrit dans cette belle prose simple et coulante qui caractérise les écrits de ce temps et de ce pays. Il présente certainement la forme la plus ancienne de ce genre d'enseignement qui nous soit parvenue. Il a un caractère si éminemment populaire qu'il me paraît difficile d'admettre qu'il remonte à une source latine. Il me semble plus probable que c'est une traduction ou une adaptation latine de notre traité qui est à la base des autres ouvrages du groupe, tels que le texte anglais « How the good wiif, etc., » la lettre catalane (voy. p. 138 et 191, etc.).

Les « Dodici avvertimenti » outre la pureté et l'élévation des sentiments, la simplicité et le naturel, se distinguent par l'intense amour maternel qui perce dans chaque phrase ; la « Winsbekin » est le seul texte que je puisse comparer à celui-ci, sous ce rapport. Il est curieux que tous deux se disent écrits par des femmes ; et la grande place donnée dans l'un et dans l'autre au sentiment serait peut-être un argument tendant à prouver que tous deux sont bien des œuvres de femmes.

ANALYSE. — Courte introduction ; adieux de la mère à sa

[1] Comparez : *Fiori a una sposa*, éd. P. Gori, Pise, Nistri, 1862.

fille avant le mariage; l'on y sent un amour maternel chaud et profond et cependant contenu, un vrai désir d'assurer le bonheur de sa fille en lui donnant quelques conseils au sujet de la vie conjugale. C'est pour le bien et le bonheur de sa fille que la mère la marie, car, si elle n'écoutait que son cœur, elle ne s'en séparerait jamais. Suivent, en aussi peu de mots que possible, mais toujours avec la même affection contenue, les douze conseils. 1) Evite tout ce qui pourrait chagriner ton mari; ne te montre pas gaie s'il est triste, ni triste s'il est gai. 2) Tâche de savoir les mets qu'il préfère et, si ton goût ne concorde pas avec le sien, ne le laisse pas voir. 3) Si ton mari dort, étant malade ou fatigué, prends garde de ne pas le réveiller. S'il faut absolument que tu le réveilles, fais-le doucement et non pas avec brusquerie. 4) Sois fidèle en amour. Ne vole pas ton mari, ne donne pas et ne prête pas son bien sans sa permission : *che siccome l'uomo e lodato d'esser largo, cosi la donna e lodata per salvare le cose del marito.* 5) Ne te montre pas trop désireuse de connaître les affaires de ton mari; mais s'il te les confie, sache garder ses secrets. Ne répète pas en public des paroles dites dans l'intimité, quelque peu de valeur qu'elles puissent te sembler avoir. 6) Aime ta famille et sois-lui fidèle comme il le faut, surtout à l'égard de ceux que ton mari aime. Ne les blâme pas pour peu de chose. 7) Ne fais rien d'important sans demander conseil à ton mari, et considère toujours ce que ton mari dit comme ce qu'il y a de mieux. 8) Ne lui demande pas des chose impossibles ou mauvaises, qui lui déplaisent ou qui soient contraires à son honneur, afin que tu ne sois pas la cause de sa ruine et que tu ne lui attires pas de mal. 9) Efforce-toi de maintenir ta personne fraîche et belle; sois propre et mise honnêtement, sans ostentation ni exagération, car si tu te vêts d'une manière peu honnête, ton mari concevra facilement des soupçons. 10) Ne sois pas trop familière avec tes servantes, cela les rend dédaigneuses et peu respectueuses ; du reste on dit : *« La serva signoreggia se la signora follegia.* 11) Ne désire pas sortir trop souvent. Le domaine de l'homme est au dehors, celui de la femme à la maison. Parle peu : c'est signe d'honnêteté. Sois modeste. Ne sois pas désireuse de connaître l'avenir et ne t'adonne pas à la superstition et autres choses de ce genre. 12) Le douzième conseil est aussi le plus important, dit la mère : ne fais ni ne dis rien qui puisse exciter ton mari à la jalousie. C'est ainsi que tu perdrais le plus vite son amour. Lorsqu'il rentre, reçois-le bien. Rends-lui tout honneur, à ses parents plus qu'aux tiens, et lui alors agira de même envers toi. Efforce-toi que tout dans ta maison aille bien. *Nelle opere amorevoli non ti partire dal' onestà secondo gli atti che io ti ho detti i quali tra me a te abbiamo ragionati.* Sache te faire désirer. La mère bénit sa fille et la prie d'avoir soin de son âme par dessus toutes choses.

Watriquet de Couvin [1]. — Nous apprenons de l'auteur lui-même qu'il se nommait Watriquet Brasseniex, qu'il était de Couvin, près de Philippeville (province de Namur), et qu'il fut ménestrel du comte de Blois et de « Monseignor Gauchier de Chastillon. » Watriquet fut le contemporain et le compatriote de Jean de Condé. La plupart de ses œuvres sont datées dans le texte et sont écrites entre 1319 et 1329 ; il écrivit surtout des moralités et des enseignements ; il recommande la soumission à l'Eglise ; mais surtout la protection des pauvres et des petits, le respect des femmes, en un mot la courtoisie dans la plus large acception de ce mot. Celle de ses œuvres qui nous concerne ici est :

---

[1] *Dits de Watriquet de Couvin*, édités par Aug. Scheler. Bruxelles, 1868.

61. **Li Mireoirs as Dames** [1], qui est écrit en octosyllabiques rimés deux à deux. Il compte 1294 vers. Tout un passage de ce poème se rapporte à la reine Jeanne d'Evreux [2].

Le Mireoir est un poème allégorique destiné à démontrer en quoi consiste la beauté dans sa plus haute acception, ainsi que les moyens indispensables pour y atteindre.

ANALYSE. — Introduction. (v. 1-54). Watriquet raconte comment l'idée lui vint d'écrire ce poème. Comme il chevauche au travers d'un bois, une belle dame lui apparaît ; mais Watriquet s'aperçoit bientôt qu'elle n'est belle que d'un côté, et que son côté gauche est au contraire aussi hideux que le droit est parfait. Cette dame embrasse Watriquet ; elle est pleine de bonnes intentions à son égard ; elle réunit en elle-même le bien et le mal et sait les distinguer ; elle sait que Watriquet a souvent été tenté par la beauté de plus d'une noble dame, et elle veut lui venir en aide en lui montrant :

> De biauté le vrai mireoir
> Le droit compas, le parfait monstre. (121)

A la demande de Watriquet elle lui dit se nommer « Aventure » ; ils se mettent ensemble en marche et arrivent au château de « Thopasse » où demeure « Beauté ». Description du château. Ils passent auprès du portier, arrivent au premier des degrés qui mènent au château proprement dit et sur chacun desquels ils rencontrent une des vertus caractéristiques de la parfaite beauté, ils s'arrêtent auprès d'elles et en reçoivent de bons conseils. C'est d'abord « Nature », qui a fait toute cette beauté et de telle manière que tout y est bon, le mal en étant totalement ex-

---

[1] Cet ouvrage est probablement le même qui se trouve mentionné par Barrois, *Bibl. Protypographique* (Paris, 1830) sous le nom de Vatquet. p. 53 et 62. — Scheler, op. cit. p. 1-41 et 411-423.

[2] Fille de Louis de France, comte d'Evreux ; elle épousa, en juillet 1324, Charles IV le Bel, roi de France. Watriquet, qui nous dit lui-même qu'il commença son livre le 22 juin 1324, l'écrivit sans doute en l'honneur de cette princesse.

clus. Ils arrivent ensuite à « Sapience » avec laquelle reste « Aventure », de sorte que Watriquet continue seul son chemin, qui le mène à « Manière », puis à « Raison », *despensiere de la maison*, laquelle intercale une vraie chaine de proverbes dans son petit sermon à Watriquet : « Raison » l'envoie à « Mesure », *la dame qui tous biens départ*, celle-ci à « Pourveance », et celle-ci à « Charité ». Il y a de temps en temps quelques jolis vers au milieu de beaucoup de banalités. Par exemple au sujet de charité :

> *Qui touz jours a heure de prime*
> *En i lieu secré et estroit*
> *Les povres Dieu diministroit*
> *De pain, de vin, et d'autre vivre*
> *Bien doit celle en paradis vivre*
> *Qui en charité maint et vit.* (297)

Watriquet arrive ensuite à « dame douce Humilité » puis à « Pitié » et à « Débonnaireté », à « Courtoisie » qui l'embrasse et lui recommande d'honorer les femmes : ensuite Watriquet trouve, sur un degré *qui mielz valoit que d'or massis*, « Largesse », qui le comble de cadeaux. Je relève dans ses conseils les vers suivants :

> *Quant donner veuls, ne dois attendre*
> *C'on te rueve ; son don fait mendre*
> *Cil qui atent tout c'on li rueve.* (473)
> *Frere, lai ester convoitise*
> *Et soies du tien departans*
> *Aus povres...*   (504)

A force de peine l'auteur arrive au château de « Souffisance » Celle-ci lui parle de dame « Beauté », qui est sous la garde de « Haute Honneur » et de « Loyauté. » Exemples. En compagnie de « Plaisance », Watriquet arrive alors en présence de « Bonté », la portière, qui lui demande le mot de passe ; car : *Ci ne vient hons, grant ne menu*

> *Qui ceans ne cors ne pié mete*
> *S'il n'a pensee pure et nete.* (661)
> *Dame, tenez ma foi*
> *Que vilanie ne bou foi*
> *N'i ara.....* (671)

Watriquet voit alors « Simplesse », la chambrière de « Beauté », et cette dernière elle-même en compagnie de « Loyauté » d' « Honneur » et de « Manière », qui l'instruit en présence de « Vérité » et de « Droiture ». « Beauté » vit suivant les conseils d' « Entendement », et « Leesce », sa voisine, vient souvent la voir. Watriquet s'approche de « Beauté », mais il ne la touche pas, car les *vertus et bonnes mours* la gardent ; toutefois sa vue seule est tellement enchanteresse qu'il s'en déclare plus que satisfait ;

> *Douce et simple iert con torterelle*
> *Vairs iex ot, fendus, fremians,*
> *Simples a point, clers et rians,*
> *Nés traitis, vermeille bouchete*
> *Chascun membré a compas taillé*
> *Gent cors faitis et alingnié.* (740)

« Beauté », lorsqu'elle veut parler, prend toujours conseil de « Vérité » ; rien que sa vue enlève toutes les mauvaises pensées. Watriquet assiste alors à l'assaut du château par les vices ; mais chaque vertu dompte le vice opposé et reste triomphante. Vient alors une description allégorique des vêtements de « Beauté », qui rappelle, en beaucoup plus court, le « Triomphe des Dames » d'Olivier de la Marche. Elle porte *chemise de pureté blanche, cote de chasté, ceinture de digneté, mantel de virginité.* Watriquet compare même « Beauté », à la Vierge, elle n'a pas d'orgueil, elle est douce et féminine, *enclinée vers Simplesse,* souriante. Watriquet ne se lasserait pas de la contempler jusqu'au jour du jugement. Survient un messager : « Cremeurs », qui vient de la part d' « Aventure » dire à Wa-

triquet que celle-ci l'attend. A regret Watriquet s'en va,
accompagné par « Loyauté »; il trouve « Aventure » en
compagnie de « Sapience » ; elles s'informent s'il a été
bien reçu ; réponse de Watriquet. « Sapience » renchérit
encore sur les louanges de « Beauté », et « Loyauté » renchérit sur « Sapience » ; « Loyauté » prend congé et retourne vers le château après avoir bien recommandé à
Watriquet de raconter aux dames tout ce qu'il a vu. Watriquet se met tout de suite à l'ouvrage. Mais, comme il est
en cette *estudie*, arrive une compagnie de dames *roiaux* ;
elles s'assemblent sous un pommier. L'auteur les connaît
bien toutes, mais il en est une qui les surpasse toutes en
perfection ; suivent les lignes en l'honneur de Jeanne d'E-
vreux (1190-1265). L'auteur se réveille alors de sa merveilleuse vision, et termine encore avec ce conseil :

> *Or soit si la dame avisee,*
> *Qui belle est de covs et de vis.*
> *Qu'a ce vrai miroir plain d'avis*
> *Praigne exemple et s'i avise*
> *Qu'a tout honneur faire ait devise*
> *Et puist user en bon usage*
> *La biauté de son cler visage.* (1290)

Envoi du poème (quatrain) aux dames *grans et petites.*

— Cet ouvrage est évidèmment fortement influencé par
le « Roman de la Rose ». On y rencontre aussi des traces
nombreuses du mauvais goût caractéristique de l'époque
où il fut écrit : jeux de mots nombreux, expressions entor-
tillées, enchevêtrements, rimes trop riches, enjambements,
etc. Il contient cependant quelques descriptions fraîches
et jolies. L'influence du Roman de la Rose ne s'étend
que sur la forme, car pour le contenu Watriquet appartient
au camp opposé à Jean de Meun ; ses idées sont pures et
tout son livre est un hommage chevaleresque remis aux
femmes, bien plus qu'un enseignement.

62. Trattatello della virginita [1]. — Ce petit livre nous est conservé dans un manuscrit du xv° siècle. D'après la langue et le sujet il doit appartenir à la première moitié du xiv° siècle. L'auteur nous est inconnu ; c'était un prêtre. Le trattatello est une sorte de sermon pour un couvent, il s'adresse à des religieuses. Il est écrit dans une prose coulante et claire, il ne contient pas de redites et se distingue par sa concision et sa pureté.

ANALYSE. — La religieuse se consacre à Dieu et on la nomme la fiancée de Jésus. Son amour pour Jésus doit être chaste, grand et beau. Et tout comme la fiancée quitte son père et sa mère pour suivre son mari, ainsi la religieuse doit quitter le monde pour suivre le Christ. Elle doit s'efforcer en toutes choses de plaire au Christ, non pas par crainte servile, mais par excellence d'amour. La récompense des fiancées du Christ sera la couronne céleste. Celle qui est infidèle à son divin fiancé se damne à tout jamais. Même l'homme le plus humble considère la chute de sa fiancée comme une offense, combien plus le Christ ne considèrera-t-il pas comme une faute mortelle la chute de sa fiancée. Gardez-vous donc par dessus tout d'un amour charnel, n'ayez pas de désirs impurs. Il est vrai que les Pères de l'Eglise ont eu des amitiés élevées et pures pour des femmes; mais d'habitude les hommes ne désirent pas des amitiés élevées, leurs désirs vont plus bas, fuyez donc l'amitié des hommes.

Comparaison de la vierge avec un lys. La religieuse doit être sobre, fuir l'oisiveté, travailler; elle doit avoir des vêtements sans valeur ; ce n'est pas par l'extérieur qu'elle doit plaire, mais par ses mœurs. Qu'elle veille sur ses yeux, ses oreilles et ses mains; qu'elle cultive la modestie du langage. Qu'elle se garde de l'orgueil, de la sot-

[1] *Scelta di curiosità Letterarie.* Disp. 46. Bologna, 1864.

tise, de la tiédeur, de toute espèce de tache ; il ne sert à
rien d'avoir un corps pur si on a un esprit impur, l'amour
de Dieu doit régner sans rival dans votre cœur. La virginité, une fois perdue, ne se reconquiert pas, il faut donc
la garder avec un soin jaloux.

63. **Le livre du Chevalier de la Tour Landry**[1] pour l'enseignement de ses filles. Geoffroy de la *Tour Landry* vécut
au xiv⁰ siècle ; les dates de sa naissance et de sa mort nous
sont inconnues. La première mention de son nom qui nous
soit parvenue est de 1346, où nous le trouvons au nombre
des combattants au siège d'Aiguillon ; il devait avoir alors
au moins vingt ans. La dernière date où nous retrouvions
son nom est 1389. Il nous apprend lui-même qu'il commença son livre en 1371, et il se passa plus d'un an avant
qu'il l'eût terminé, car l'auteur mentionne l'année 1372
dans le courant du livre. Geoffroy appartenait à une ancienne famille noble du Poitou ; les ruines du château de
la Tour Landry existaient encore en 1854 en Maine-et-
Loire. Le livre du chevalier jouit d'une certaine vogue au
moyen âge ; il fut traduit en allemand [2] et deux fois en
anglais, la seconde fois édité par Caxton [3].

ANALYSE. — Dans le prologue l'auteur nous apprend
qu'il écrit son livre pour l'enseignement de ses trois filles,
qui, au moment où il écrit, sont encore des enfants ; ce
livre doit leur apprendre *a roumancer affin que elles peus-*
sent aprendre et estudier et veoir, et le bien et le mal qui passé
est, pour elles garder de celui temps qui a venir est. C'est donc
un guide pour leur conduite à travers la vie. On y trouve
des conseils religieux et moraux, d'autres purement de
maintien, des conseils aux jeunes filles, aux femmes

---

[1] Ed. M. An. de Montaiglon. Paris, P. Janet, 1854.
[2] Marquard von Stein, 1493.
[3] E. E. T. S., 33.

mariées et aux veuves, le tout entremêlé de nombreux exemples tirés les uns de la Bible, des livres apocryphes, des Pères de l'Église, les autres de l'histoire plus récente ou même de l'expérience de l'auteur. Ces récits sont des illustrations empruntées à l'histoire des femmes célèbres, à celle des femmes de bien, mais surtout à celle des femmes corrompues.

Le chevalier nous dit qu'il employait deux scribes et deux prêtres pour collationner ces exemples, ce qui nous explique les notables différences dans le style et la valeur morale des récits. La grande abondance des exemples destinés à illustrer la conduite à éviter, et la liberté excessive avec laquelle ils ont été choisis, sont cause que ce livre a souvent passé pour immoral, obscène même, ce qui n'était certainement pas l'intention du père très affectueux et soucieux du bien de ses enfants, mais un peu borné, qu'était le chevalier de la Tour Landry. Le livre est divisé en 128 chapitres et il n'y a pour ainsi dire aucun ordre dans sa composition. Je préfère donc grouper les conseils du chevalier en un certain nombre de classes ou de catégories.

1) CONSEILS D'ORDRE RELIGIEUX. — Ce sont ceux sur lesquels l'auteur insiste le plus et revient le plus souvent, de sorte qu'en dehors des conseils purement religieux qui rentrent dans ce groupe, l'idée religieuse est étroitement unie à tous les autres. Il faut tourner son cœur et ses pensées vers le service de Dieu et non pas vers les biens de ce monde. Le matin, en se levant, il faut avoir bien soin de dire ses prières avant de déjeuner ; ensuite, il faut entendre le plus grand nombre de messes possible ; exemple d'une dame qui jeûnait si elle ne pouvait pas entendre de messe et d'une autre qui entendait trois messes par jour. Il faut avoir soin de penser à ce qu'on dit en priant. Il ne faut pas causer et plaisanter et avoir des pensées amoureuses à l'église. L'auteur insiste sur l'horreur des crimes de fornication commis dans une église ; il parle de l'atrocité du

crime de ces femmes qui prétendent aller en pèlerinage et qui en vérité ne cherchent qu'un moyen de tromper leur mari. Il ne faut pas *perdre q ouïr la messe,* c'est-à-dire omettre d'aller à la messe quand on pourrait faire autrement, comme ces dames qui se lèvent trop tard et qui font attendre toute la paroisse, ou même à cause desquelles toute la paroisse a été privée de cette bénédiction, parce qu'elles ne sont arrivées qu'après que l'heure de la messe était passée et qu'on n'osait pas commencer sans elles. Une importance extrême est donnée au jeûne, auquel comme d'habitude est assignée une vertu physique à côté de sa valeur religieuse. Importance de la confession. Le soir, avant de se coucher, prier pour les morts, qui de leur côté prient pour nous et nous protègent.

Les exemples des châtiments terribles qui s'abattent dans ce monde et dans l'autre sur ceux qui n'observent pas ces règles de conduite, ne font naturellement pas défaut. Les femmes pieuses sont bénies à tout jamais et les autres sont méprisées du monde et de Dieu. Je n'insiste pas sur le mélange de foi enfantine, de superstition presque inconcevable et de grossièreté repoussante qui se trouve dans tous les exemples religieux ; il est commun à tous les textes de ce genre à un degré plus ou moins fort.

2) CONSEILS MORAUX SUR LA CONDUITE EN GÉNÉRAL, S'ADRESSANT A TOUTES LES FEMMES SANS DISTINCTION D'AGE. Il faut s'habituer à vivre simplement, selon ses moyens ; manger sobrement, et à des heures raisonnables ; l'auteur fait une ou deux sorties violentes contre la gloutonnerie et l'ivresse, insistant sur l'horreur encore plus grande de ces vices lorsqu'ils se rencontrent chez une femme. Il ne faut pas gaspiller son bien et donner les meilleurs morceaux aux petits chiens, comme font certaines dames, au lieu de penser aux pauvres. Une femme ne doit pas désirer se vêtir d'une manière ostentatoire ; il ne faut pas se presser d'adopter les nouvelles modes, ni celles venues de l'étranger,

car on risque fort qu'on se moque de vous par derrière.
Il faut se vêtir convenablement et d'après la coutume
établie. L'auteur se plaint qu'il n'en soit plus ainsi de son
temps, mais que les femmes veuillent toujours adopter les
nouvelles modes : dès qu'elles voient une femme qui a une
pièce de vêtement nouvelle, il faut absolument qu'elles
aient la pareille. Mais d'un autre côté il ne faut pas être
regardante avec les belles robes que l'on a, il faut les mettre pour honorer les personnes de haut rang qui viennent
vous voir et pour honorer Dieu les dimanches et fêtes ; il
y a des femmes qui ne se font belles que pour honorer les
hommes et pas pour l'honneur de Dieu ; c'est mal. Il ne
faut pas se farder, se teindre les cheveux, ou s'arracher les
sourcils. Curieux exemples : comment ces choses sont punies avec une sévérité terrible dans l'autre monde (je remarque en passant que l'auteur trouve exorbitant de
payer 80 francs pour une robe). Conseils sur la tenue, il ne
faut pas tourner la tête de ci de là, cela n'a pas l'air sérieux,
il vaut mieux *virer visaige et corps ensemble*, on a l'air plus
sérieux. Il faut se garder de trop parler, réfléchir avant de
parler, ne pas se mettre en colère, éviter de discuter avec
les *gens sçavants du siecle, qui ont le siecle a main et ont maniere et sens de parler*, car ils gardent toujours le dernier
mot et mettent les rieurs de leur côté. Nombreux avertissements contre la luxure ; ici les exemples foisonnent. Il
faut être chaste, se vêtir convenablement, ne pas se laver
ou se peigner devant les gens, *ni montrer rien qui se doit
tenir couvert*. La bonne renommée est une vertu. La courtoisie et l'humilité sont toutes deux recommandées avec
insistance à cause de leur vertu adoucissante et pacifiante ;
*car il n'est rien si plaisant comme estre humble et courtoise et
saluer le grand et le petit, et non pas faire chiere de perte ne
de gain, car nulles gentilz femmes ne doivent avoir nul effroy
en elles, elles doivent avoir gentilz cuers et doulces responses et
estres humbles, le plaisir de toute bonne femme doit estre a veoir*

les orphelins et povres petis enfanz par pitié et les nourrir et les vestir. Dans un autre passage l'auteur ajoute à cette liste les prisonniers et les malades. Une bonne femme doit héberger les *pèlerins et les sergeants de Dieu.* Il ne faut pas chercher à se venger. Lorsqu'un ami ou un parent vient vous voir, il faut se hâter d'aller à sa rencontre et de lui témoigner son affection, où qu'on soit et quelle que soit votre occupation ou votre costume ; il ne faut pas le faire attendre, sans quoi il croirait qu'on ne l'aime pas. Il fait bon avoir quelque personne plus âgée et sage à qui demander des conseils.

3) CONSEILS S'ADRESSANT PLUS SPÉCIALEMENT AUX JEUNES FILLES. — Une jeune fille devrait jeûner trois jours par semaine, sinon au moins deux jours, dont un au pain et à l'eau. Il ne faut pas être trop coquette et trop vaniteuse. L'auteur raconte comment dans sa jeunesse on le présenta à une demoiselle pour qu'il la demandât en mariage, mais elle lui fit tellement d'avances et montra si peu de timidité et de retenue qu'il ne voulut plus rien avoir à faire avec elle. Il raconte aussi l'histoire de deux œurs dont l'aînée, attendant son prétendant par un froid rigoureux, mit néanmoins une toilette légère et se serra pour paraître plus mince. Mais elle eut si froid qu'elle devint toute pâle et bleue, tandis que sa sœur était chaudement vêtue et avait de bonnes couleurs fraîches et saines, en sorte qu'elle plut beaucoup mieux au jeune homme et que celui-ci la préféra à l'autre. Il ne faut pas faire de mésalliance.

4) CONSEILS S'ADRESSANT PLUS SPÉCIALEMENT AUX FEMMES MARIÉES. — En tête de ce paragraphe, et pour donner le ton je citerai ces mots de l'auteur : *Les femmes doivent souffrir bel et courtoisement leur douleur* ! Une femme ne doit pas être jalouse, elle doit laisser entière liberté à son mari ; si elle lui montre un peu de jalousie, que ce soit seulement pour lui prouver qu'elle l'aime. On ne doit pas répondre aux réprimandes de son mari, sauf peut-être avec des paro-

les douces et en tête-à-tête. Une femme ne doit pas parler légèrement ni sans avoir d'abord pris conseil de son mari. Si vous voulez avoir *l'amour du monde*, il faut obéir implicitement à votre mari surtout devant les gens. Si votre mari se met en colère il faut tâcher de le prendre par la douceur et de l'apaiser. La femme elle même ne doit pas se laisser aller à la colère envers son mari, elle ne doit même pas bouder : *car par bonne raison, humblesse doit premierement venir de devers elle.* Il ne faut pas faire des demandes peu raisonnables à son mari ; ne pas dévoiler ses secrets ; ne pas manger les bons morceaux en son absence ; ne jamais reprendre son mari devant les gens. Il ne faut pas s'enorgueillir du rang auquel on atteint par son mariage. Toute femme doit soutenir son mari, même s'il est mauvais, car c'est Dieu qui le lui a donné. Plus le mari est mauvais, plus il a besoin d'une bonne femme : *Et pour ce est bonne chose et necessaire a mauvais homme d'avoir bonne femme et de sainte vie, et, de tant comme la femme sent son seigneur plus divers ou pecheur ou de male conscience, de tant a-t-elle plus grand mestier de faire plus grans abstinences et plus de biens pour Dieu.* Une femme mariée ne doit pas continuellement désirer aller aux joutes et fêtes, cela nuit au bonheur conjugal ; mais si elle est obligée d'aller à une fête, il faut qu'elle prenne extrêmement garde à sa conduite : une femme est si facilement blâmée et déshonorée. Dans un bal il vaut toujours mieux avoir quelque parent ou ami près de soi. Si un homme parle d'amour à une femme mariée, celle-ci doit se tenir sur ses gardes et éprouver un tel ami ; *le belle dame de Villon, qui tant fut belle et prende femme,* conseille même de l'éprouver pendant sept ans ! Mais le brave chevalier s'écrie : *mais de cette bonne dame je me tais car elle avait le cuer trop dur.*

5) Conseils s'adressant spécialement aux veuves. — Aux veuves comme aux jeunes filles il est recommandé de

jeûner. Une veuve doit être chaste et bien gouverner ses biens et ses enfants. En général il vaut mieux qu'une veuve ne se remarie pas, surtout pas au-dessous de son rang ; somme toute il n'y a qu'un cas où une veuve puisse se remarier : c'est si ses parents et amis le lui conseillent.

6) CONSEILS SUR L'ÉDUCATION DES ENFANTS. — Il ne faut pas mettre un petit bébé coucher près de soi. Les péchés des parents retombent sur leurs enfants : raison de plus pour se bien conduire. Il faut prier pour ses enfants, les châtier et les battre, mais ne pas les maudire. Rendre grâces à Dieu de la naissance d'un enfant. Il ne faut pas faire de trop grandes réjouissances à la naissance d'un enfant, cela déplaît à Dieu, et souvent, comme punition, il fait mourir l'enfant. Il faut mettre ses enfants jeunes à l'école ; qu'ils apprennent à lire dans les Livres Saints, non pas dans des livres mondains. Quand on apprend « *la Clergie et la Sainte Escripture on en reconnait mieux son salvement* » et l'auteur ajoute :

« *Et pour ce que aucuns gens dient que il ne voudroient pas que leurs femmes ne leurs filles sceussent rien de clergie ne d'escripture, je dy ainsi que, quant d'escryre, n'y a force que femme en saiche riens ; mais quant a lire, toute femme en vaulx mieulx de le sçavoir et cognoist mieux la foy et les perils de l'ame et son salvement, et n'en est pas de cent une qui n'en vaille mieulx ; car c'est chose esprouvee.* »

7) RELATIVEMENT AUX SERVANTES. — L'auteur se plaint de ce que les servantes veulent imiter les toilettes et les modes de leurs maîtresses, et il leur conseille la simplicité ; ce petit paragraphe contient quelques aperçus pénibles sur le manque de propreté du temps.

8) Le livre contient encore une discussion curieuse entre le chevalier de la Tour Landry et sa femme, une matrone de vues terriblement strictes, surtout pour ce temps-là, discussion dans laquelle le chevalier défend la thèse que dans certains cas, avant le mariage par exemple, il est bon

qu'une femme soit amoureuse, tandis que madame de la Tour ne veut pas admettre qu'une femme honnête doive jamais être amoureuse, ni avant ni après le mariage! ce qui n'exclut du reste pas une certaine affection froide pour le mari, affection qu'elle appelle amour.

9) Vient encore un tableau de la *dame honnourable* idéale. Elle était veuve depuis longtemps, et disposait généreusement de son avoir. Elle donnait de grands dîners auxquels elle conviait des ménestrels. Elle faisait des cadeaux, aidant les pauvres femmes au moment de leur mariage. Elle allait aux enterrements des pauvres et leur donnait de la cire ou autre chose dont ils avaient besoin. Elle se levait de bonne heure ; deux frères ou trois chapelains disaient ses offices ; après s'être levée. elle allait à son oratoire et disait ses heures. Après quoi elle allait s'habiller ; puis elle prenait l'air dans son verger en disant ses heures ; puis elle entendait la grand'messe et quelques petites messes, allait dîner, visitait les pauvres, etc. ; plus tard elle allait souper, si elle ne jeûnait pas ; puis elle faisait venir son maitre d'hôtel et lui commandait les repas pour le lendemain ; et « *vouleit que l'on se pourveïst de loing des choses qui estaient necessaires pour son hostel. Elle faisait beaucoup d'abstinence et vesteoit la haire trois fois par semaine, et avait une haire dans son lit.* »

—Dans ce livre nous remarquons un grand changement d'avec ceux qui le précèdent ; le ton général n'est plus le même, la femme n'est plus considérée uniquement au point dé vue de l'amour chevaleresque ; l'idée de la famille prend une beaucoup plus grande importance ; c'est un père qui écrit pour ses filles, et le bonheur conjugal est le but qu'il désire atteindre.

Cependant, par son côté religieux, ce livre appartient encore entièrement au moyen âge ; c'est la même foi superstitieuse et souvent grossière qui nous a surtout frappé chez Matfre Ermengau. Le chevalier de la Tour Landry ne nous

donne pas non plus une très haute idée du développement
intellectuel et moral de la petite noblesse de son temps, on
est frappé du contraste que présente sur ce point son livre
avec celui presque contemporain du « Ménagier Parisien ».

Je relève aussi le violent antagonisme des classes qui
perce souvent, le profond mépris de l'aristocratie pour la
bourgeoisie et les classes inférieures. Il est curieux de voir
sous quel jour le chevalier nous dépeint les mœurs des prêtres, bien qu'il en emploie deux pour l'aider à la composition de son livre.

Je remarque aussi que l'auteur lui-même trouve que l'on
honorait plus les femmes du temps de son père.

Le chevalier ne manque pas de verve et ses histoires sont
bien racontées, piquantes et souvent spirituelles.

Elisabeth de Bosnie († 1382), femme de Louis Iᵉʳ,
roi de Hongrie et de Pologne, a écrit un enseignement qui
rentre dans mon sujet ; c'était un :

64. **Manuel d'éducation pour ses filles** [1]. Ce livre ne nous est
malheureusement pas parvenu ; on sait seulement qu'il était
connu en France autrefois et qu'un exemplaire en fut remis
en 1374, à Louis de France, comte de Valois.

65. **Les échecs amoureux** [2]. Ce long poème, encore inédit,
compte plus de 30.000 vers ; il contient un chapitre sur
l'éducation des filles.

L'auteur, qui devait être un laïque, nous est inconnu.
Son ouvrage, qui est une imitation du « Roman de la
Rose », fut certainement écrit entre 1370 et 1380, très

[1] Rousselot. T. I., p. 63. *Histoire de l'Éducation des femmes en
France*. Paris, 1883.
[2] Voy. G. Kœrting : *Alt. frz. Ueversetz. der Remedia Amoris des
Ovid*. Leipzig, 1871.
— T. Mettlich : *Ein Kapitel über Erziehung aus einer altfrz. Dich-
tung des 14 Jahrh*. Münster, Gymnasium Programm, 1902.

probablement même entre 1375 et 1377 (voy. Koerting, op.
cit., p. VII et suiv.).

On connait deux manuscrit de ce poème. L'un est à
Dresde (Kœnigl. œff. Bibl. O, 66); il date de la fin du xiv⁰ siècle; la fin du poème n'y a pas été conservée. L'autre est à
la bibliothèque de Saint-Marc à Venise; ce manuscrit est très
inférieur à celui de Dresde[1]. Il existe encore une version en
prose des « Echecs amoureux »; et une traduction en
anglais[2] : « Resoun and Sensuallyte, » par Lydgate; cette
traduction ne compte pas plus de 7042 vers et ne traduit
que les vers 1 à 4873 du poème français; elle s'arrête avant
les chapitres sur l'éducation[1].

ANALYSE. — *Comment les parens doivent entendre especia-
lement aux filles.* (Cod. Dresd. fol. 138 v⁰ à 139 v⁰; soit 192
vers octosyllabiques rimés deux à deux. Je donne cette analyse d'après une copie de ce chapitre du manuscrit, que M.
le Dʳ Mettlich de Münster a eu l'amabilité de mettre à ma
disposition). L'auteur désire s'occuper de l'éducation des
filles, après avoir parlé de celle des garçons car :

> « *On ne les doit pas mettre arriere*
> *Ainz en doit on curer briefment*
> *Encore plus diligentement*
> *Et de tant plus en estre engrans,*
> *Car li perilz y est plus grans.* » (fol. 138 v⁰, l. 99)

Il faut élever ses filles de manière à ce qu'elles soient
honnêtes de corps et d'âme, et dignes de faire un bon
mariage, lorsqu'elles en auront l'âge. C'est pourquoi il
faut les habituer à la chasteté, à la sobriété *et toute aultre
bonne tesche,* dès leur enfance. Ici l'auteur renvoie à ce
qu'il a déjà dit à ce sujet dans les chapitres précédents,
c'est-à-dire, d'après M. Mettlich : (fol. 120 r⁰) « *Comment
la femme doit estre chaste et bealle en mariage.* »

[1] Voy. Mussáfia. *Wiener S. B.* XLII. 1863.
[2] Voy. *Anglia Bibl.* VIII, 134. — *Engl. St,* (27,437 et 28,310).

« *Comment la femme doit estre honteuse et aussy comme
estrange* » (ibid. v°)

« *Comment la femme doit estre sobre. Comment la femme
doit estre paisible et poy parler* » (fol. 121 r°). « *Comment la
femme doit estre ferme et estable en fait et en paroles. Comment la femme se doit garder d'oyseuse.* »

Trois choses sont tout spécialement importantes pour
une jeune fille : 1) La réclusion. Lorsqu'elle sort trop
souvent, la femme devient *mains honteuse* ; or la pudeur
est le frein que la nature a placé en la femme, et c'est la
sauvegarde de son honneur. Une femme qui sort souvent
devient *plus hardie et plus desfrenee* ; elle devrait au contraire
être *estrange et sauvaige.* 2) Il ne faut pas laisser la jeune
fille oisive ; occupez-la suivant sa force et son âge :

> « *Et s'elle est de si grant paraige
> Qu'elle ne vueille ouvrer des mains.* » (139 r° l. 72)

Qu'elle apprenne à lire de bons livres, à dire des oraisons, ses heures, etc., et qu'on lui raconte des fables
sur des sujets moraux, où elle puisse prendre exemple.
La jeune fille d'un rang moins élevé doit coudre, filer ou
tisser, en un mot se mettre au courant de ce qui pourra
lui être utile si elle se marie. Le travail empêche mainte
folle pensée ; c'est pourquoi Auguste fit apprendre à sa
fille *l'art de texture* « *dont je le tienz forment a saige* »
ajoute l'auteur.

3) Une jeune fille doit peu parler. Lorsqu'on parle beaucoup, on ne peut guère éviter de se tromper quelquefois, et
de dire des choses qui déplaisent aux autres. Si l'on parle
beaucoup, on se querelle facilement. Du reste, *femme est
a tenchier encline*, et, quand elle a commencé une querelle,
rien ne peut plus l'arrêter. Si c'est déjà abominable et
déshonorant pour une femme âgée d'être bavarde et querelleuse, combien n'est-ce pas pire pour une jeune fille :

« *Qui doit estre simple et honteuse*
D'estre en parler présomptueuse. » (139 v°, l. 45).

Lorsque les autres parlent, la jeune fille doit donc se taire. Lorsqu'il faut qu'elle parle, qu'elle pèse avec soin ce qu'elle a à dire.

« *Son maintien aussy soit sassiz*
Et sa contenance meûre. » (139 v°, l. 56).

La jeune fille qui se conduira de la sorte se fera aimer de tout le monde.

66. **How the good wiif taughte hir doughtir**[1]. — Ce petit poème de 31 strophes nous est parvenu anonyme. On en connaît sept manuscrits qui présentent des versions différentes, en anglais. M. Furnivall croit qu'elles remontent probablement toutes à une source commune latine, qui nous est encore inconnue. Il existe aussi en moyen anglais un poème de valeur inférieure au nôtre : « *How the wise man taught his sonne.* » M. Furnivall croit qu'il est postérieur au nôtre; cependant les avis sont partagés sur ce point. Le manuscrit que reproduit M. Furnivall date de 1430. Une des sept versions fut publiée en 1597, sous le titre : « *The Northern mother's Blessing. The Way of Thrift (Writtin nine years before the death of G. Chaucer* » (1391). (Voy. Furnivall, op. cit. p. LXIX).

ANALYSE. — La bonne mère enseigne souvent sa fille et lui donne des conseils pour qu'elle arrive à être une femme de bien. Voici ses enseignements : Si tu veux te marier, aime Dieu et l'Eglise. Va à l'église le plus souvent possible et ne te laisse pas arrêter par la pluie, car, chaque fois que tu y auras été, la journée s'en passera d'autant mieux. Paie ta dîme, et donne aux pauvres avec bonne

[1] E. E. T. S. Origin. Series, 32 : *The Babees book.* p. 36 et suiv. ed. Furnivall. London, 1868.

volonté ; sois libérale : « *for seelden is that hous poore there god is steward* » (l. 27). A l'église, prie ; ne cause pas avec tes parents ou amis ; ne te moque de personne ; sois polie envers tout le monde. Ne dédaigne aucune offre de mariage, quelle qu'elle soit ; consulte tes amis sur ce point ; ne sois pas seule dans la compagnie de ton amoureux, de telle sorte que tu ne viennes pas à mal :

> « *For a sclaundre reisid ille*
> *Is yvel for to stille.* »   (l. 36)

Honore ton mari et aime-le par dessus toute chose ; réponds-lui avec douceur et tu conquerras son cœur et tu seras sa chérie (*derlinge*). Aie une conversation agréable. sois douce, gaie et véridique : « *Trewe in worde and in dede, and in conscience good* » (l. 47). Garde-toi de te faire blâmer ou de te faire appeler vilaine. Aie une contenance toujours égale, ne laisse pas voir tes sentiments sur ta figure. Ne ris pas trop haut, ne baille pas, ris doucement mais joyeusement, ne sois pas bruyante. Lorsque tu sors, ne marche pas trop vite : « *Braundische not with thin heed, thi schuldris thon ne caste* » (l. 61). Ne jure pas. En ville, ne va pas te promener de maison en maison, ne va pas au marché vendre ton étoffe, ne va pas dans les tavernes t'enivrer avec l'argent que tu as gagné. Et si tu te trouves là où l'on sert de la bonne bière, bois-en avec modération ; car si tu t'enivres souvent *(sic)*, tu seras blâmée et tu auras une mauvaise réputation. Ne va pas aux :

> ..... *wrastlinge, ne to schotynge at cok*
> *As it were a strumpet or a gigggelot.* (l. 82)

reste plutôt à la maison et tu deviendras rapidement riche. Dans la rue, ne parle pas au premier venu, et si un homme t'y adresse la parole, salue-le vite et laisse-le passer, ne va pas avec lui, car il pourrait t'induire en tentation ; tous ceux qui savent bien parler ne sont pas des hommes de bien. N'accepte aucun cadeau, cela a été la ruine de plus d'une femme. Gouverne sagement ta maison et tes domestiques, ne sois ni trop sévère ni trop bonne, aie l'œil à tout. Si ton mari est absent, que les domestiques n'en profitent pas pour ne rien faire ; surveille les pour voir lesquels travaillent le mieux. S'il le faut, mets-toi à l'ouvrage toi-même ; tous en travailleront mieux et ta renommée en deviendra meilleure ; corrige et répare ce qui va mal, mais sois juste et ne demande pas l'impossible de tes domestiques. Quand le travail est terminé, que tout soit bien en ordre ; garde les clefs toi-même. Ne te confie pas au premier venu ; ne te fie à personne autant qu'à toi-même. Ne te mêle pas des affaires d'autrui et ne blâme pas ce que les autres font. Ne sois pas capricieuse. Paie les domestiques les jours de paie et ne sois pas regardante à l'endroit de leur salaire.

Ne sois pas jalouse des vêtements de tes voisines ; remercie Dieu de ce que tu as ; de la sorte tu vivras une bonne vie. Dans la semaine, travaille.

Pride, reste et ydilness, makith onthriftiness. (l. 152)

Le dimanche, repose-toi et adore Dieu. Fais aux autres ce que tu voudrais qu'on te fît. N'augmente pas les discordes, tâche de les apaiser. Si tu es riche, ne sois pas avare, sois hospitalière. Ne ruine pas ton mari par ton extravagance, dépense en proportion de ton revenu. N'emprunte pas et ne sois pas pressée de ravoir ce que tu as prêté. Ne fais pas parade de biens qui ne t'appartiennent pas. Couche-toi et lève-toi de bonne heure. N'imite pas les femmes de condition plus élevée que la tienne. Si tes enfants ne sont pas sages, ne les maudis pas, corrige-les. Si tu as des filles, commence à économiser pour leur mariage depuis le commencement, dès leur naissance. Prends en considération tous ces conseils, penses-y jour et nuit, et mets les en pratique ; et ton mari ne se repentira pas de t'avoir choisie. Que la bénédiction de tous les saints, etc., soit avec toi.

— Ce petit poème ne manque pas d'intérêt ; il se distin-

gue par son calme et son grand bon sens pratique, qui ne
se perd pas en discours, mais va droit au but et dit ce
qu'il veut dire en peu de mots ; on est tenté de reconnaître là des qualités éminemment anglo-saxonnes. D'a-
près le genre de conseils que donne cette mère à sa fille, il
me paraît évident qu'elle s'adresse à une jeune fille de
condition modeste, une petite bourgeoise, en tous cas pas à
une noble. Je remarque que la femme me paraît jouir ici
d'une liberté rare : il n'est pas dit qu'elle soit *accompagnée*
lorsqu'elle sort, on ne lui enjoint pas de s'abstenir de la
compagnie des hommes, etc.

Elle a une éducation pratique, une vie bien remplie,
une religion sincère, mais qui n'a rien d'ostentatoire et ne
s'impose pas. Il est à noter qu'il n'est pas fait mention de
connaissances telles que la lecture ou l'écriture. D'après le
cadre, on serait tenté de faire un rapprochement entre ce
texte et la Winsbekin : dans les deux nous avons une mère
enseignant sa fille. Mais la ressemblance s'arrête là ; même
les traits qui n'avaient pas paru plus spécialement germaniques dans la Winsbekin ne se retrouvent pas ici.

67. **Le Ménagier de Paris** [1]. Les dates de naissance et de
mort de l'auteur de ce livre, comme son nom du reste,
sont inconnus. En 1358 il était à Melun et en 1373 à
Niort, comme il nous le dit lui-même. Son livre doit
avoir été composé entre juin 1392 et septembre 1394, car il
parle d'un duc d'Orléans qui, comme l'a prouvé M. Pichon
(op. cit., introd.), ne peut être que Louis d'Orléans, frère
de Charles VI ; or, il n'obtint le titre de duc d'Orléans que
le 4 juin 1392. Dans un autre passage l'auteur parle des
Juifs *qui sont en France;* or ceux-ci furent expulsés de
France en septembre 1394. L'auteur a écrit son livre dans

---

[1] M. Pichon. *Le Ménagier de Paris, traité de morale et d'économie
domestique*, etc., publ. pour la première fois par la Société des Biblio-
philes français, Paris, Janet, 1847.

sa vieillesse, comme le montrent les faits suivants que nous apprenons de lui-même : en 1358 il était déjà en âge d'être admis dans la société du seigneur d'Andresel ; sa femme, pour l'instruction de laquelle il écrit son livre, est beaucoup plus jeune que lui, elle n'a que quinze ans au moment de leur mariage, ce qui explique le ton paternel que nous remarquons dans cet ouvrage. Il est même probable que l'auteur mourut avant d'avoir terminé son œuvre, car deux paragraphes, annoncés dans le prologue, manquent dans le livre, et sauf ces points, le plan du prologue est suivi exactement ; le traité de chasse n'apparaît pas non plus à la fin où l'auteur avait voulu le placer, mais après le chapitre sur les chevaux, ce qui doit être dû à la main de ceux qui ont arrangé l'œuvre inachevée, après la mort de l'auteur. Le nom de l'auteur est absolument inconnu ; d'après son livre il est probable qu'il appartenait à cette riche bourgeoisie de Paris qui se distingua sous la régence et le règne de Charles VI ; qu'il prit part aux événements politiques de son temps, et qu'il faisait partie de la magistrature. Sa femme appartenait à une meilleure famille que la sienne, elle était orpheline et venait d'une autre province.

ANALYSE. — Dans le PROLOGUE nous apprenons que l'auteur a écrit son livre parce que sa femme l'a prié de l'excuser de sa jeunesse et de bien vouloir ne pas lui faire des observations devant le monde ; l'auteur a alors eu l'idée d'écrire ce livre pour l'instruire, car elle est encore fort jeune et a besoin qu'on lui apprenne ses devoirs avec bienveillance ; l'auteur a du reste pleine confiance en la bonne volonté de sa femme. Il désire surtout que sa femme sache bien se conduire pour pouvoir bien élever ses filles et pour que, si elle se remarie après la mort de l'auteur, elle soit une femme accomplie pour son second mari.

L'auteur divise son livre en 3 parties qu'il appelle *distinctions*.

1ʳᵉ DISTINCTION. — Enseignements religieux et moraux. § 1. Le matin il n'y a pas besoin qu'une femme mariée se lève à matines, mais, si elle les entend sonner, elle doit prier et rendre grâces à Dieu. A jeûn, il faut dire ses prières ; l'auteur donne des exemples de prières en citant toujours les premiers mots en latin, et donnant la traduction complète de la prière. Il faut se vêtir avec soin *sans induire nouvelles devises et sans trop ou trop peu de bonban* ; que tous vos vêtements soient arrangés avec ordre et les cheveux bien lissés. Il faut marcher à petits pas, avec une expression douce, et éviter avec soin d'avoir l'air hardi : *comme il est d'aucunes yvrognes, foles ou nonsachans qui ne tiennent compte de leur honneur ne de l'honnesteté de leur estat ne de leur maris, et vont les yeux ouvers, la teste espoventablement levee comme un Lyon, leurs cheveulx saillans hors de leurs coiffes, et les colez de leurs chemises et cottes l'un sur l'autre et marchent hommassement et se maintiennent laidement devant les gens sans avoir honte.* § 2. Conduite en ville et à l'église. La dame doit être accompagnée, quand elle sort, de femmes de bonne tenue et honnêtes ; elle doit marcher les yeux baissés, ne parler à personne, ni homme ni femme, ne regarder ni à gauche ni à droite, choisir une place retirée à l'église et n'en pas changer. Ses lèvres doivent continuellement remuer en prière, ses yeux être fixés sur son livre ou sur l'autel, et elle doit prier de cœur ; elle doit ainsi entendre une messe tous les jours et se confesser souvent *a bon vieux prétres saiges et preudomes.* § 3. Il faut aimer Dieu et se tenir en sa grâce. Le soir il ne faut manger et boire qu'avec modération et se réserver un moment de solitude pour la méditation et la préparation à la confession. Suit une longue explication de la valeur de la signification et du rituel de la messe et de la confession. Pour donner une idée du sérieux de l'auteur je cite un ou deux passages : *Quant li homs ou la femme est au moustier pour oïr le service divin, son cuer ne doit mie estre en sa maison, ne es champs, ne es autres choses mondaines et si ne doit mie penser es choses temporelles, mais a Dieu proprement, seulement et purement, et a lui prier devotement.* Lorsqu'on se confesse il faut le faire pleinement : *et n'en rien oublier ne laisser derriere, et quelque gros morcel que y soit, il convient qu'il passe oultre le neu de la gorge ; et se l'orgueilleux cuer du pecheur ne le veult endurer, face le signe de la croix devant sa bouche, afin que l'annemy qui lui estoupe les conduis de la parolle, s'en aille.* Il ne faut avoir qu'un seul confesseur et non plusieurs. Suit une explication détaillée des sept péchés capitaux et des sept vertus correspondantes. Je note de nouveau cette phrase caractéristique : *Tu ne auras ja dicte si petite parole dont il ne te conviegne rendre compte devant Dieu. Hélas ! que tu en dis a prime dont il ne te souvient a tierce !* Ici nous remarquons que la femme de l'auteur savait lire, car il s'abstient d'en dire plus sur ce sujet, dit-il, vu que sa femme peut en apprendre plus long, si elle le veut, dans ses livres qu'il met à sa disposition, tels que la Bible, la Vie des Pères, etc., qu'il possède en français. § 4. Il faut garder continence et vivre chastement. Ici de nouveau l'auteur assure sa femme que ce qu'il dit n'est pas à son intention, il est sûr d'elle, il parle plutôt pour ses filles ou ses amies entre les mains desquelles le livre tombera peut-être. De l'importance de la chasteté, toutes les autres vertus sont diminuées si celle-là manque, même le soupçon sur ce point équivaut presque à la faute. Pour éviter les soupçons, les reines de France ne lisent elles-mêmes aucune lettre, sauf celles du roi ; de même, depuis leur mariage, il est le seul homme qu'elles embrassent. L'auteur conseille à une femme de ne recevoir de lettre que de son mari et de n'écrire qu'à lui ; si une femme ne sait pas écrire, qu'elle choisisse une personne intime et discrète et lui dicte sa lettre. §. 5. Il faut aimer son mari par dessus tout, un peu ses parents et être *tres estrangement privee de tous autres hommes*. Il faut avoir le moins possible à faire avec les gens de mœurs légères, et se méfier des seigneurs. Mais le mari aussi doit aimer sa femme. Exemples d'amour conjugal. L'auteur s'appuie aussi sur l'amour entre mâles et femelles parmi les animaux, et compare l'amour de la femme pour son mari à la fidélité du chien pour son maître. § 6. Ce chapitre est le plus long, et celui sur lequel l'auteur insiste le plus ; une femme doit être humble vis-à-vis de son mari, et elle lui doit obéissance absolue. Que ses ordres soient justes ou injustes, importants ou futiles, raisonnables ou non, motivés ou non, la femme doit obéir implicitement sans questions, sans murmures, sans aucun signe de déplaisir. L'auteur s'appuie sur l'autorité de la Bible. Voici un des motifs de cette obéissance donnée par l'auteur : *Ou que les commandemens soient fais sur choses de petit pris ou de grant pris ; car toutes choses doivent estre de grant pris, puisque cellui qui sera vostre mary le vous aura commandé.* Surtout avec un jeune mari, les petites désobéissances et les petites vexations souvent répétées amassent peu à peu un courroux qui éclatera un jour, cela peut même aller jusqu'à pousser le mari à l'infidélité. Si une femme est obligée de décider d'une chose en l'absence de son mari, qu'elle agisse comme elle croit qu'il l'aurait désiré ; au besoin qu'elle lui écrive pour lui demander son avis. Cette obéissance implicite que l'on doit à son mari est une des raisons pour lesquelles il faut le choisir avec soin, car, lorsqu'une fois on a un mari, on l'a pour toujours. Plusieurs exemples d'obéissance, parmi lesquels celui de Griselidis, que l'auteur lui-même trouve exagéré et qu'il interprète du reste par une allégorie religieuse. Viennent de nombreux exemples de cette étrange et quelquefois cruelle coutume, très répandue alors, d'essayer et de tenter l'obéissance de sa femme. Il n'est pas

permis à une femme d'éprouver de même son mari. Il
faut être prévenante et rendre à son mari tous les petits
services qu'on peut et avoir bien garde de ne pas laisser
faire à la chambrière ce qu'on aurait pu faire soi-même.
En dehors de l'amour du mari, tout autre amour doit être
banni. Il faut constamment mettre le plaisir de son mari
avant le sien propre, et éviter avec soin les petites trom-
peries, comme de ne pas lui demander son avis quand on
sait qu'il serait contraire à ce que l'on désire. Il faut retenir son mari près de soi par tous les moyens. § 7. Il faut
être soigneuse de la personne de son mari, tenir son linge
propre et en ordre. Lorsqu'il rentre fatigué ou mouillé
par la pluie, le déchausser devant le feu, lui laver les pieds,
etc., de sorte que lorsqu'il est dehors il se réjouisse à
l'idée de la réception qui l'attend et désire rentrer : *l'en ne
puet mieulx ensorceller un homme que de luy faire son plaisir*. Avoir soin qu'il y ait de bons feux qui ne fument pas ;
l'auteur ajoute même des remèdes contre les mouches,
les moustiques, et six (!) remèdes contre les puces ! Il ne
faut pas servir son mari de la sorte seulement les premiers
temps du mariage et se relâcher après. § 8. Il ne faut pas
trop parler, mais être discrète et garder jalousement les
secrets de son mari. Ne pas se quereller avec les gens et
se méfier des seigneurs. Avoir de l'empire sur soi-même.
Cacher les défauts et les méfaits de son mari. De même
le mari doit aussi *celer les simplesses* de sa femme, comme
dit l'auteur; suivent deux exemples qui prouvent qu'il
emploie le mot *simplesses* dans un sens très large. § 9. Il
faut avoir une influence pacifiante et adoucissante sur
son mari ; apaiser sa colère, s'il se fâche contre vous, le
vaincre par la douceur ; et si vous ne réussissez pas et qu'il
soit brutal, pleurez dans votre chambre, mais ne vous
plaignez pas.

DEUXIÈME DISTINCTION. —. Conseils pratiques.

§ 1. Une femme doit avoir soin de son ménage ;

cependant l'auteur assure sa femme qu'il ne veut pas lui
en demander trop, la femme doit se réserver en première
ligne à son mari, elle ne doit avoir que le commandement
et la direction générale de la maison. L'auteur cite en
entier le *Chemin de Povreté et de Richesse* par JEAN BRYANT,
long poème allégorique dans lequel la diligence et la
persévérance sont surtout recommandées. § 2. Conseils,
avis et instructions relatifs au jardinage. § 3. Conseils
et avis sur le choix des domestiques. L'auteur en distingue
trois classes : 1° Les aides et hommes de peine, parmi lesquels il compte les laboureurs, les vignerons, etc. La
maîtresse de maison n'a pas besoin de les choisir elle-
même, elle fait faire cela par son maître d'hôtel ; mais il
faut faire attention au caractère de ces gens, car ils sont
souvent arrogants, et il faut convenir des salaires avec eux
à l'avance. 2° Ce que nous appellerions aujourd'hui les
fournisseurs ; il faut éviter de prendre beaucoup à crédit,
mieux vaut payer comptant. 3° Les domestiques proprement dits. Ici, comme la femme de l'auteur est fort jeune,
elle peut se faire assister de la béguine dame Agnès, sorte
de gouvernante, dame de compagnie, qu'elle avait auprès
d'elle. C'est la maîtresse de maison qui engage et qui
renvoie les domestiques. Lorsqu'on engage des domestiques il faut s'enquérir de leurs conditions, *sur le trop parler,
le trop boire, combien elles ont demouré, quel service elles
faisaient et scevent faire ; si elles ont chambres ou accointances en ville : de quel païs et gens elles sont : combien elles y
demourerent et pourquoy elles s'en partirent.* L'auteur
décrit les caractéristiques des bonnes et des mauvaises
servantes : *si elle rougist et est taisant et vergongneuse quand
vous la corrigez, amez la comme vostre fille.* Il faut maintenir
le bon ordre parmi les servantes, empêcher les querelles, le
vilain langage, et veiller aux bonnes mœurs : *vous devez
estre a vos domestiques exemple de tout biens.* Il faut assigner
à chacun sa besogne et faire nettoyer les chambres tous les

matins, en commençant par l'entrée. La maîtresse de
maison doit pourvoir à ce que les animaux soient bien
soignés et tenir le compte de leur nombre, ainsi que
celui des grains, des fourrages, du lait, des fromages, de
la cave et du vin ; avoir soin de la lingerie et des habits ;
veiller à ce que la cuisine soit propre. L'auteur donne des
recettes contre les loups, les renards et les rats. La maîtresse de maison doit s'assurer que les domestiques ont
une nourriture saine et simple et ne restent pas trop longtemps à table. Lorsque l'ouvrage est terminé, la maison
bien close et les feux éteints, c'est l'heure du repos des
domestiques. Que les jeunes servantes de quinze à vingt
ans couchent dans une chambre près de la vôtre, pour que
vous puissiez les surveiller. Veillez à ce que les domestiques aient chacune son lit, avec une chandelle dans un
chandelier, et à ce qu'elles l'éteignent en soufflant dessus ou
bien avec leurs doigts, pas autrement. Conseils au maître
d'hôtel concernant les chevaux. § 4. La maîtresse de
maison doit savoir commander les repas et préparer les
menus. Renseignements sur les bouchers de Paris, les
prix des denrées, les termes de cuisine, les menus, etc.,
etc. § 5. Long traité de cuisine très détaillé (potages,
rôts, pâtés, poissons, œufs, entremets, sauces, breuvages
et soupes pour malades, recettes diverses).

TROISIÈME DISTINCTION. — Il ne nous en reste que la
seconde partie, qui est un traité détaillé : *lequel est de savoir
nourir et faire voler l'Espervier*. La chasse à l'épervier était
alors un sport très en faveur parmi la haute bourgeoisie,
car elle était moins coûteuse que la chasse à courre, et les
dames y prenaient une part active.

— Ce livre est incontestablement l'un des plus remarquables que nous possédions sur notre sujet. Tout d'abord,
il est écrit dans une prose simple, claire, forte et nerveuse
qui offre un attrait particulier ; puis tout le ton du livre est
élevé, les idées sont larges et justes. La conception de la

religion, spécialement, est ici infiniment plus élevée que
dans le livre du chevalier de la Tour Landry. Ces différences me paraissent être dues principalement à deux
causes : au caractère personnel et distingué de l'auteur,
et à la classe à laquelle il appartenait. La haute bourgeoisie de Paris à l'époque de Charles V, représentait certainement, comme du reste souvent par la suite, la force
vive de la nation, ce qu'elle avait à la fois de plus éclairé,
de plus actif et de plus stable. Au lieu de l'oisiveté igno-
rante de la noblesse, nous nous trouvons ici en présence
d'une vie bien remplie, de gens qui ne pensent pas uniquement
ment aux plaisirs et à la satisfaction des apparences, mais
qui au contraire regardent en face les côtés sérieux de la
vie. L'antagonisme des classes est du reste aussi violent
ici que dans le livre du chevalier.

Francesch Eximeniz, l'un des prosateurs catalans
les plus célèbres du XIVe siècle, a aussi écrit un livre de
morale et de dévotion s'adressant aux femmes. Exime-
niz est né à Gérona aux environs de 1350, il mourut à
Perpignan en 1409 ; ce fut surtout un théologien et un
dogmaticien. Il était prédicateur de l'ordre de saint François. Son livre sur les femmes n'a été édité qu'une fois en
1495 à Barcelone.

Un manuscrit du « Libre de les dones », écrit en 1435,
se trouve à la bibliothèque de l'Université de Barcelone.
Une traduction castillane du même ouvrage a été donnée
par Philippe II à la bibliothèque de l'Escurial.

68. **Le libre de les dones** [1] est dédié à une dame de la noblesse-
se : Sanxa de Arenos, comtesse de Prades. Le livre se
divise en deux parties très différentes ; la première com-

---

[1] Cp. Grœber. *Grundriss*, II, 2, page 100. — *Libre de les dones*. Francesco Eximeniz, Barcelone, 1495., in-4° de 267 feuillets (Paris, Bibl. nat.).

prend 13 chapitres et parle des femmes en général, la seconde 5 traités et 332 chapitres et parle des 5 catégories de femmes : enfants, jeunes filles, femmes mariées, veuves et religieuses.

Eximeniz s'adresse aux femmes sans distinction de classe. Son livre fut traduit en castillan librement sous le titre : *Carro de las donas,* et publié à Valladolid en 1542.

ANALYSE. — 1re PARTIE. Il est reconnu de tous que l'humilité et la chasteté sont les premières qualités des femmes. Pour pouvoir mener une vie honorable, il est des choses qu'il faut que les femmes sachent et que Francesch Eximeniz veut leur enseigner : quelle est la nature de la femme, sa valeur comparée à celle de l'homme, ses chances de salut, etc. Nombreuses citations de l'Ancien Testament. Ceux qui disent du mal des femmes ont tort. — 2e PARTIE. — L'ENFANT. Un enfant sage est un honneur pour ceux qui l'ont élevé. Honneur à ceux qui soutiennent les orphelins. De la beauté de la maternité ; les femmes ne doivent pas penser à ses revers, mais bien au bonheur que les enfants leur apportent. Une femme doit nourrir et élever ses enfants elle-même. Il faut les corriger. Sous le nom d'enfants, l'auteur comprend les petites filles jusqu'à l'âge de 12 ans; de 12 à 18 ce sont des *donzellas;* de 18 à 25 il faut les marier, sans quoi on les dit vieilles filles (il y a progrès sur Barberino). En fait de religion il faut apprendre aux petites filles à faire le signe de la croix, à dire le Pater, l'Ave Maria, le Credo, les répons, à s'agenouiller devant l'autel. Qu'elles n'aient pas de conversations folâtres avec des jeunes gens et n'en acceptent pas de cadeaux. De la manière de se conduire à l'Eglise. Qu'elles jeûnent; qu'elles ne jurent pas; qu'elles prient pour leurs parents vivants ou morts; qu'elles ne soient ni bavardes, ni oisives, ni menteuses. Si vous avez fait ou dit quelque chose de mal, confessez-le à votre mère. Ne restez pas à la fenêtre,

etc. Apprenez à manger et à boire convenablement. Il ne
faut pas habituer les enfants aux délicatesses. Qu'on leur
apprenne à filer, à tisser, à travailler la laine, à coudre, à
couper les vêtements, etc. Exemples. De l'importance du
choix de la nourrice et de la gouvernante. — LA JEUNE FILLE.
Elle doit aimer la pureté par dessus tout, doit avoir plus
de pudeur et de crainte de Dieu qu'une enfant. Celles qui
seront religieuses doivent avoir une instruction plus soignée que les autres. De la force de la prière pour conserver
la pureté. De celles qui agissent mal et des punitions
qu'elles s'attirent. Pas de vains ornements ; des vêtements
honnêtes. — LA FEMME MARIÉE. Réfutation des arguments
que d'aucuns avancent contre le mariage. Si vous avez des
enfants, réjouissez-vous en, élevez-les avec soin ; si vos
enfants meurent, soyez soumises et patientes ; si vous n'en
avez pas, ne vous plaignez pas, songeant à combien de
soucis vous échappez. Du péché de ceux qui ayant une
femme stérile, prennent une concubine, etc. Des bâtards
et de leur méchanceté. Ne pas donner sa fille en mariage
au fils d'un ecclésiastique. De la fidélité conjugale. Contre
la jalousie. Conseils aux maris. Contre la dissolution ; des
punitions qui l'attendent dans l'autre monde. Les femmes
doivent savoir lire. Attaque contre les mœurs des Fran-
çaises, que l'auteur dit être pires que celles des Italiennes
et des Catalanes. Longues discussions sur les différentes
espèces d'adultères. Exhortation à la continence. Du
sacrement du mariage. Il faut aimer et honorer son mari
et vivre en paix avec lui ; mais il ne faut pas oublier ses
devoirs envers Dieu, ou pécher par amour pour son mari.
Que la femme sache gouverner sa maison et gérer les
biens de son mari, qu'elle soit pieuse et charitable. — LA
VEUVE. Partie entièrement tirée des Pères de l'Eglise
et ne présentant rien de nouveau. — LA RELIGIEUSE.
(Cette partie comprend plus de la moitié du livre, elle
commence au feuillet 73 et a un caractère purement théo-

logique). C'est là l'état le plus pur et le plus élevé. L'a-
mour de Dieu doit étouffer l'amour familial chez la religieuse. Des vertus théologales et cardinales. Contre
l'amour. Des tentations du diable. De l'amour du prochain.
Aimez vos ennemis. Des dix commandements. Des conseils
évangéliques ; des péchés mortels, véniels, etc. Des
cinq sens ; de la religion et de la perfection ; des trois
vœux principaux. De la contemplation. Avoir la pensée de
la mort toujours présente à l'esprit ; de la joie de cette
pensée pour ceux qui ont bien vécu. Des peines de l'enfer
et des gloires du paradis. Glorification de Dieu.

— Ce traité est une œuvre éminemment religieuse, ne présentant que peu d'originalité. Eximeniz est un théologien
savant, qui connaît les Saintes Ecritures et les Pères de
l'Eglise et qui sait s'en servir. Les citations de saint Jérôme
surtout abondent. Eximeniz affectionne les longs développements scolastiques embrouillés ; son érudition ne le
préserve pas de la trivialité que nous retrouvons chez la
plupart des écrivains de ce genre. Son style manque de
charme, son œuvre est longue et ennuyeuse. Elle a cependant une valeur pédagogique spéciale par la place importante que l'auteur donne à l'éducation des petits enfants.
Les conseils donnés aux mères à ce sujet sont bien plus
nombreux chez lui que dans tous les ouvrages mentionnés
jusqu'ici, et ils sont justes et pleins de bon sens. Eximeniz
est du reste plutôt modéré dans ses vues, et son but est
bien clairement pédagogique.

69. Le chancelier Gerson à sa sœur [1]. — De la mort et
passion de N. S. Jésus-Christ. — **Jean Charlier de
Gerson** (1363-1429), le célèbre chancelier de Notre-Dame
et de l'Université de Paris, a écrit à sa sœur sur la mort

[1] R. Thomassy. *Jean Gerson, chancelier de Notre-Dame et de l'Université de Paris.* Paris, 1843, p. 338-369.

et la passion de Jésus-Christ un petit traité qui rentre dans mon sujet. Cette lettre n'est conservée que dans un manuscrit. Elle se trouve à la suite de plusieurs traités de Gerson, et M. Thomassy dit : « C'est ce qui nous fait attribuer au même auteur l'instruction sur la passion, dont le style, les pensées et surtout l'allocution à sa sœur ne laissent pas douter qu'elle ne soit de Gerson. Gerson avait sept sœurs, dont quatre devinrent religieuses ; il s'occupa toujours beaucoup de sa famille. Nous possédons aussi des dialogues spirituels de Gerson avec ses sœurs. » Il appartenait à la bourgeoisie et ses parents furent même obligés de faire des sacrifices pour lui procurer l'éducation grâce à laquelle il put devenir célèbre. Les conseils à sa sœur sont d'un caractère purement religieux. L'œuvre n'est du reste qu'une traduction ; il nous dit : « *J'ai coppié en François cestui petit traicté de la mort et passion de Nostre-Seigneur Jhesucrist.* » Son but était d'aider sa sœur dans ses dévotions ; cet enseignement doit s'adresser à une de celles de ses sœurs qui sont devenues religieuses.

ANALYSE. — Par la contemplation des tourments du Christ on acquiert : « *La vertu de patience contre toute adversité, persecution et tribulation* » et elle vous *cure les vices et les pechiez*. Prière. Conseils pratiques : il faut s'abstenir de trop boire ou de trop manger, se garder de trop parler, fuir toute *delectation charnelle*. Puis « *se tu veulx parfaitement contempler en ceste passion, il convient que par contemplacion tu te disposes aussy comme se le feüsses present quand il fut crucifié.* » Gerson divise alors cette contemplation en sept parties, selon les *sept œuvres de misericorde de Sainte-Eglise : Complies, Matines, Prime, Tierce, Midy, Nonne et Vespres.* Dans chacune il y a des prières et des méditations. La religieuse doit se transporter en pensée au temps de la crucifixion, au point de parler à Jésus et à Marie ; par exemple elle va annoncer à Marie la mort de son fils.

A complies, penser spécialement à la sainte cène et à Géthsémané ; lorsqu'on se réveille à matines, c'est plus spécialement au jugement du Christ qu'il faut penser. Pour donner un exemple du style, voici comment ce chapitre se termine : *Ha, Sire ! que dirai-je demain à vostre doulce mère ? Et ainsi tu luy tiendras compaignie jusques au matin. Et ansi finira heure de matines ?* Je ne continue pas à donner une analyse de ce petit traité purement mystique : ce que j'en ai dit jusqu'ici doit suffire à en indiquer le ton. L'auteur insiste sur la contemplation des douleurs physiques du Christ. Il termine en priant sa sœur de se souvenir de lui dans ses prières.

70. **Tratto spirituale diretto a donne pie**, Scritto nel buon secolo della lingua italiana. Venise, Merlo, 1851, Antonelli, 1853.

Je n'ai pas pu me procurer ce petit traité, qui rentre évidemment dans la catégorie des écrits purement mystiques.

Christine de Pisan [1], auteur distingué et bien connu, a non seulement défendu son sexe, avec une énergie et un courage rares, dans la célèbre polémique au sujet du Roman de la Rose, polémique dans laquelle nous trouvons Gerson à ses côtés et où ses ennemis n'ont su lui répondre que par de basses calomnies, mais elle a encore écrit deux traités ayant plus spécialement rapport aux femmes (je ne parle pas ici de son activité littéraire dans d'autres directions). 1° « La Cité des Dames », œuvre qui eut un

[1] Voy. R. Thomassy : *Essai sur les écrits politiques de Christine de Pisan.* Paris, 1838, p. LXXVI et suiv. et p. 182-196.
A. Piaget : *Martin le Franc, prévôt de Lausanne.* Lausanne, 1888, p. 75-78.
F. Koch : *Leben und Werke von Christine de Pisan,* Leipzig, diss., 1885.
E. M. D. Robineau : *Christine de Pisan, sa vie et ses œuvres.* St-Omer, 1882, p. 62 et 332-349.

grand retentissement peu commun et fut l'objet de nombreuses imitations. 2° « Le livre des Trois Vertus ». Le premier de ces deux ouvrages ne rentre pas dans mon sujet, c'est un des nombreux traités à la louange des femmes ; Christine imagine une cité idéale, peuplée par toutes les femmes qui se sont distinguées depuis que le monde existe, elle raconte leur histoire et prouve ainsi que le sexe féminin n'a pas produit rien que du mal. « Le Livre des Trois vertus » fait en quelque sorte suite à la Cité ; il est écrit dans le but d'instruire les femmes *pour l'accroissement,* comme dit Christine, *du bien et honneur de toute femme grande moyenne et petite.*

Christine de Pisan était italienne de naissance, elle naquit en 1363 à Venise, mais vint en France en 1368 à la cour de Charles V où son père fut appelé. Elle ne quitta plus ce pays qu'elle adopta entièrement. Mariée à Etienne du Castel, elle devint veuve en 1389 et eut alors recours à la plume pour soutenir sa mère et élever ses enfants. Elle se retira du monde en 1418, entra dans un couvent, probablement à Poissy, et mourut avant 1431.

71. Le Livre des trois Vertus [1]. — Fut probablement écrit en 1406. Nous en connaissons cinq manuscrits : quatre à Paris, à la Bibliothèque Nationale, et un à Dresde (catalogue des livres de la Biblioth. de la Vallière n° 1328). Il fut imprimé trois fois en 1497, 1503 et 1536. Il a été traduit en portugais en 1518 : *Espelho de Christina o qual falla dos tres estados das mulheres. Lisboa. Herm. de Campos* ; et en anglais en 1852 : *The book of the Cyte of Ladies English by Brian Annesley (or Anslay) London. H. Pepwell.* Il est dédié à Marguerite de Bourgogne, femme de Louis, duc de Guyenne, Dauphin, fils de Charles VI ; ce prince

[1] *Le trésor de la cité des dames de degré en degré et de tous états, selon dame Christine.* Paris, Michel-le-Noir, 1503. (Paris, Bibl. nat.). Voy. Brunet. I, 1856-1857.

mourut en 1415 ; le livre s'adresse donc tout d'abord aux reines et aux princesses, mais s'étend ensuite aux femmes de toutes les conditions.

ANALYSE. — Dédicace. Chapitre d'introduction racontant comment Christine eut l'idée d'écrire ce livre. Il est dû à l'inspiration des trois vertus : Raison, Droiture et Justice. Le livre se divise en trois parties. 1ʳᵉ PARTIE : S'ADRESSANT AUX « PRINCESSES ET HAULTES DAMES ». De la nécessité d'aimer Dieu. Des tentations qui peuvent *venir a haulte princesse*, comment leur résister. Ne pas attacher trop d'importance aux choses de ce monde. Tout ce chapitre est très développé, et je remarque que Christine de Pisan, lorsqu'elle traite les sujets religieux, est exempte de cette superstition et de cette grossièreté qui nous choquent souvent dans les autres auteurs. Elle se distingue encore par une connaissance approfondie des Evangiles, qu'elle cite de préférence aux Pères de l'Eglise, etc. Christine parle aux princesses avec la plus grande franchise. Ne soyez pas orgueilleuses, paresseuses et gloutonnes. De la vie active et de la vie contemplative : saintes toutes deux. De la voie que la bonne princesse doit suivre ; Christine est modérée, elle ne demande pas l'impossible : *Dieu ne commande mye que on laisse tout pour le suyvre, sice nest a ceu qui du tout veullent estre de la tres plus parfaite vie.* La bonne princesse s'efforce de rétablir la paix entre ses barons s'ils sont en discorde. De la charité. Aimer l'honneur et la bonne renommée par dessus tout. De la tenue, des vêtements et du langage; être véridique. Parler avec courtoisie même à ses servantes. Lire des livres d'enseignement et de dévotion. Ne pas tolérer la mauvaise compagnie. Désirer être au courant des choses religieuses et des hauts faits de chevalerie. Se lever de bonne heure ; prier, aller à la messe. Après quoi la princesse s'occupera du gouvernement de ses terres. Faire droit aux requêtes. Bien choisir ses conseillers. A table, la princesse sera servie

par ses dames, après le repas elle ira se reposer dans sa
chambre un moment. Plus tard elle travaillera à l'aiguille
avec ses femmes et aura une conversation agréable avec
elles ; puis elle ira *s'esbattre* au jardin avec elles jusqu'à
l'heure du souper. Aux maris le soin d'instruire leurs
femmes dans les choses du sport. DE LA CONDUITE A TENIR
ENVERS SON MARI (adressé à toutes les femmes sans distinction de rang). L'aimer et vivre en paix avec lui, être humble et *obéissante*, le soigner, s'occuper de sa santé et souvent parler de lui à ses médecins. La femme est tenue à
tout cela, quelle que soit la conduite du mari à son égard,
et quoiqu'il y en ait qui : *se portent vers elles très felonneu-
sement et sans signe de nulle amour ou bien petite*. Et si
d'aucunes récriminent : *Si respondrons a icelles que nostre
doctrine en ceste présente œuvre ne s'adrece point aux hommes
quoy qu'il en fust besoing a plusieurs que ils fussent bien en-
dottrinez*. Il faut honorer les parents de son mari plus que
les siens propres ; mais, si votre mari a des amis qui ont
une mauvaise influence sur lui, il faut bien doucement l'y
rendre attentif. DE L'ÉDUCATION DES ENFANTS. La princesse
doit s'occuper même de l'éducation de ses fils, quoique
cette tâche incombe principalement au père. Elle doit les
visiter souvent dans leur chambre ; assister à leur coucher,
leur lever, etc. Qu'ils apprennent la lecture, le latin, les
sciences et l'art du gouvernement. Grondez-les vous-
même, surveillez les mœurs de leurs précepteurs. Que
vos filles soient sous la direction de dames bonnes et sages. Que les jeunes filles lisent des œuvres de dévotion et
pas de livres légers. CONSEILS GÉNÉRAUX. Ayez de la retenue et de la discrétion. Efforcez-vous d'être aimée de
tous vos sujets, quels qu'ils soient. Tenez à la bonne conduite des dames de votre cour. De l'ordre à avoir dans ses
finances ; la princesse doit vérifier les comptes elle-même.
DES PRINCESSES VEUVES, JEUNES OU PLUS AGÉES. Après la
mort de votre mari, tenez vous *close* un certain temps,

Prenez connaissance du testament de votre mari et faites-
le exécuter. Christine conseille aux princesses veuves de
se retirer dans leurs terres, qu'elles doivent alors gérer en
personne. Qu'elles reçoivent les dames du pays et les bourgeoises des bonnes villes, les paysannes mêmes, et se montrent bonnes et aimables envers toutes comme il convient.
Qu'elles visitent les malades et les accouchées. Christine
s'élève contre l'abus de la vente des charges. DES JEUNES
PRINCESSES NOUVELLES MARIÉES. Il faut choisir avec soin les
serviteurs de la jeune princesse et placer celle-ci sous la
garde d'une dame âgée, sage et de bonnes mœurs. Cette
dame doit s'efforcer de gagner l'amitié de sa jeune mai-
tresse. Avertissements contre les jeunes personnes de
conduite légère, à l'usage de celles qui sont chargées de
leur garde, etc.

2ᵐᵉ PARTIE. — S'ADRESSANT AUX DAMES ET DEMOISELLES ET
PRINCIPALEMENT A CELLES QUI DEMEURENT A COUR DE PRINCESSE
OU HAUTE DAME. De l'amour que l'on doit porter à sa
maîtresse. Ne pas avoir trop *d'accointances*. Sur l'envie
qui règne à la cour, d'où elle vient et comment s'en garder.
Contre la médisance. — DES FEMMES, DAMES OU BARON-
NESSES, LA MANIÈRE DU SAVOIR QUI LEUR APPARTIENT :
conseils adressés à celles qui vivent dans leurs terres.
Une femme doit être capable de remplacer son mari
lorsqu'il est à la guerre ou à la cour. Elle doit donc
connaître le droit guerrier et le droit féodal. De
même la femme d'un écuyer, etc., qui vit *es forts
en dehors des bonnes villes* doit être *aprinze es droitz
des fiefz, d'arriere fiefz, de censives et droicture de châpes
de prises de plusieurs mains etc.* Elle doit connaître le la-
bour, l'agriculture, le choix des laboureurs, etc. Elle doit
veiller à ce que ses gens se lèvent de bonne heure : *elle
mesme se lieve et affuble une houppelande, voise a la fenestre
et huche tant qu'elle les voye saillir dehors.* Qu'elle aille aux
champs voir s'ils travaillent bien et s'ils ne s'endorment

pas sous un arbre. Savoir marchander la vente du blé, soigner les bêtes, surveiller les bergers, etc., etc. Faire nettoyer les cours du château, pour qu'on puisse les traverser sans se crotter jusqu'aux genoux. Se vêtir simplement. Pas d'orgueil. — CONSEILS AUX RELIGIEUSES : obéissez à votre règle. Cette partie ne présente rien de nouveau, elle est basée sur les traités religieux de ce genre.

3ᵐᵉ PARTIE. — S'ADRESSANT AUX FEMMES D'ESTAT DES BONNES VILLES, AUX BOURGEOISES ET FEMMES DU COMMUN PEUPLE ET PUIS AUX FEMMES DES LABOUREURS. Que les riches bourgeoises sachent bien tenir leur maison et leur ménage. Qu'elles s'occupent de leurs enfants et que ceux-ci ne soient pas bruyants et désordonnés. Que les vêtements soient en ordre, la table servie quand le mari rentre. Que vos chambrières sachent tisser et filer. Ne cherchez en aucune manière à vous élever au dessus de votre condition.

— AUX FEMMES DES MARCHANDS. Ici Christine donne une peinture fort curieuse du luxe et de l'opulence des marchands des grandes villes. D'après elle leur faste était bien plus grand que celui de la petite noblesse. Christine trouve que cette classe n'est pas assez taxée : elle est trop riche !

— CONSEILS AUX VEUVES AGÉES. Ne présentent rien de neuf.

— ENSEIGNEMENT DES JEUNES ET VIEILLES FILLES en l'état de virginité. Comme d'habitude, très strict. De la conduite des personnes âgées envers les jeunes et vice-versa. Il faut respecter l'expérience des vieux, les révérer, les aimer et avoir pitié de leurs infirmités. — DES FEMMES DE LA CLASSE OUVRIÈRE. Je remarque que, selon les idées du temps, Christine trouve certains métiers plus *honnetes* que d'autres. Soyez diligentes. Mettez-vous de bonne heure au travail et restez y tard. Sachez travailler au métier de votre mari et soignez ce dernier comme il faut ; conseillez-lui la prudence en matière d'argent ; aimez-le ; ne courez pas les tavernes et ne faites pas de dépenses superflues. Restez chez vous ; fuyez les commérages et n'allez pas en pèlerinage. Envoyez vos enfants à l'école et faites leur apprendre un métier : *Car grant avoir donne a son enfant qui luy donne science, marchandise ou mestier.* Gardez-les de l'amour des friandises. — DES SERVANTES ET CHAMBRIÈRES. Soyez pieuses et honnêtes. Levez-vous de bonne heure, couchez-vous tôt. Mangez après les autres et peu. Ne faites pas « danser l'anse du panier ». (Christine dit : *battre le cabas*). Ne pas s'amuser et festoyer en l'absence des maîtres. Ne vous laissez pas corrompre par des cadeaux. — AUX FEMMES DE « FOLLE VIE ». Le soleil luit sur les bons et sur les méchants, et Jésus-Christ n'a pas craint de parler aux pécheresses ; Christine ne veut donc pas les passer sous silence, elle espère en sauver peut-être quelques-unes par ses conseils. Chapitre touchant. Qu'elles changent de vie et on leur viendra en aide, l'Eglise leur sera un refuge, etc. La psychologie de Christine n'est pas ici à la hauteur de ses intentions. — AUX FEMMES DE LABOUREURS, qui sont *nourries de pain bis, de lait et de eau abruvees.* Christine leur donne de longs enseignements simples et touchants en matière de religion, pour suppléer aux enseignements de l'Eglise, pensant que souvent elles vivent dans les campagnes et ne peuvent se rendre fréquemment à l'église. Encouragez vos maris au travail. Ne trompez pas vos maîtres, soignez bien leur troupeau, ne les trompez pas sur le prix des ouvriers. Que vos enfants n'aillent pas abîmer les jardins, ne fassent pas des trous dans les haies et ne volent pas de fruits. Ne vous ruinez pas en procès. — AUX PAUVRES. La vie future vous dédommagera des tribulations de celle-ci; prenez patience. Triste description de la misère. — CONCLUSION : Christine se sent fière de son œuvre.

— On voit tout de suite quel texte de haut intérêt est le « Livre des Trois vertus » pour notre sujet.

Une pareille œuvre, écrite par une femme d'aussi grande valeur, a encore de l'intérêt pour nous aujourd'hui. Sa valeur pédagogique n'est pas négligeable, on sent l'appro-

che des temps modernes. On est aussi frappé de la distinction de l'auteur : point de crudités, rien de choquant ne
se rencontre ici. Le bon sens de Christine, sa vraie humilité, son intelligence et sa foi éclairée se manifestent à
chaque pas. Elle est surtout touchante lorsqu'elle s'adresse
aux classes pauvres. Il est très probable qu'Anne de Beaujeu a puisé largement dans les deux premières parties du
livre de Christine. Il est curieux de comparer le Trésor
avec le livre de Barberino. Le plan des deux ouvrages est
à peu près le même, mais l'esprit qui les anime est tout
différent et ce sont bien deux œuvres indépendantes l'une
de l'autre. Si on les considère en tant qu'enseignement de
morale, celle de Christine est bien supérieure à celle de
Barberino.

Bouton [1], seigneur de Corbeveau, près Beaune, fut
écuyer à la cour de Bourgogne et capitaine des gardes de
Charles-Quint, contemporain et ami de Jean Molinet, et
appartient à l'école des « rhétoriqueurs », qui fleurit alors à
la cour de Bourgogne (commencement du xv⁰ siècle); nous
ne connaissons de cet auteur que le poème qui m'occupe
ici :

72. **Le Miroir des Dames** [2] est écrit en strophes octosyllabiques de sept vers (a-b-a-b-b-c-c), et compte 53 strophes,
plus un huitain final. Le texte que nous possédons paraît
être incomplet ou abrégé. D'après Bouton lui-même, le
« Miroir » devait être écrit en vers et en prose, mode très
répandue alors.

[1] Voy. Thibaut : *Marguerite d'Autriche et Jehan Lemaire de Belges.*
Paris, 1888, p. 110.
[2] Imprimé à la fin de : *La Dance aux Aveugles et autres poésies du*
xv⁰ *siècle, etc.* Lille, Panckoucke, 1748.
Voy. A. Piaget : *Martin le Franc, prévôt de Lausanne,* Lausanne,
1888, p. 132.

Analyse. — L'auteur éprouve le désir de louer la Vierge, mais ne se sent pas la force de le faire dignement. Il lui vient alors l'idée de louer les femmes qui se sont distinguées par leur vertu, et cela en l'honneur de la Vierge. L'auteur célèbre alors une femme par strophe, en commençant par Eve, qu'il excuse de sa faute d'une manière pour le moins originale pour le lecteur moderne :

> *Në estoit en sa cognoissance*
> *Peché des (sic) desobeïssance.* (p. 189, str. 1)

Puis viennent les douze Sibylles qui ont prophétisé la naissance de Jésus, puis quatorze autres femmes distinguées, le plus grand nombre desquelles sont surtout louées de leur chasteté. L'auteur passe alors à des considérations générales sur le mérite des femmes. Les hommes disent que les femmes sont faibles, mais eux-mêmes ne sont guère forts. Les vertus féminines sont : l'humilité (les femmes ne sont fières que lorsqu'il s'agit de garder leur chasteté), la libéralité, la patience, au sujet de laquelle se trouvent les jolis vers que voici :

> *Elles ont l'art et la science*
> *A l'encontre du peché d'ire*
> *Pour prendre tout en pacience*
> *Leur maulx, leurs meschiefs, leur martyre*
> *Qu'est plus grant qu'on ne saroit dire :*
> *Tout est pourté paciemment*
> *Dont je m'esbahis bien comment.* (p. 200, str. 2).

puis encore : loyauté, courtoisie, amour et charité poor combattre l'envie ; *bien peu sont oiseuses*, toujours diligentes, pleines de sobriété contre la gloutonnerie, et *peu ou nulle sont yvresse*, chastes, etc...

L'auteur parle des 11.000 vierges. Les femmes font des œuvres de miséricorde, sont dévotes, ne jurent pas, ne mentent pas, etc.

De bien garder leur mariaige
Ce n'est que le vray ordinaire. (p. 203, str. 2)

L'auteur couronne son œuvre par cette strophe typique :

Si bien nous mirons, pou irons,
Cognoissans que nous pourrirons ;
Et ne savons où nous irons ;
Puisque raison veult que pou rie,
La cher qui doit estre pourrie,
Prions donc la Vierge Marie-
Que nulle âme ne soit marrie.
Et qu'en Paradie chascun rie.

> *Amen.* (p. 205)

— Ce petit poème présente peu d'intérêt ; sa valeur littéraire est nulle ; la strophe que je viens de citer donne une
idée du bon goût de l'auteur. Ce livre rentre au reste à
peine dans mon sujet.

73. **Cy s'ensuit le miroir des dames et damoiselles, et l'exemple de tout le sexe féminin** [1]. Ce petit poème en quatrains
décasyllabiques est conservé dans un manuscrit du commencement du xv⁰ siècle, (Bibl. du roi, fonds ancien,
format in-folio maximo, n° 6813). Je n'ai pas pu me procurer ce « Miroir ». Son auteur ne nous est pas connu.

Alain Chartier. — Ce poète célèbre, que les contemporains plaçaient plus haut que Charles d'Orléans et Villon,
naquit en 1392 à Bayeux ; il étudia à Paris et entra ensuite
au service du Dauphin Charles VII ; il remplit plusieurs
missions diplomatiques importantes à l'étranger et fut
notaire et secrétaire de Charles VII. La date de sa mort
n'est pas établie avec certitude. Ses œuvres les plus im-

[1] P. Paris, *Les manuscrits français de la bibl. du roi.* I, p. 337-41. Paris, 1836.

portantes sont : « La belle Dame sans Mercy », « Le Livre des quatre Dames » et « Le Quadrilogue invectif ». On lui attribue aussi un :

74. Miroir aux Dames [1], qui rentre dans mon sujet. On ne sait pas la date de composition de cet ouvrage ; on en connaît deux manuscrits, l'un à Paris, l'autre à Madrid. M. Knust a fait une copie [2] de ce dernier ; c'est de cette copie que je me suis servi pour mon analyse. Le manuscrit de Madrid date du xv° siècle. Ce poème compte 135 huitains octosyllabiques : *a-b-a-b-b-c-b-c*. La valeur littéraire de l'œuvre est des plus médiocres ; sa valeur morale ou pédagogique n'est guère supérieure. Alain Chartier ne donne aux femmes que des conseils tout extérieurs ; son livre est uniquement destiné à combattre la mode des coiffures extraordinaires et extravagantes, alors très en vogue, spécialement la mode des « *cornes* » ; le lecteur moderne a peine à comprendre la violence des attaques d'Alain Chartier et l'horreur que ces modes lui inspirent.

ANALYSE. — Alain Chartier s'adresse à :

> *Mesdames et mes damoiselles,*
> *Jeunes bourgeoises et marchandes.*
> *Veufves, mariees et pucelles,*
> *Portans atour et houppelandes,*
> *Chapperons des parties Hollandes,*
> *De France, Ecosse et Allemaigne,*
> *Je vous presente mes offrandes*
> *Afin que de moy vous souviengne.* (str. 1)

L'auteur assure les femmes de ses bonnes intentions, il espère qu'elles l'excuseront s'il leur dit des choses déplaisantes, car c'est pour leur bien qu'il le fait, pour

[1] P. Paris, *Manusc. Fr.*, VII, 251. — A. Piaget, *op. cit*, p, 155.
[2] Leipzig, Univ. Bibl., Hs. O, 687.

les rendre : *A Dieu et au monde plaisantes*. L'auteur est
du reste amoureux et parle au service d'Amour. Louange
des femmes et description des beautés que la nature leur
a données. De ces beautés la tête est la couronne : cheveux
blonds et figure ronde, non pas carrée, parce que le cercle
est la forme parfaite. De ce que la tête contient : *mémoire*,
entendement, sens, savoir, science, la plus grande partie de
l'âme se trouve dans la tête (18). Mais hélas ! l'auteur voit
avec tristesse que les femmes s'ingénient à gâter ce que
Dieu a fait si parfaitement ! Et l'auteur commence sa
virulente attaque contre les coiffures : *carrees longues, cor-
nues, bigarrees* etc., etc. ; c'est à peine si on peut reconnaître des êtres humains sous ces édifices ! L'auteur ne
comprend pas comment les femmes peuvent être si folles,
elles déplaisent à Dieu et aux hommes. Avec ces énormes
coiffures, celles qui sont derrière vous à l'église ne peuvent
pas voir l'autel et sont obligées de se tenir debout, ce qui
n'est pas convenable. Du temps où vous ne portiez que
deux cornes on vous traitait de *bestes*. Que doit-on dire
maintenant que vous en portez huit ? Prenez donc exemple sur les dames des belles peintures ; elles sont toutes
vêtues simplement. Si Dieu, lorsqu'il créa Eve, eût trouvé
nécessaire qu'elle eût des cornes, il lui en aurait donné
(27). Mais au lieu de cornes, c'est l'humilité qu'il plaça
sur vos têtes ; une femme humble est aimable, douce, plaisante et gracieuse ; et elle en retirera bien plus d'honneur
que de sa parure extérieure. De l'humilité ; exemple de la
Vierge (48). Le diable fut chassé du ciel à cause de son
orgueil : il a des cornes, quelle honte de vouloir l'imiter !
Les femmes doivent se voiler en signe de soumission à
l'homme et en signe de honte du péché originel. Celles qui
ne portent pas des *cornes* portent au moins des *bourreaulx*.
C'est mal aussi, d'autres font pire : elles portent des chape-
rons d'hommes ! Le port des vêtements masculins est
défendu aux femmes dans la Bible et entraîne des peines

éternelles (64). Changez donc de coutume, cela ne vaut pas
la peine de se faire damner pour un chaperon. Plusieurs
donnent comme excuse de leur conduite leur désir de
plaire à leur mari ; mais comment expliquent-elles le
fait que, lorsque leur mari est absent, elles se parent encore
plus que lorsqu'il est là ? D'autres invoquent leur position sociale comme excuse : le rang doit bien être marqué
par des distinctions extérieures, mais ces parures doivent
toujours rester dans la limite de ce qui est honnête (108).
D'autres craignent les moqueurs si elles changeaient de
mode. Ici l'auteur s'élève au-dessus des idées du temps
dans son mépris du qu'en dira-t-on et de la moquerie ;
les moqueurs sont pareils à des roquets hargneux. Parce
qu'on se moque de vous, vous n'êtes pas blâmées, ayez le
courage de bien faire et de laisser dire ; n'encourez pas
les peines éternelles par peur de ces désagréments passa-
gers. Pour confondre les moqueurs, il n'y a qu'à ne pas
prendre garde à eux (133). Parez vous honnêtement et
ayez un miroir pour votre âme aussi bien que pour votre
corps.

75. **Liber de ornatu mulierum.** — Cet enseignement pour le
soin du corps et de la beauté n'est pas encore publié ; il se
trouve à Munich [1] (cod. lat. 444). M. Schultz dit que le
manuscrit date du milieu du xv⁰ siècle ; l'enseignement
est anonyme, il n'a certainement pas été composé en Allemagne, les nombreuses allusions aux coutumes sarrasines
font conclure à une origine italienne. L'auteur se base sur
Hippocrate.

ANALYSE. — Des différentes manières de rehausser sa
beauté. Soigner sa peau par des bains de vapeur, des
onguents, etc. ; comment se farder, se faire tomber les

[1] Voy. *Anzeiger für Kunde der deutschen Vorzeit.* 1877, p. 187, article de M. A. Schultz.

poils, s'enlever les rougeurs, comment soigner ses cheveux, les faire pousser et les teindre; comment peindre ses lèvres. Recettes nombreuses pour pommades. Du soin des dents et de la manière de les laver. *De male odeur*. Nombreux exemples tirés des coutumes des femmes sarrasines.

— Ce traité est unique en son genre et fort curieux. Il a un caractère plus médical que pédagogique.

76. **The Myroure of oure Ladye**[1]. — Ce livre est un traité religieux sur le service divin, écrit au xve siècle pour les sœurs de Sion à Isleworth sur les bords de la Tamise. L'auteur nous en est inconnu. M. Blunt croit cependant pouvoir nommer le Dr **Thomas Gascoign**, de Merton College, Oxford, qui fut vice-chancelier de cette université de 1434 à 1439 et chancelier de 1442 à 1443, et qui prit un intérêt spécial à sainte Brigitte, patronne du couvent de Sion, dont les sœurs obéissaient à une forme modifiée de la règle de saint Augustin. Le livre est en prose et compte environ 400 pages.

ANALYSE. — PREMIER PROLOGUE. — Que les filles de Sion glorifient la Vierge. Le « Miroir » est écrit pour leur aider à comprendre la Vierge, en leur donnant une traduction et une explication n anglais du service divin dans toutes ses parties. Le « Miroir » aura trois parties : 1) Un traité du service .i. 2) Une exposition du service pour chaque semaine. 3) Une exposition des différentes messes. Le livre est appelé « Miroir de Notre-Dame » parce qu'on y peut apprendre à voir Notre-Dame comme dans un miroir. Etudiez-le donc avec assiduité. Des méditations les plus appropriées aux différents jours de la semaine, etc. L'auteur demande que ses lectrices veuillent bien prier pour lui.

[1] E. E. T. S. Extra Series, 19, éd. J.-H. Blunt, 1873.

Second prologue. — Des difficultés de la traduction du latin en anglais. Table des matières.

1re Partie. Du service divin. De la prière. Il ne faut pas dire les offices en se dépêchant comme pour s'en débarrasser. Il ne faut pas joindre des prières particulières à celles du service, cela nuit aux deux, comme si on mélangeait du vin et de la bière ; de même il faut écouter la lecture des leçons avec piété. De la ponctualité aux offices. Considérations générales sur les services organisés par l'Eglise et sur leur raison d'être. Ceux qui pourraient aller aux offices et qui s'en abstiennent, commettent une grave faute ; il ne faut pas non plus avoir hâte de quitter le service ; un mal de tête ou d'estomac ou une mauvaise digestion ne sont pas des excuses suffisantes pour ne pas y aller. Les offices doivent être chantés et pas seulement lus, le chant vous émeut plus que la simple lecture ; cependant pour ceux qui ne peuvent ou ne savent pas chanter il suffit de dire les offices : *a clene harte and a meke, plesyth god in scylence as well as in syngyng.* D'après saint Augustin, Moïse fut le premier à instituer les chants en chœur. Différents détails sur les chants d'Eglise. Il faut avoir la conscience nette lorsqu'on dit ses heures ou qu'on prend part à la communion ; autrement c'est un péché, cependant le pire serait encore de s'abstenir ; il faut se repentir, se confesser et obtenir l'absolution et le pardon. Pendant le service il ne faut se laisser distraire par aucune pensée profane, tout l'être doit être tourné vers Dieu. La négligence et la distraction volontaire doivent être punies. Il ne faut pas déranger les autres en causant pendant les offices ; il ne faut pas s'y endormir. Des différents moyens de fixer son attention. Avant le service divin il faut se réserver un petit moment de loisir pour se recueillir. Les malades sont excusés de tous les offices. En chantant les offices, il faut avoir soin de chanter les notes comme elles sont écrites, justes et en mesure ; il ne faut pas être vaniteux de sa voix. Chanter avec humilité, doucement et sérieusement. Toute cette partie du miroir contient des exemples ou illustrations de ce que dit l'auteur, elles ont pour la plupart un fort courant de superstition ; elles ont presque toutes trait aux subterfuges employés par le diable pour tenter les humains. Les autres parties du « miroir » ont un caractère purement théologique.

IIe Partie. — La lecture attentive des Saintes Ecritures fait partie d'une *vie contemplative* et attire la grâce divine. Les sœurs ne doivent lire aucun livre profane. Il faut lire les livres saints avec respect et révérence . *For lyke as in prayer man spekyth to god ; So in redynge god spekyth to man and therefore he oughte reverently to be herde.* Il faut s'efforcer de comprendre ce qu'on lit, lire peu à la fois et le relire souvent. Ceux qui doivent lire des passages à haute voix, doivent les lire à l'avance pour *mind their stops.* Il faut lire le « Miroir » à haute voix, on peut aussi l'avoir avec soi aux offices pour suivre avec la traduction les prières, etc., en latin ; l'auteur a obtenu l'approbation de l'évêque du diocèse pour toutes les traductions contenues dans son livre. De l'ordre des services du dimanche avec traduction, commentaires et explications de tous les rites, hymnes, prières, etc. De l'ordre des services pendant la semaine, idem.

IIIe Partie. — Sur les différentes messes, fêtes, etc. les séquences, les confessions de foi, etc. etc. Ces deux dernières parties forment plus des deux tiers du livre.

—Nous constatons d'après le « Miroir » que la connaissance du latin dans les cloîtres au xve siècle, était, pour ainsi dire, nulle. Gascoign est bien loin d'avoir la largeur de vues et la connaissance du cœur humain de l'auteur de « l'Ancren Riwle »; son livre est du reste plus théologique que pédagogique ; il témoigne d'une connaissance approfondie de l'histoire des dogmes telle qu'on l'entendait alors.

Frate Cherubino da Siena[1], frère mineur, duquel
on possède encore des : « Regole della vita spirituale », a
écrit un traité se rattachant à mon sujet.

77. **Regole della vita matrimoniale,** qui doit avoir été écrit
entre 1450 et 1481 (voy. Introd.).

L'auteur donne des conseils aux maris dans le premier
chapitre, aux femmes dans le second, et aux deux époux
dans le troisième. Cherubino, dont la langue est d'une
pureté telle que pendant longtemps on a attribué son œuvre au *secolo d'oro,* a de l'élévation d'esprit, quoique l'insistance avec laquelle il discute certains sujets choque le
lecteur moderne. Cherubino a une forte tendance ascétique et son livre est principalement basé sur saint Paul
qu'il cite constamment.

ANALYSE. CHAPITRE II. — La femme doit craindre son
mari et ne rien dire ou faire qui puisse lui déplaire. Elle
doit lui obéir, mais l'obéissance à Dieu doit tenir la première place. Elle doit servir son mari dans tout ce qui est
nécessaire, cuire, laver, etc. Il faut donner de bons
conseils à son mari, et si on croit qu'il va commettre un
péché l'en détourner. Bien souvent, hélas ! les femmes
font le contraire.

CHAP. III. — Ce que le mari et la femme se doivent l'un
à l'autre. Ils doivent s'aimer également. La femme doit
aimer ses beaux-parents ; bien gouverner sa maison et sa
famille et être une bonne mère pour les enfants d'un
premier mariage s'il y en a. Avoir soin des vêtements,
du linge, des lits, de la cave, des grains et fourrages,
être économe. Les époux se doivent la fidélité conjugale de part et d'autre. Soyez patients l'un avec l'autre,
nul n'est parfait ici bas. Si vous vous disputez, ne laissez

---

[1] *Scelta di curiosità letteraria.* Disp. 228, éd. Zambrini et Negroni.

pas passer vingt-quatre heures sans vous réconcilier. Le mariage oblige à la cohabitation, etc.; nul défaut corporel sauf la lèpre ne peut vous en exempter. L'auteur se déclare en faveur de l'allaitement maternel et attaque la coutume qui s'est établie de son temps de prendre des nourrices. Consolations aux femmes pour leurs maux. Longue discussion sur les différents cas d'adultère, etc. L'auteur discute minutieusement les différents degrés de péché auxquels on s'expose. Le but du mariage doit être d'avoir une nombreuse progéniture. L'auteur s'élève avec force contre les gens qui ne font bénir leur union par un prêtre que quand ils ont déjà « una brigada » d'enfants. L'auteur termine par de longues discussions sur les liens de parenté qui empêchent le mariage, etc.

78. Miroer de l'âme [1], — Traité religieux à l'usage des femmes Je cite l'Histoire littéraire : « La copie du xv° siècle que nous en avons dans le manuscrit français 996, Bibl. nat., a perdu depuis longtemps un premier cahier, de sorte que nous sommes privés du titre initial et probablement d'un prologue, qui nous auraient renseignés sur la composition de l'ouvrage. Pour suppléer à cette perte, nous transcrivons les dernières lignes de l'opuscule : « *La fin du livre qui est appelé Miroer de l'âme. La [da]me par qui instance et desirer ce livre est composé, desiroit moult a avoir par quoi elle peüst plus desireement et accoustumeement son cueur tenir pres de Dieu ; et pour ce nous y avons mis ce que nous cuidions qui plus lui vaulsist a soy retraire de l'amour du monde et a congnoistre soy et a congnoistre par quoy elle peüst et seüst les pechés eschever et fuyr et soy exercer en vertus, par quoy elle venist en gloire, etc... »*

[1] Voy. *Hist. litt. de la France.* XXX, p. 329-330.

79 Castigos y doctrinas que un sabio dava a sus hijas [1]. Ce
traité est, paraît-il, la seule œuvre de ce genre qui nous
soit parvenue de la littérature espagnole au moyen âge [2];
elle appartient au xvᵉ siècle. De l'auteur nous ne savons
rien en dehors de ce qu'il nous dit lui-même dans son
livre, et des conclusions que nous pouvons en tirer. Il
est un père de famille qui écrit pour l'enseignement de
ses filles avant leur mariage; il nous apprend qu'il n'est
pas riche et que ses conseils doivent leur tenir lieu de dot.
A l'opposé du chevalier de la Tour Landry, avec le livre
duquel ce traité a cependant plus d'un rapport, l'auteur
nous dit lui-même dans son prologue qu'il évitera de remplir son livre d'exemples à l'appui des principes qu'il
énonce; il désire être bref et espère qu'ainsi ses filles
retiendront plus facilement ses enseignements. Les exemples ne sont cependant pas complètement bannis du livre,
seulement ils sont racontés aussi brièvement que possible,
et souvent ne sont que des maximes d'auteurs célèbres
appuyant les vues de l'auteur. M. Hermann Knust arrive
aux conclusions suivantes : il est absolument impossible
de savoir quelle était la position sociale de l'auteur, nous
savons seulement qu'il n'était pas riche; M. Knust, s'appuyant sur la connaissance approfondie de la Bible que
possède l'auteur, suggère que ce prétendu père ne l'était
peut-être pas du tout, et qu'il a seulement cherché à donner
un cadre à son ouvrage; ou bien que, comme le chevalier de la Tour Landry, l'auteur employait peut-être
un prêtre comme secrétaire. Je ne peux pas me ranger à
l'avis de M. Knust, et quoiqu'il me paraisse impossible de
déterminer avec certitude à quelle classe sociale notre
auteur appartenait, une hypothèse se présente cependant
qui me paraît suffisamment plausible.

[1] Dos Obras Didacticas, etc. Soc. de Bibl. Exp. Madrid, 1878, éd. Dᵣ
Hermann Knust. Zeitschrift für rom. Phil. III. 1879, p. 178.
[2] Voyez cependant les Nᵒˢ 98 et 101.

Remarquons au préalable que l'auteur du Ménagier et aussi Christine de Pisan font preuve d'une connaissance de la Bible au moins aussi approfondie que celle de notre auteur, de sorte qu'il n'est pas nécessaire d'en faire un prêtre ni même d'admettre un secrétaire clérical.

Relevons ensuite dans les « Castigos » les faits suivants qui ont de l'importance pour établir mon hypothèse :

Si l'auteur parle peu de lui-même et de sa position, il nous donne des détails assez circonstanciés sur la position qu'auront probablement ses filles une fois mariées ; or, vu les idées très strictes du temps sur les mésalliances et en général sur les unions dont les deux membres n'appartiennent pas au même niveau social, il me semble que nous ne pouvons pas nous tromper de beaucoup en admettant que la position de l'auteur devait être assez semblable à celle de ses gendres. Voici ce que nous remarquons au sujet de ces derniers et de leurs femmes.

Ils habitent la ville, puisqu'il est recommandé aux dames de ne pas sortir dans la rue, et d'être en bonnes relations avec leurs voisins (p. 288, l. 1). Lorsque l'auteur conseille à ses filles de ne pas aller aux joutes et aux courses de taureaux, c'est surtout à cause de la mauvaise compagnie qu'elles y pourraient rencontrer : « *Que no cureys de salir à menudo fuera de vuestras casas, especialmente à las juegos o justos o toros o cosas semejantes, ca la muger que mucho quiere andar por las plazas muestra de si poca cordura y no pone bien recabdo en su casa, y quando ouierdes de sallir sea à cosas honestas y ado fueren personas honestas y no à semejantes brulas.* (p. 276, § 1). Une femme noble ne risquerait pas aux courses de se trouver mêlée à la plèbe, et n'aurait pas l'idée de se promener dans les rues ; ce genre de conseils se retrouve au contraire dans les enseignements s'adressant aux femmes de la classe moyenne, (cp. par exemple « How the good wiif »).

Il est fréquemment¹ parlé d'absences prolongées que les maris des filles de l'auteur feront probablement. Il n'est jamais question d'expéditions guerrières, jamais fait mention d'un grand seigneur. Mais l'auteur parle à plusieurs reprises, à propos de son septième conseil relatif à la tenue de la maison, de ce que les maris² gagnent ce qu'il faut pour maintenir la famille ; la femme ne doit donc dépenser que sagement et avec mesure : *y pues veys hijas que vuestros maridos buscan y procuran de ganar y traer la fazienda para mantener à vosostras y a vuestros hijos y casa mucho seriàdes de culpar si no trabaiàsedes por le guardar y administrar* (page 285. ligne 7). C'est la femme elle-même qui doit diriger sa maison dans tous les détails et surveiller les domestiques. Si nous considérons maintenant la situation de la femme telle que la montre le chevalier de la Tour Landry d'un côté et l'auteur du Ménagier de l'autre, nous sommes immédiatement frappés de la ressemblance entre le Ménagier et les « Castigos ». Le point de vue, l'atmosphère générale sont les mêmes ; c'est la même honnêteté, la même moralité sévère, la même vie bien remplie de devoirs domestiques qui y est décrite ; bien qu'à un siècle de distance et dans des pays différents, les conditions sont étonnamment pareilles.

Or quels sont les habitants des villes qui, à la fin du moyen âge, s'absentaient fréquemment et pour longtemps, sinon les marchands, cette classe de la bourgeoisie qui renfermait alors la partie la plus stable et la plus travailleuse des nations ? Ce ne serait guère dans la noblesse d'alors que nous rencontrerions cette vie de famille unie et cette moralité, jointes au travail quotidien. Je crois donc

---

¹ Page 272 ligne 2 et suiv.
   —   276   —   16   —
   —   281   —   11   —
   —   282   §   2
   —   287   §   1
² Page 285, ligne 7 et suiv.

que l'auteur des « Castigos » appartenait probablement
à la même classe que l'auteur du Ménagier, avec cette
différence que l'un vivait à Paris et l'autre en Espagne, ce
qui explique la réclusion presque monacale ou plus juste-
ment réclusion de harem que l'Espagnol recommande à
ses filles. C'est là un trait de l'influence arabe sur les
mœurs espagnoles. La seconde différence est que l'auteur
du Ménagier était dans une position sensiblement plus
opulente que celui des « Castigos ». Mais, si la bourgeoisie était très riche et puissante au moyen-âge, il serait
enfantin de croire que tous étaient aussi fortunés que notre
Parisien. Comme parmi ce genre de textes il s'en trouve
plusieurs écrits par des pères, des maris ou des frères,
je ne vois point de raison concluante nous obligeant à
mettre en doute la qualité de père de l'auteur des « Castigos ».

ANALYSE. — L'auteur part de l'idée que toutes les femmes désirent se marier et que ses filles feront de même ;
il veut donc leur donner quelques conseils au sujet de
leurs devoirs de femmes mariées. C'est, du reste, une institution sainte que le mariage, c'est un symbole de l'union
du Christ avec l'Eglise. Déjà, parmi les anciens, on a dis-
cuté souvent pour savoir quelle était la qualité qui rend
une femme le plus parfaite, et presque *tous sont d'accord*
pour dire que c'est la vertu ; les hommes de bien préfèrent les femmes vertueuses aux riches et aux belles. C'est
pourquoi l'auteur espère par ses conseils montrer à ses
filles le chemin de la vertu et arrondir ainsi une *dot qui*,
autrement, serait un peu maigre. Si elles retiennent ses
enseignements, elles s'assureront l'amour de Dieu, de leur
mari et des hommes en général.

LES DIX ENSEIGNEMENTS. — 1) Il faut aimer Dieu par dessus toute chose, avec un cœur pur, et dire ses prières tous
les jours ; alors Dieu vous secourra dans les temps diffi-

ciles. Que votre bouche loue Dieu à toute heure, dans le travail comme dans l'oisiveté, dans la pauvreté comme dans la richesse. 2) Faites aux autres comme vous voudriez qu'on vous fît, et aimez-vous les uns les autres. 3) Après Dieu, il faut aimer son mari par-dessus tout, être humble et obéissante envers lui, excepté s'il vous ordonnait de faire une chose qui serait déplaisante à Dieu. Exemple de Griselidis ; si la fille d'un pauvre paysan a montré pareille vertu, combien plus le doivent celles qui sont de bonne famille. Si votre mari ne vous semble pas aussi riche ou aussi bon que vous pensez le mériter, mettez cela sur le compte de votre vanité ; puisque vos parents vous l'ont donné, c'est qu'ils pensaient qu'il vous convenait. Il ne faut pas montrer à son mari une contenance triste ; rendez le bien pour le mal, et de la sorte vous gagnerez votre mari. Soyez, en tous points, aussi soumise que Griselidis, vous en serez récompensée comme elle. 4) Soyez chaste, ce doit être la première qualité d'une femme, toutes les autres dépendent de celle-là. Des punitions qui attendent les femmes adultères dans l'autre monde. 5) Il ne suffit pas d'être honnête, il faut être bonne ; et il faut agir de telle manière que les gens vous jugent bonne. Il faut se vêtir simplement et convenablement selon les moyens de son mari, fuyant le luxe et l'extravagance. Etre vêtue chastement, sans montrer ses cheveux ou ses bras à découvert, bien moins sa poitrine, etc. Tout spécialement faut-il faire attention à cela en l'absence de son mari. Il ne faut pas se farder ou se teindre les cheveux : « *Ca bien commo un maestro ó pintor tomaria grant pesar quando viese la su obra borrada y desfecha, quanto màs quien desaze la ymàgen de Dios ?* (page 272, ligne 16). C'est là, du reste, une tentation du diable qui est sévèrement punie dans l'autre monde. C'est pire chez une femme mariée que chez une autre, parce que le mari vous voit avec et sans arrangements, et quand il entend ceux dont les femmes ne se

fardent pas blâmer celles qui le font, il croit qu'on blâme
sa femme et il la soupçonne, et la paix du ménage en
est troublée. Il ne faut pas tomber dans l'autre extrême et
être en désordre ; c'est un signe de paresse bien plus que
de vertu. Il faut se laver à l'eau claire. Il ne faut pas fréquenter des femmes de mauvaise renommée, car insensi-
blement elles vous influencent. Il ne faut pas tolérer dans
sa maison une servante qui se conduit mal. Il ne faut pas
sortir pour aller aux joutes, jeux et courses de taureaux
et autres amusements de ce genre, surtout pas en l'absence
de votre mari. Il ne faut pas écouter volontiers les choses
peu convenables et il ne faut pas en dire ; ce qu'on dit et
écoute, on finit par le faire facilement. Si jamais on ose
vous faire une proposition peu honnête, que votre réponse
soit telle qu'on n'y revienne pas. Il faut éviter de parler
souvent avec des hommes, à moins que ce ne soient des
parents ; mais même avec ceux-ci, il ne faut jamais rester
en tête à tête. Sauf vos femmes de chambre, personne ne
doit vous voir au lit ou dormant. Si vous êtes malade et
qu'il faille que quelqu'un de vos gens vous parle, ou que
le docteur vous voie, soyez entièrement couverte et qu'une
femme de chambre soit toujours présente. En l'absence de
votre mari il ne faut pas recevoir de jeunes gens. Il ne faut
pas vous mettre aux fenêtres ou aux portes pour qui que ce
soit. Lorsque votre mari est absent, il faut faire coucher vos
femmes de chambre dans votre chambre pour qu'aucun
soupçon ne puisse tomber sur vous et aussi pour que
vous soyez sûres qu'elles ne fassent rien de mal. Il
ne faut pas qu'aucun des hommes de votre maison
couche dans le voisinage de votre chambre, où il puisse
vous voir en déshabillé ou vous entendre. 6) Recom-
mandations de tempérance ; les femmes ne doivent pas
boire de vin, cela pousse à la luxure, obscurcit la raison
et rend querelleur. Lorsque votre mari est absent, mangez très simplement, pour montrer que vous ne pouvez pas

12

vous réjouir sans lui. 7) Il faut avoir soin de ne rien laisser perdre, être diligente et économe, car si vous dépensez sans réserve vous ruinerez votre mari et le pousserez à se procurer de l'argent par des moyens peu honnêtes. Puisque vous ne pouvez aider à gagner, aidez au moins à surveiller la dépense. Lorsque les femmes sont dépensières et incapables de diriger la maison, le mari prend une gouvernante qu'il place au-dessus d'elles, et c'est une honte pour la femme. Si c'est le mari qui est prodigue, tâchez de le rendre économe. Si on vit de ses rentes, il faut se garder d'avoir trop de domestiques et d'entamer son capital par son train de maison ; on arrive ainsi à commettre des actions déshonnêtes pour se procurer de l'argent et on perd son âme. La femme doit se charger de la direction des domestiques ; il faut se souvenir que plus il y en a, plus ils ont le temps de faire des sottises. Une femme ne doit pas donner de réceptions en l'absence de son mari. 8) Il faut s'efforcer d'empêcher son mari de se quereller et de se faire des ennemis, car cela peut entraîner à mal. Il est facile de commencer une querelle, mais difficile de la terminer. Il faut surtout éviter qu'une querelle ne s'élève à cause de vous, et pour cela maintenir de bons rapports avec vos parents, vos amis et vos voisines. Ne soyez pas hautaine et arrogante, ne vous mettez pas en colère : la colère dénote la faiblesse du cœur et non pas sa force et sa noblesse. 9) Il ne faut pas être trop jalouse de son mari. Si vous le soupçonnez d'infidélité, fermez les yeux, et faites la sourde oreille à ce qu'on vous raconte ; car une femme jalouse est continuellement triste et ne soigne pas sa maison comme elle le devrait ; elle rend la vie difficile à son mari. Si cependant vous apprenez qu'il vous est vraiment infidèle, vous pouvez le menacer de refuser de tenir sa maison ; si cela n'a pas d'effet, adressez-vous au membre le plus honoré de la famille et racontez lui ce qui en est ; mais ayez l'air de le faire uniquement parce que

vous voudriez retirer votre mari d'une mauvaise voie.
10) Il faut être raisonnable envers vos servantes et les bien
traiter ; ne les réprimandez pas avec arrogance, mais bien
comme si vous parliez à vos propres filles ; car nous sommes tous enfants d'un même Dieu. Donnez le bon exemple
à vos domestiques. L'auteur termine cette espèce de déca-
logue en citant le beau et célèbre portrait de la femme
vertueuse que donne Salomon (Prov. XXXI, 10-31). Il
espère que ses filles profiteront de ses conseils et que les
gens les loueront.

— Œuvre sobre et morale, pleine de bon sens.

Robert Henryson de Dunferline. — Nous ne savons presque rien de la vie de ce poète écossais ; il naquit
probablement en 1425 et mourut certainement avant 1506.
Nous possédons de lui quelques poésies dont l'une trouve
sa place ici :

80. « **The garmond of gude Ladeis.** »[1] — Ce charmant petit
poème appartient presque à la poésie purement lyrique ;
cependant comme il décrit le vêtement allégorique de perfection que le poète souhaite à la dame de son cœur, il
touche aussi au genre dont Olivier de la Marche est un des
principaux représentants. Le « Garmond » ne compte que
huit quatrains *(a-b-a-b)*.

ANALYSE. — Si ma dame consentait à me donner son
amour, je lui ferais faire un vêtement parfait. Sa guimpe
serait d'honneur, garnie de bonne contenance ; sa chemise
de chasteté avec pudeur et crainte ; son jupon de constance ;
elle serait lacée d'amour honnête, avec des œillères de
continence ; sa robe de « *gudliness* » avec des rubans de

[1] *Abottsford Series of the Scottish Poets*, ed. by George Eyre-Todd.
Mediaeval Scottish Poetry, p. 96. 1891.

bonne renommée, soigneusement doublée de plaisir ; sa
ceinture, de tendresse ; sa mante, d'humilité pour supporter le mauvais temps ; son chapeau, de beau port ; son
chaperon, de vérité ; sa fraise, de bonnes pensées ; son tour
de cou, de piété ; ses manches, d'espérance pour la
préserver du désespoir ; ses gants, de « *Gud govirnance* » ;
ses souliers d'assurance pour montrer qu'elle ne trébuche
pas ; ses bas d'honnêteté. Si elle consentait à porter ce
vêtement, elle n'en aurait jamais porté un qui lui allât
mieux.

— Cette analyse ne permet guère de se faire une idée de
la grâce délicieuse de ce petit bijou.

81. « **Decor Puellarum** ». — « *Questa si e una opera la quale
se chiama decor puellarum : zoe honore delle donzelle... (in
fine) anno a Christi incarnatione MCCCCLXI per magistrum
Nicolaum Jenson hoc opus..... impressum ist*[1]. » On reconnaît
généralement maintenant qu'il y a une erreur dans la
date : il faut lire 1471. L'œuvre, qui est très rare, est
attribuée à **Giovanni di Dio Certosino,** prêtre italien.
L'auteur s'adresse à toutes les femmes sans distinction
d'âge ni de classe, il désire instruire les femmes pour leur
rendre la vie heureuse ; son œuvre est en prose.

ANALYSE. — L'auteur divise son livre en sept parties
« *in similitudine de sete ornamenti nuptiale* » ; et au commencement de chaque partie donne une explication allégorique des plus compliquées d'un de ces ornements
par rapport à la vertu qu'il représente. 1. « *Libro di bontà* ».
Des trois parties de la confession ; choisissez un confesseur âgé et de bonnes mœurs ; de la prière, de la dévotion,
de la méditation et de la contemplation. Le tout accompagné d'exemples et en langage très exalté. 2. « *Libro di*

[1] Voyez : Brunet, II, 559.

virtù ». Les béatitudes appliquées aux femmes. La foi. Des dix commandements. De la charité. Du chiffre sept. Du présent, du passé et de l'avenir. N'allez pas visiter les jeunes prisonniers, ne recevez pas les pélerins. Donnez un bon exemple à vos frères et sœurs plus jeunes. Priez pour ceux qui sont sur mer. Définition des vertus et applications à la vie des femmes. 3. « *Ordine di vità* ». Il faut que vous sachiez faire tout ce qui est nécessaire à la bonne conduite de votre maison. Levez-vous de bonne heure, priez, faites le signe de la croix et priez de nouveau après vous être habillée. Vêtez-vous simplement et avec ordre, ne portez pas des jupes trop courtes. Lavez vos mains et votre figure, peignez-vous avec soin : « *et cum lo cuor state in cielo* ». Faites lever les servantes, mettez le dîner sur le feu, habillez les enfants, en un mot, veillez à tout ; faites donner à manger aux poules, etc. Après les travaux de la maison lavez-vous de nouveau si vous en avez besoin. Priez. Travaillez jusqu'au dîner. Faites mettre le couvert. Priez. Après le dîner faites desservir, relaver la vaisselle et nettoyer tout ce qui aura été sali. Priez. Retournez à votre travail jusqu'au souper ; préparez le souper ; après le souper mettez les enfants au lit. Ne restez pas à causer au coin du feu, retirez-vous le plus tôt possible dans votre chambre pour prier. Allez vous-même voir si tout est en ordre et si la maison est bien fermée. Couchez-vous et dormez. Le dimanche il faut aller à la première messe, puis s'occuper de la maison comme d'habitude. Mais ce jour-là tous vos loisirs doivent appartenir à Dieu. Ayez un autel dans votre chambre. Si vous savez lire, lisez des livres de dévotion. Si vous savez écrire, écrivez quelque œuvre dévote. Il est aussi permis de travailler le dimanche à des vêtements ecclésiastiques, etc. Des dévotions les jours de fête, etc. 4. « *De belli costumi* ». De la dignité de l'âme. Tenez votre tête droite et ferme, que les ornements de vos cheveux soient honnêtes. Ne vous parfumez pas. Du gouvernement des cinq sens (comme d'habitude). 5. « *Quanto sia laudabile la fatica corporale a le donzelle in tutte necessità da casa* ». Apprenez à cuire proprement et avec économie. Pas de familiarité avec les domestiques ; ne mangez pas avec eux et veillez à ce qu'ils se conduisent bien. Raccommodez les vêtements. Sachez filer, tailler et coudre les vêtements plutôt que faire des « *fazoletti* » et autres choses inutiles. Tissez, ne dansez pas, n'ayez pas de jeux ou de conversations équivoques avec les hommes. Apprenez à écrire et à lire, mais que ce soit une femme qui vous enseigne. 6. « *Li affecti de la rasone naturale* ». C'est premièrement le désir de louer Dieu ; puis le désir de posséder le salut de l'âme et la santé du corps ; le désir d'avoir des vêtements, un bon mari, et de savoir bien diriger sa maison. 7. (Ce chapitre est de beaucoup le plus long). Du désir de la contemplation de Dieu. De la passion, de la résurrection, de la récompense de la méditation, de la profondeur de l'amour de Dieu. Des anges et des esprits bienheureux. Du ciel, des planètes, etc. Adam et le péché originel, la vie de Jésus-Christ, les miracles.

— D'après le genre de conseils que l'auteur donne, nous voyons qu'il s'adresse aux femmes de la classe moyenne ; son livre est fortement teint de mysticisme, mais les conseils pratiques qu'il donne sont intéressants, ils nous montrent de nouveau une vie de femme utile et bien remplie.

82. **Le Chapelet de Virginité**[1], par maistre **Pelerin de Vermandois** (Paris, M. Lenoir, sans date). D'après Brunet, la 1re édition[2] de ce livre est de 1480. Ce petit traité mystico-

---

[1] Voy. : *Le chapelet de virginité*. Ed. Louis Veuillot, Paris, 1862.
[2] Un manuscrit du Chapelet se trouve à Hambourg (voy. *Neuphilologische Beiträge*. Hanovre, 1886) ; un autre à Paris, Bibliothèque de l'Arsenal : 2047.
On connaît trois éditions des xve et xvie siècles. Voy. Brunet, I, 1795.

ascétique ne compte que 21 pages in-8°. Le livre abonde
en citations latines auxquelles l'auteur a soin de joindre
une traduction. Il ne manque pas de fraîcheur, d'élévation
et de pureté ; il a du reste joui d'une certaine popularité.
L'auteur a très probablement été influencé par le traité
« VITIS MYSTICA[1] » dans lequel il est longuement parlé de
la valeur symbolique des fleurs. Cet ouvrage pieux, faussement attribué à saint Bernard, ne s'adresse du reste pas
spécialement aux femmes.

Voyez surtout les chapitres :

17. « *De flore humilitate quæ est viola* ».

18. « *De flore castitatis quæ est lilium* ».

33. « *De flore charitatis, seu rosa rubente et ardente* ».

L'auteur appartient probablement à une province éloignée de l'Ile de France.

ANALYSE. — « *Veni in ortum meum, soror mea sponsa* ».
C'est ainsi que Jésus-Christ appelle l'âme dévote son
épouse ; rends-toi à son appel. « *Et en ce jardin trouveras
innumerables fleurettes des glorieuses vertus mais apresent
suffise toy dencuillir de cinq manieres pour faire ung chapellet
pour presenter a ton epoux. C'est a savoir la fleur de lis, la
violette de mars, la rose, la sossie et le (t)iolis muguet* ». Dans
ce chapelet « *d'amour spirituel* » LA FLEUR DE LYS représente
la virginité du cœur et du corps ; développement de cette
idée. De la mortification de la chair. La hauteur de la
fleur symbolise l'élévation du ciel. Il faut veiller sur ses
cinq sens, car ce sont les portes du corps, par où la virginité cherche à s'échapper. De la sobriété, etc. LA VIOLETTE
représente l'humilité, une vertu admirable partout, mais
qui resplendit tout spécialement chez une vierge. Il ne
suffit pas d'avoir l'apparence de l'humilité, il faut être
vraiment humble. Exemple de la Vierge. LA ROSÉ VER-
MEILLE représente la charité qui comprend aussi l'amour

[1] Migne, *Patr. Lat.*, vol. CLXXXIV, p. 635 et suiv., p. 1849 et suiv.

de Dieu. Il faut aimer Dieu de tout votre cœur, de toute votre âme et de toute votre pensée. De l'amour du prochain. Quant à l'amour de soi-même, on n'y est que trop disposé; il faut donc jeûner, veiller et faire pénitence. De l'importance de la charité chrétienne : « *Car se aucun y est trouvé sans avoir ce vestement. Il sera lié piedz et mains et jetté en la charte tres obscure du puits d'enfer dont Dieu nous vueille garder.* ». La « SOSSIE » représente la patience à l'endroit de la souffrance et de la tentation. Le MUGUET la vertu de vraie foi. Chaque chrétien doit croire le Credo et le réciter au moins deux fois par jour. « *De felicité et du fil dont les fleurs sont liés sur lesclicette* »; c'est vous-même qui devez dans votre conduite générale représenter cette « *esclicette* », bien tenue « *une et bien plane* »; c'est-à-dire soyez pauvres en esprit, ne recherchez pas le faste; pourvu que vous ayez de quoi vous vêtir et de quoi vous nourrir, c'est tout ce qu'il vous faut. Soyez obéissantes, l'obéissance vaut mieux que le sacrifice. Ne donnez pas le mauvais exemple. Les deux bouts de « *lesclicette* » sont la naissance et la mort. La longueur du fil représente la persévérance. Si tu es fidèle en toutes choses et que tu fasses selon mes conseils, tu entreras dans le jardin, c'est-à-dire dans le paradis.

— Je rappellerai seulement ici qu'une partie de la **Danse macabre** [1] s'adresse particulièrement aux femmes; c'est la danse des femmes. C'est un pendant à la danse des hommes, la mort invite à tour de rôle chaque classe de femmes à la danse, elles répondent avec effroi et horreur ne voulant pas croire à la nécessité de se rendre à cette invitation.

[1] Ch. Nisard, *Histoire des livres populaires ou de la litt. du colportage.* Vol. II, p. 300 et suiv. Paris, 1864, 2ᵉ édition.

Olivier de la Marche [1] (1425-1501 ou 1502) prit parti
pour les ducs de Bourgogne sous Louis XI et fut fait
chevalier devant Montlhéry. Il était bourguignon et appartenait à l'école des « rhétoriqueurs ». Dans sa vieillesse,
mais au plus tard en 1492, il écrivit l'œuvre qui va nous
occuper [2].

83. **Le Triomphe des Dames.** — Le Triomphe se compose
de 25 chapitres dont une introduction et un épilogue, en
stances décasyllabiques de huit vers ; chacun des 23 chapitres du livre proprement dit est suivi d'une histoire en
prose. Quoique l'auteur écrive spécialement en l'honneur
de sa dame, il nous annonce lui-même (st. 180) qu'il
s'adresse à toutes les femmes dans le but de les instruire. Olivier s'adresse aux femmes de la noblesse.
Son livre a un caractère allégorique très marqué. Le poème est plein de longueurs, l'auteur aime à faire montre
de son savoir par de longues citations, et l'allégorie nous
paraît souvent pour le moins tirée par les cheveux.

ANALYSE. — L'auteur, amoureux d'une grande dame,
désire lui donner une preuve éclatante de son amour et il
lui semble que le mieux est de le faire de la manière
suivante :

> «..... je conclus ung abit lui parfaire
> tout vertueux, affin que j'en responde
> pour la parer devant Dieu et le monde. » (st. 12)

Dans chaque chapitre l'auteur décrit en détail une partie du vêtement de sa dame, puis lui assigne une signification figurée, chaque vêtement représente une vertu,
l'auteur s'étend sur la beauté et l'importance de cette
vertu chez une femme; vient alors l'illustration en prose.
Voici les 23 parties du vêtement et leur signification :

---

[1] J. Kalbfleisch, « Le Triomphe des dames » par Olivier de la Marche.
Berne, diss., 1901.
[2] J. Kalbfleisch, op. cit., p. IX.

les pantoufles :	*humilité.*
les sollers :	*diligence.*
les chausses :	*perseverance.*
la jarretiere :	*ferme propos.*
la chemise :	*honnesteté.*
la coste simple :	*chasteté.*
la pieche :	*bonne pensee.*
le cordon ou lacet :	*loyauté.*
le demy-chaint :	*magnanimité.*
l'espinglier :	*patience.*
la bourse :	*liberalité.*
le cousteau :	*justice.*
la gorgerette :	*sobrieté.*
la bague (longue chaîne qui descend jusqu'à la ceinture) :	*foi.*
la robbe :	*vertu de maintien et obeïssance;*
la chainture :	*devote memoire.*
les gans :	*charité.*
le pigne :	*remors de conscience.*
le ruban :	*crainte de Dieu.*
la coiffe :	*honte de mefaire.*
la templette :	*prudence.*
le chapperon :	*bonne esperance.*
les paillestes :	*richesse du cœur.*

Voici un exemple de la manière dont Olivier explique ces significations allégoriques.

« *A ce pigne, pour le bien adreschier*
a quel vertu lui ferons nous avance ?
nous en ferons remors de consceance. » (st. 121)
« *Comme le pigne est fait de plusieurs dens*
pour nectoyer les cheveulx d'exellence.
par ce remort entens bien et aprens !
sont ramentus les pechiés et le temps,
les maulx passez et la perseverance. » (st. 122)

Quant aux exemples en prose, ils sont pour la plupart les mêmes que dans les autres œuvres de ce genre. Je

remarque que l'histoire (N° 8) du seigneur de Varembon,
que la Marche nous dit lui avoir été racontée par Varembon même, et pour laquelle Mme Kalbfleisch ne recherche donc pas d'autre source, se retrouve cependant,
avec quelques petites variantes à la fin seulement, dans le
Ménagier de Paris, où le nom du seigneur de Varembon
n'est naturellement pas nommé. Lorsque sa dame est parfaitement parée et vêtue, Olivier lui fait don d'un miroir :

« Pour deulx raisons se doibt dame mirer :
l'une en la face, l'autre en la conscience.
se faute y a, afin de l'amender,
l'un par clerc yauwe, l'autre par confesser
sans fiction et sans oultrecuidance. » (st. 159)

Olivier termine par des réflexions sur la vanité des
choses de ce monde; même les femmes les plus vertueuses sont fauchées par la mort. L'auteur se recommande
aux dames en général et à la Vierge en particulier. —

— On connaît encore un autre ouvrage du même auteur
qui se rattache à mon sujet :

84. **Instruction aux Princes, aux Dames, et aux serviteurs
des Dames** (par la Marche. Paris, 1580, in-8°)[1]. Mais cette
œuvre est fort rare et je n'ai pu me procurer aucun renseignement sur elle. M. Stein ne mentionne cette œuvre
ni parmi les œuvres authentiques de la Marche ni parmi
celles qui lui sont faussement attribuées[2]. Brunet ne la
mentionne pas non plus.

85. **Le doctrinal des Filles**, à elles très utile, imprimé à
Lyon par Pierre Mareschal (sans date). Brunet[3] croit que

---

[1] Voy. Barrois, *Bibl. Protyp.* 2271, Paris, 1850.
[2] H. Stein, *Olivier de la Marche*, Paris et Bruxelles, 1888.
[3] Brunet, II, 781.

la première édition de ce livre date d'avant 1496 ; on en
connaît cinq autres éditions. Ce petit poème anonyme en
quatrains octosyllabiques (a-b-b-a) est très rare. Il compte
34 quatrains et présente un caractère tout à fait populaire ;
il n'a guère de valeur littéraire ; mais le style en est simple,
la morale saine et pleine de bon sens. Ce poème ne contient guère d'idées nouvelles, c'est en somme un court
recueil de lieux communs. Quelques vers attaquant les
prêtres assez violemment me font croire que l'auteur
devait être un laïque. L'auteur s'adresse aux « filles »
d'une manière générale et sans distinction de rang ; il
paraît cependant avoir en vue plutôt les femmes de la
classe moyenne. Ses conseils sont principalement d'ordre
pratique.

ANALYSE. — Soyez craintives, ne faites pas d'avances à
l'amour, vous vous en repentiriez plus tard. Soyez simples
et honnêtes dans votre mise ; parez-vous de vertu. Soyez
charitables de bon cœur. Gardez-vous des attaques de la
médisance, mais ne vous laissez pas troubler par des
calomnies sans fondement. Ne croyez pas aux songes.
Soyez sobres et conduisez-vous bien à table. Ne soyez
pas bavardes ou médisantes. Qu'aucune mauvaise pensée
ne pénètre en vous par les yeux. Ne soyez pas oisives,
moqueuses, etc. Sachez contenir votre courroux. Sauf
pour vous confesser, ne parlez pas seule à un prêtre. Ne
répondez ni aux insultes ni aux mauvaises paroles. Si la
fortune vous délaisse, prenez confort en la vertu, si au
contraire elle vous porte aux nues, restez humbles. Ne
soyez pas hypocrites, curieuses ou orgueilleuses, résistez
aux tentations. Soyez matinales, obligeantes, gaies. Sou-
venez-vous qu'un jour vous mourrez. Confessez-vous
souvent et ne retombez pas dans le vice. Allez à l'église
et prenez à cœur mes conseils.

Il m'a été impossible de me procurer les quatre textes
suivants :

86. **L'Enseignement des femes** [1] ; commençant au deuxième
feuillet :

Que a mes filles que j'avoye petites ; et au dernier *deschargé*
a grand peine (Librairie de Bourgogne, avant 1477).

Deux livres purement mystico-ascétiques :

87. **Le Reconfort des dames mariées** (Aubertin, p. 542, note).

88. **Le livre de l'épouse** (Aubertin, p. 543, note).

Un traité spécialement médical.

89. **Le régime des dames** (Aubertin, p. 554).

Ces trois derniers textes n° 87, 88, 89, sont conservés
dans des manuscrits du xive ou du xve siècle et se trouvent
à Paris à la Bibliothèque Nationale [2].

90 **Conseyll de bones doctrines** *que una reyna de França dona*
a una filla sua que fonch muller del rey d'Anglaterra [3]. — Ce
petit traité catalan nous est parvenu dans un manuscrit du xve siècle. Ce n'est qu'une pauvre imitation des
« Dodici Avvertimenti » ; plusieurs des conseils sont les
mêmes mot pour mot, deux ou trois seulement sont neufs.
L'enseignement se compose de seize conseils, qui comme
ceux des « Dodici Avvertimenti » s'adressent plutôt à une
femme de la classe moyenne ; ils cadrent donc très mal
avec le commencement et la fin du traité où une reine de

---

[1] Barrois : *Bibliothèque prototypographique*, n° 981 (Paris, 1830).
[2] Aubertin : *Hist. de la Litt. Fr. au Moyen âge.* vol. II, p. 540 et
suivantes, Paris, 1876-78.
[3] *Mem. de la Ac. de buenas let. de Barcelona*, II, 584. — Grœber,
Grundriss, II. 2, p. 109.

France est censée parler. Je ne crois pas que nous soyons en présence d'une traduction d'un traité écrit par une reine de France; l'auteur catalan aura seulement voulu donner plus d'intérêt à ses conseils en les plaçant dans ce cadre élevé.

L'auteur catalan n'est pas connu.

ANALYSE. — Une reine de France, veuve, sage et bien avisée, a une fille qui doit épouser le fils aîné du roi d'Angleterre. Les notables viennent la chercher. Quand le mariage est décidé et qu'elle doit prendre congé de sa mère, elle se met à pleurer ; elle dit quelques touchantes paroles d'adieu à sa mère, car elle craint de ne plus la revoir, mais elle se soumet à la volonté de Dieu. Sa mère la console et l'assure qu'elle trouvera joie et honneur dans sa nouvelle patrie. Les filles de roi ne peuvent pas rester avec leurs parents, seuls les fils héritent des biens des pères. Les mères ne peuvent pas non plus suivre leurs filles quand celles-ci se marient, mais si c'était la coutume, certainement elle serait partie avec sa fille et serait restée avec elle jusqu'à ce que Dieu les séparât. Puisque cela ne peut pas se faire, la mère désire au moins donner quelques bons conseils à sa fille. Toutes celles qui suivront ces conseils seront honorées de leurs maris et de tout le monde. 1) Aime Dieu, la Vierge et ton mari ; en récompense Dieu te donnera de bons enfants qui succéderont à ton mari. 2) Garde-toi de pousser ton mari au mal, aie une bonne influence sur lui et rends-le heureux par tes bonnes manières. 3) Informe-toi de ce qu'il aime manger et boire, et donne le lui. 4) Ne sois pas douillette, ne fais pas semblant d'être malade quand tu ne l'es pas. 5) Supporte la colère de ton mari en silence, ne lui fais pas de reproches. 6) Lorsqu'il dort ne le réveille pas subitement. 7) Garde jalousement ce qui lui appartient, ne donne rien sans son consentement, *car axi com lome es loat e preat per esser*

larch e no avar dasso del seu, en axi es loada e preada la doña quant es ben gardadora dels bens que li son recomanats.
8) Ne révèle pas les secrets de ton mari, ne répète pas en public des paroles dites dans l'intimité. 9) Aime les parents de ton mari, ses serviteurs, ses esclaves et même son chien. Si tu agis ainsi ils te serviront comme ils servent ton mari. 10) Ne dis ni ne fais rien qui puisse déplaire à ton mari, ne reçois pas de pauvres pèlerins au château sans son consentement. Ne sois jamais assez folle pour placer ton opinion au-dessus de la sienne. 11) Quand ton mari rentre, reçois-le gaîment. 12) Ne boude pas et ne te dispute pas pour des choses sans importance. 13) Sois propre et bien soignée sur ta personne, mais ne te farde pas. 14) Sois la dernière à te coucher, soigne les vêtements de ton mari lorsqu'il est au lit et aide-le à se déshabiller. 15) Ne l'excite pas à la jalousie. Parle peu. 16) Aie les quatre vertus suivantes : 1. (il manque une phrase dans le texte) conseils se rapportant probablement à la conduite à tenir lorsqu'on sort. 2. Sois dévote à l'église. 3. Ne sois pas hautaine dans ton parler et dans ta conduite à la maison. 4. Sois honnête dans les choses intimes.

— Ces conseils réconfortèrent beaucoup la fille qui demanda encore à sa mère de la bénir et lui baisa la bouche et les mains. La fille si bien instruite partit donc pour l'Angleterre et la mère resta seule et triste. La fille arriva en Angleterre sans encombre et comme elle mit en pratique les conseils de sa mère, elle fut toujours honorée. Plaise à Dieu qu'il en soit de même de toutes les jeunes filles qui liront cet enseignement.

91. « **La letra deval serita feu** *lo marques de Villena e compte de Ribagorça, qui après fo intitulat duc de Gandia per dona Johana, filla sua, quant la marida ab don Johan, fill del compte de Cardona, per la qual li scrivi castich e bons*

nodriments [1]. » — Cette lettre catalane est imprimée dans le même volume que le texte précédent [2]. Elle date aussi du xvᵉ siècle. L'auteur paraît être Alphonse d'Aragon, petit-fils de Jacques II, plus tard connétable de Castille et duc de Gandie, mais on ne peut l'affirmer avec certitude. Il est censé l'écrire pour sa fille à l'occasion de son mariage.

ANALYSE. — Vous devez reconnaissance à votre père pour vous avoir élevée dans sa maison et pour vous avoir mariée à un bon mari. Maintenant, comme c'est la coutume, vous partez avec votre mari. C'est un grand changement pour une jeune fille que de quitter la maison paternelle pour aller vivre chez son mari. Tout d'abord chez elle la jeune fille n'a rien à régir ; chez son mari elle doit diriger toute la maison et l'on reconnaît son caractère à la manière dont elle s'acquitte de ses nouveaux devoirs. Chez elle, elle n'a à supporter les défauts de personne tandis qu'après son mariage il faut qu'elle supporte les défauts de son mari, et il y a des hommes qui en ont beaucoup ; les vices des maris retombent sur les femmes, et ces dernières sont tenues de les cacher et de les supporter avec douceur et simplicité. Chez elle, les défauts de la jeune fille, si elle en a, sont cachés, tandis que chez son mari c'est tout le contraire, surtout si celui-ci n'est pas très sage, ce qui arrive souvent. Pensez souvent à cela, ma fille. Aimez et craignez Dieu, c'est le commencement de la sagesse. Soyez une chrétienne honnête et pratiquante. Allez à la messe tous les jours, jeûnez, faites des aumônes, dites vos heures et vos oraisons, confessez-vous souvent ; ne soyez ni hautaine, ni moqueuse, ne jugez pas les autres. Si vous observez ces choses, Dieu vous donnera des enfants qui seront votre honneur et votre joie. Aimez votre mari comme votre maître et seigneur, servez-le en tout sans

[1] Grœber, *Grundriss*. II, 2, p. 109.
[2] *Mem. de la Ac. de buenas letras de Barcelona*, loc. cit.

péché; ne le contrariez pas et gardez ses secrets, ne le questionnez pas. Reprenez-le avec révérence et retenue, pas autrement. Obéissez à tous ses ordres et aimez ceux qu'il aime. Honorez les parents de votre mari, ne permettez pas qu'on dise du mal d'eux devant vous. Soyez humble et accueillante, aidez les serviteurs de votre mari quand vous le pouvez. Recherchez l'intimité des sages et non celle des gens de mauvaise vie. Je vous recommande les deux dames qui vous accompagnent; suivez leurs conseils, ayez toujours au moins l'une d'elles auprès de vous. Ne restez jamais oisive. Lisez de bons livres. Ne soyez pas jalouse de votre mari. Ne restez pas tard au lit le matin; ne chantez et ne dansez pas avec excès. Je vous confie à Dieu et à Sa mère et vous donne toute ma bénédiction. Conservez cette lettre : « *la qual ab gran amor vos he feyta e la vullats sovin legir e decorar.*

— Cette lettre est certainement digne d'un auteur royal, on y admire la haute moralité de l'auteur, sa connaissance du monde et sa profonde et touchante affection paternelle.

92. **El costume de le donne** [1]. — L'édition de M. Mopurgo est une réédition de celle de 1536. L'auteur de ce poème est inconnu; d'après la langue le poème appartient à la fin du xvᵉ siècle ou au commencement du xvıᵉ siècle. Le texte contient quelques formes dialectales qui le feraient croire originaire de l'Italie septentrionale, mais il est possible qu'elles soient dues seulement à l'imprimeur de Brescia. L'auteur veut enseigner *una polzella de grande excellentia*, nous dit-il, mais, d'après le genre de conseils qu'il donne, c'est à la classe moyenne qu'il s'adresse. Ce petit poème ne présente aucune idée qui n'ait été déjà

[1] Ed. Mopurgo. Florence, 1889.
Voy. aussi : *Giornale Storico*, 1889. XIV. p. 270.

exprimée dans les œuvres antérieures du même genre ; il est tout spécialement influencé par les « Dodici Avvertimenti ». Le poème compte 50 huitains en vers décasyllabiques, le style est coulant et l'auteur a la versification facile.

ANALYSE. — Les conseils de l'auteur s'étendent sur toute la vie de la femme. Il invoque l'aide de Dieu. Une femme mariée doit désirer des enfants et ce désir doit régler sa conduite avec son mari ; toute luxure, etc., doit être bannie de la vie conjugale. La femme doit élever ses enfants dans la crainte de Dieu et savoir les corriger ; c'est là un signe d'amour. Elle doit leur apprendre le Pater et l'Ave, elle doit veiller à ce que les petits garçons aillent à l'école dès l'âge de sept ans. Les petites filles doivent apprendre à filer, à faire la cuisine, à aider au service et à se rendre utiles d'une manière générale ; elles ne doivent pas rester dans la compagnie des hommes et causer avec eux, elle doivent sortir le moins possible et être modestes et discrètes dans toute leur conduite. Depuis l'âge de dix ans, où la jeune fille commence à penser et à sentir par elle-même, elle doit prendre un soin jaloux de son honnêteté. Se laver à l'eau claire sans onguents ni pommades. Ne pas courir chez les voisines comme une folle, parler peu, garder les yeux baissés, ne pas être oisive, ne pas sortir seule ou se tenir à la fenêtre. Pas de bavardages ou de rires immodérés. Que la jeune fille ne voie et n'entende rien de mal. Que sa nourrice l'instruise en lui racontant la vie des saints. Il faut souhaiter un bon mari à la jeune fille ainsi élevée. Lorsque viendra le jour de son mariage, sa mère lui donnera les conseils suivants ; observe les lois de Dieu, pour que ni toi, ni moi ta mère, ni ta famille nous ne soyons blâmées ; observe les conseils que je te donne. Révère Dieu, aime ton mari et obéis-lui. Élève tes enfants avec soin. Fais-toi aimer des parents de ton mari. Reçois bien tes amis et quant à tes ennemis, montre-leur la contenance que ton mari désirera. Les yeux sont les clefs de l'honneur, il faut donc savoir les gouverner (conseils habituels sur les yeux et la langue). Dirige ta maison avec soin et ordre, ne sois pas oisive, ne reste pas seule avec un homme. Sois sobre et garde toi du vin : « *come del foco o dal mortal nemico* ». Ne te pare pas d'une manière excessive. Fais-toi aimer dans ta maison. N'accepte pas d'argent ou de cadeaux de valeur, sauf de ton mari. Ne contredis pas ton mari, etc. De la conduite à l'église ou au confessionnal (comme d'habitude). Se méfier des prêtres et choisir son confesseur avec grand soin. Si ton mari te permet d'aller à une danse, fête ou noce, etc., et que tu trouves que cela n'est pas convenable, invente une excuse honorable, car il arrive que les maris se trompent. Je ne puis te donner des conseils pour tout ce qui pourrait t'arriver; si tu as du tact tu sauras te conduire seule, c'est là une qualité qu'il faut placer au dessus de toutes les autres. Fais honneur aux conseils de ta mère, etc. Je prie Dieu pour toi et te recommande à Lui.

Dans le **Jardin de Plaisance** par l'**Infortuné** (environ 1501). Je relève, outre le poème de Robert de Blois [1] (voyez p. 75, n° 49) un autre petit poème qui se rattache à mon sujet.

93. **Sensuit ung dictié adressant aux bourgeoises de Lyon.** (f. C III). Il compte douze huitains décasyllabiques *(a-b-a-a-b-b-c-c;* mais strophe 2 : *a-a-a-a-a-a-b-b).* Le poème commence :

> *Salut à vous dames de Lyonnois*
> *Plaisans minois, visages angeliques.*

[1] Voyez : A. Piaget : *Martin le Franc, prévôt de Lausanne.* Lausanne, 1888. p. 134.

On fait des tournois et toutes sortes de faits d'armes en votre honneur, mais en réalité vous êtes perverties et mauvaises et plus d'un homme s'est perdu pour vous. Vous vous fardez, vous vous teignez, etc., etc. Votre conduite a l'église est au dessous de toute critique, vous causez, vous riez, vous pensez à des amourettes au lieu de prier. A quoi bon toute cette pompe et toute cette vanité, vous ne sauriez échapper à la mort. Vous écoutez les vilains propos : *Femme se perd descouter faulx langaige*. Vient alors le portrait de la femme de bien d'après notre auteur : *Femme de bien doit estre en bien fervente. Pour vent qui vente, ferme sans varier*. Hélas ! il n'en est guère ainsi à Lyon ! Combien cet état de chose durera-t-il ? l'auteur en est malheureux ; il termine en revenant de nouveau sur la vanité des choses de ce monde.

— On le voit, c'est là un des écrits qui tiennent le milieu entre les livres satiriques et les enseignements.

94. **La nef des dames vertueuses** *composee par maistre* **Symphorien Champier**, *docteur en medecine, contenant 4 livres. Le premier est intitulé : la fleur des dames. Le second est du regime de mariage. Le tiers est des propheties des sibylles. Et le quart est le livre de vraye amour.* L'œuvre, écrite en prose, avec prologue et pièces de vers, est datée dans le texte *a esté fini et accompli ce penultieme d'avril. L'an de grace mille cinq cens trois*. On connaît trois éditions de cet ouvrage ; la première est de 1503 [1]. Symphorien Champier vécut à Fourvières près Lyon ; il était en correspondance avec Erasme et était l'ami de Jehan Lemaire ; il avait épousé une cousine de Bayard et était extrêmement vaniteux. Cet ouvrage contient de nombreuses gravures sur bois anciennes et intéressantes.

ANALYSE. — Dans le PROLOGUE l'auteur exprime son

[1] Voy. Brunet, I, 1770.

intention de prendre la défense des femmes et de confondre ceux qui les attaquent. LE Ier LIVRE ne se rattache pas à mon sujet : c'est simplement une succession de biographies de femmes célèbres. LE SECOND LIVRE, au contraire, a bien un caractère didactique ; il est dédié à Suzanne de Bourbon (la même pour laquelle Anne de Beaujeu a écrit son livre). Les premiers chapitres contiennent des exposés médicaux sur la nature de l'homme et de la femme, sur le mariage et son origine, etc., etc., avec toute la crudité que le moyen âge met dans ce genre d'exposé et qui choque lorsqu'on pense que l'ouvrage est dédié à une femme. A la fin de chaque chapitre l'auteur ajoute des citations latines de ses sources. Sur les devoirs de la fidélité conjugale ; idéal de beauté de la femme. La femme est soumise à son mari, mais pas autant qu'un enfant ; et elle ne doit pas être traitée comme une servante. Description du corps de la femme et des défauts des femmes stériles. Une femme doit être belle et grande, mais pas à l'excès. Symphorien aime le juste milieu : qu'elle ne soit ni trop grasse ni trop maigre, etc. *Le poil deslyé et mol et non pas trop, mais par mesure et ung peu sur le rouge. Les yeux entre noirs et verdz meslez, droit regardant non de travers. Et le nez bien prins un peu longuet et non camus ne enfoncé.* Cette description est plus détaillée que les autres de ce genre et s'éloigne un peu de l'idéal antérieur de la femme. Des gens desquels *se doit garder une princesse ou dame de habiter en sa maison.* Qu'elle ait des serviteurs prudents et fidèles. Que chacun d'eux fasse sa besogne sans s'occuper des autres. Que chaque princesse ou dame prenne soin du choix de ses gens de justice et de son médecin. Longue digression sur les médecins ; l'auteur ne les flatte guère. Il ne faut pas mettre son cœur dans la richesse matérielle : *Comment la princesse ou la dame doit endoctriner ses enfants en noblesse et bonnes mœurs.* Il faut corriger et châtier ses enfants quand ils sont jeunes, leur donner des précepteurs doctes et prudents, *non vicieux, non furieux*. Il ne faut pas leur montrer de l'amour, toujours de la rudesse. Il faut cependant les bien nourrir et les traiter selon leur condition. *Que vos filles ne soient pas affaitées parleuses.* A l'occasion des conseils sur l éducation des enfants, l'auteur renvoie à son livre : *La nef des princes*, où il dit avoir traité plus longuement les questions pédagogiques. Il faut toujours avoir l'œil sur ses filles et ses servantes et les empêcher de *battiffoler* dans les coins avec les *jouvenceaux*. *La princesse ou dame de tout son entendement doit cogiter et penser la fin de sa personne et considerer qu'il convient mourir une fois. Car la bonne philosophie est la contemplation de la mort.* Longue dissertation sur la vanité des choses de ce monde, etc., Description de l'enfer et du paradis. LE TROISIÈME LIVRE de nouveau n'a rien à voir avec mon sujet. C'est une traduction avec commentaires d'un ouvrage latin sur les prophéties des Sibylles. Il est dédié à Anne de France. LE QUATRIÈME LIVRE : *Cy commence le livre intitulé de vraye amour demontrant 'omment et en quoy les dames doyvent mettre leur amour.* Dédié à Anne de France. Apologie et définition de l'amour : *Amour n'est aultre chose que desir de chose belle et honneste.* Tout ce livre a une couleur scolastique accentuée. Il y a trois genres de beauté : celle de l'âme, celle du corps, celle de la voix, lesquelles se goûtent par l'*entendement*, les yeux et les oreilles. Le vrai amour ne doit pas conduire aux péchés de la chair. Il y a trois amours différents · 1. Celui de la femme pour son mari (type : Alceste). 2. Celui du mari pour sa femme (type : Orphée). 3. Celui d'homme à homme (type : Achille et Patrocle) Exemples de ces amours. L'amour étant d'essence divine, l'auteur veut donner à son sujet quelques enseignements tirés du « Banquet » de Platon. Il faut aimer la beauté : celle du corps comme une image passagère, celle de l'âme comme un objet réel. (Interminables digres-

sions scolàstiques). Horreur de l'amour purement charnel. Soyez donc vertueuses, prudentes et pudiques.

— Le style de Symphorien, s'il n'a guère de valeur littéraire (on y sent à chaque pas l'influence des traductions),
a cependant une certaine sobriété, et se distingue en cela
du style des autres « rhétoriqueurs ». On sent chez lui
une grande erudition qui n'est cependant pas toujours
bien assimilée.

95. Les enseignements d'Anne de France à sa fille Suzanne [1].
— Ce livre fut probablement donné comme étrenne par
Anne de France à sa fille en janvier 1504 ou 1505, peu
avant le mariage de cette dernière en mai 1505 avec le
connétable Charles de Bourbon ; car le livre est évidemment écrit avant le mariage de Suzanne et après la mort
de son père (1503) ; Suzanne allait avoir quinze ans. Anne
de France ou de Beaujeu est la célèbre fille de Louis XI,
qui gouverna le royaume d'une manière si remarquable
pendant la minorité de son frère Charles VII. Le livre
fut publié avant 1521, à la requête de Suzanne. Anne
avait à sa disposition la riche bibliothèque des Bourbons
et elle en a fait usage; elle cite Boèce, Caton, Ovide, So-
crate, saint Paul, saint Jean Chrysostome, saint Augustin,
saint Bernard, saint Thomas, saint Ambroise et surtout le
docteur Lyenard [2]. En outre elle adresse à sa fille la recommandation suivante : *Je vous conseille que lisiez le livre du
preud'homme de Saint Lis, celui de Sainct Pierre de Luxem-
bourg, les Sommes le Roy* [3], *l'Orologe de Sapience* [4] *ou aultres*

[1] Voyez : *Les enseignements d'Anne de France*, etc., texte original
publié d'après le manuscrit unique de St-Pétersbourg, etc... éd. A. M.
Chazaud. Moulins, 1878.

[2] Léonard d'Udine, prédicateur italien du xve siècle, prieur dominicain
de Bologne. Ses « sermons » ont formé plusieurs recueils imprimés de
bonne heure. (Vapereau, *Dict. univ. des Litt.*, 1876).

[3] Par le frère Lorens.

[4] Par Euso.

*livres de vies des Saincts, aussi les « Dictz des philosophes [1]
et anciens saiges, lesquelles doctrines vous doivent estre
comme droicte reigle et exemple, et c'est tres honneste occupation et plaisant passe temps.* Quoiqu'elle ne les nomme
pas, il est plus qu'évident qu'Anne s'est servie des Enseignements de saint Louis à ses filles, du livre du chevalier
de la Tour Landry et autres livres de ce genre.

ANALYSE. — Le livre est en prose et divisé en 31 chapitres. Le premier chapitre sert d'introduction. *Conside-
rant l'estat de notre povre fragilité, et meschante vie présente,*
et craignant pour elle même une mort prochaine, Anne
désire éclairer *l'ignorance et petite jeunesce* de Suzanne.
De même le dernier chapitre est une péroraison recommandant, comme meilleur moyen pour se maintenir dans
le droit chemin, la pensée de la mort inévitable ; il faut
donc s'efforcer de vivre de manière à ne pas la redouter et
à obtenir la grâce de Dieu, dans ce monde et dans l'autre.

Comme Anne n'a pas adopté de plan et que son livre
contient de nombreuses redites, je grouperai de la manière suivante les conseils et préceptes qu'y donne la princesse. 1° CONSEILS RELIGIEUX ET MORAUX .(Cette partie
du livre est celle où se montre à chaque ligne l'influence
du livre de saint Louis). — Il ne faut rien faire, rien dire,
rien penser qui soit contraire à Dieu ; cette idée, qui revient plusieurs fois dans le cours du traité et en est une
des idées fondamentales, est développée d'une manière
fort élevée, mais avec une tendance à l'ascétisme. Il faut
être humble, et ne pas perdre de vue le peu de valeur des
choses corporelles en comparaison de celles qui sont spirituelles. Il faut s'occuper d'œuvres charitables et fuir l'oisiveté. Tout doit se subordonner au désir de parvenir à la
vertu. Le mensonge est le pire de tous les vices : *sur tou-*

[1] Par Guillaume de Tignonville.

tes riens soiez veritable, franche, humble, courtoise et lealle, et croiez fermement que si petite faulte ne mensonge ne pourrait estre trouvee en vous, que ce ne vous fust un grand reproche. Il faut être humble envers chacun, petits et grands, et supporter patiemment les offenses. *Il n'est si grant ire ni envye que par la vertu de doulceur et d'humilité ne soit adoulcie vie.* Il ne faut pas être envieuse, cela conduit à la diffamation et à la médisance. Il faut éviter l'*acquaintance* des envieux. Il ne faut pas être moqueuse (*mocqueresse*, comme dit Anne) : *or advient souvent que ceulx de qui on se mocque sont meilleurs et plus vertueulx que ceux qui s'en mocquent; et saichez, ma fille, que les parfaitz et vertueux sont ceulx qui plus se doivent garder de faillir, et doivent excuser la simplesse des ignorants.* C'est un signe de manque de sens que la moquerie. Il faut prendre le juste milieu en toute chose et avoir de la mesure. Et par dessus tout il faut préserver : *ferme foy et esperance* en Dieu et en la Vierge.

2. CONSEILS SUR L'AMOUR ET LE MARIAGE. — Les hommes sont trompeurs, il ne faut pas s'y fier, il vaut même mieux se garder de *toutes privees et gracieuses accointances*, car bien souvent elles tournent à mal, le monde juge vite et sévèrement, et on ne saurait être trop prudente. L'amour honnête est une bénédiction ; quant à l'autre, Anne s'écrie : *autre amour n'est que faulce deablerie et ypocrisie, laquelle je vous commande fouyr de toute l'autorité et puissance que mere peult avoir sur fille.* Quant au mariage : *c'est une ordre tant belle et si prisee, mais qu'elle soit honnestement maintenue, ainsi qu'il appartient, que on ne la pourrait trop honnorer ne assez louer.* Une jeune fille doit donc tendre à se rendre digne de cette institution en s'efforçant d'acquérir les vertus et qualités nécessaires ; mais elle ne doit nullement prendre part au choix de son mari, elle doit laisser cela à ses parents et amis. Si on a fait un beau mariage, on ne doit pas s'énorgueillir de la position de son mari. Il faut être humble envers lui ; après Dieu, une

femme doit à son mari *parfaite amour et parfaite obeissance*.
Il faut aimer et honorer les parents de son mari, chacun
selon son degré de parenté ; mais quelque haute alliance
que l'on ait contractée, il ne faut jamais mépriser ses
propres ancêtres, et toujours rester respectueuse envers
ses propres parents plus âgés, même s'ils sont de rang
inférieur. *Gardez-vous toujours de ce presomptueux vice d'orgueil et croiez qu'il n'est plus plaisante chose ne de quoy on
gaigne autant l'amour des gens que pour estre humble, doulce
et courtoise.* Dans votre hôtel montrez-vous loyale et
franche envers tous, gardant à chacun son bon droit et
donnant conseil si on vous le demande. Visitez vos voisines ou vos parents malades, et si possible envoyez-leur
quelque primeur. Si on vous fait des présents, recevez les
petits aussi aimablement que les grands. Honorez les étrangers. Si vous avez fait un mauvais mariage, ne perdez pas
courage, ne vous plaignez pas, souffrez avec patience. Ne
soyez pas jalouse de votre mari. Aimez les amis de votre
mari et ne craignez pas de lui demander conseil en toutes
choses. Recevez aimablement tous ceux qui viennent vous
voir. Honorez les savants et les érudits et ne leur retirez
pas votre appui subitement ou sans raison ; faites-les as-
seoir à votre table et proposez une santé qui leur soit
agréable ; car ils vous loueront alors dans leurs œuvres,
et les hommes de valeur sont rares. Ne vous faites accompagner que par des femmes honorables. Ne vous laissez pas
faire la cour par de faux amoureux qui se moqueront de
vous plus tard. Sachez répondre avec douceur et fermeté
aux requêtes amoureuses, un refus formulé de la sorte fait
beaucoup plus d'effet que celui d'une femme qui s'em-
porte. Vous pouvez aussi, dans votre réponse, dire que
vous n'auriez pas cru que celui qui vous parle pût avoir
des pensées si peu honorables. Il vaudrait, au fond, mieux
n'avoir rien à faire avec de pareilles gens ; cependant la
vertu qui n'est pas éprouvée n'a pas grande valeur, le

mieux est donc de rester chaste et de bonne renommée, tout en ayant vécu dans le monde avec les bons et avec les mauvais. 3. Conseils sur le veuvage. — Si votre mari s'en va à la guerre ou en voyage, ou qu'il meure et que vous restiez seule avec beaucoup d'enfants, ayez bon courage, ne faites pas comme ces femmes qui, les premiers jours, pleurent, crient et mènent grand bruit, puis ont bientôt tout oublié ; *mais de prieres, jeusnes, aulmosnes, femmes vefves n'en peuvent trop faire, car devotion doit estre la principalle occupation de femmes vefves.* Les veuves doivent aussi prendre en main toute la direction de leurs propriétés, de leur maison et de l'éducation de leurs enfants sans en laisser le soin à un autre. 4. Conseils sur l'éducation des enfants. — Si vous avez des enfants, ne demandez rien à Dieu, sinon qu'ils soient bons et vertueux. Il faut choisir avec soin les gens qui les tiendront sur les fonts baptismaux, ceux qui les nourriront, etc., car tout cela n'est pas sans influence sur les enfants. Il n'est pas de plus grande douleur pour des parents que des enfants qui tournent mal. *Por quoy n'y deves plaindre vostre peine a les bien enseigner et aprendre, selon vostre pouvoir, et leur petit entendement, premierement les articles de la foy, les commandements de la loy, et enquelle maniere on y peut pecher ; aussi des sept pechez mortels et comment on doit se confesser, etc.* Si, parmi vos enfants, il y en a qui désirent choisir la vocation religieuse, il ne faut pas les en empêcher, mais il ne faut pas non plus se décider à la légère sans de suffisantes réflexions. *Et sur vos filles tant comme elles seront jeunes y devez souvent avoir l'œil, pour tant que c'est charge bien dangereuse.* Il faut habiller ses filles convenablement, mais se garder de leur permettre trop de luxe. *Et celles qui autrement le font pechent et sont cause de faire prendre estat a plusieurs bourgeoises de la ville, auxquelles semble qu'elles le peuvent aussi bien faire que simples demoiselles qui servent, en quoy les marys ont de grans do-*

maiges. Et quand vos filles seront *en eage de porter atours peu a peu vous devez laisser les votres.* Une femme doit savoir vieillir, les beaux habits n'enlèvent pas les rides, et bien des choses qui conviennent à la jeunesse ne conviennent pas à l'âge mûr. Par dessus tout il faut, lorsqu'on est vieille, se garder de se laisser faire la cour, etc. Il ne faut pas non plus élever ses enfants *comme aucuns folz peres et meres, a qui ne chault d'acquerir a leurs enfants bonnes vertus, mais leur suffit de les veoir haut eslevez, qui est chose diabolique et dampnable;* il y a aussi des mères qui servent leurs filles *en mainte maniere, qui est grant besterie a toutes deux, car c'est oultrecuidance a la fille et a la mere parfaicte folie.* 5. Conseils sur la tenue, etc... — Il ne faut pas être oisif dans sa jeunesse : *mais la doit-on occuper et emploier a toutes choses honnestes et sans trop granz curiositez, comme d'aulcuns petis et gracieulx ouvraiges d'eschez, de tables, marrellez ou autres esbastemenz,* mais il ne faut pas ne penser qu'à cela, ce qui dénoterait un manque de bon sens et ne serait pas *fait de femme de grant façon.* Lorsqu'on est jeune, il faut s'habiller avec soin et avec goût, sans extravagance, selon sa condition et la coutume du pays. Pour se garantir des mauvaises tentations du luxe il faut réciter chaque matin trois Pater et trois Ave. Ne pas se serrer; il peut en résulter de graves maladies, c'est donc un crime *homicide de soi-même.* Il y a des dames qui sont *vestues tant que par force de tirer sont souvent leurs vestemens desirez dont elles sont mocquees.* Il ne faut pas en hiver vouloir se vêtir légèrement pour paraître mince (histoire des trois demoiselles de Poitiers [1]). Il ne faut pas *branler et virer la teste ça ne la, pas avoir les yeux agus, legiers ne espars,* pas rire hors de propos, *car il est tres mal ceant mesmement a filles nobles, lesquelles en toutes chose doivent avoir manieres plus pesantes, doulces et assurees que les autres,*

---

[1] Cf. le chevalier de la Tour Landry.

il ne faut pas avoir le langaige trop afilé. Gardez-vous aussi
de courir, ne saillir, d'aucun pincer ne bouter, il ne faut pas
tolérer les serrements de mains ne marchements de pieds.
Ne pas avoir continuellement les doigts dans son nez, dans
ses yeux ou dans ses oreilles. A l'église rester agenouil-
lée, les yeux fixés sur l'autel et sur le prêtre, les nobles
doivent être un modèle pour les autres. Il n'est pas beau
a femme de façon estre morne ne trop peu enlangaigee, car de
telles femmes, quelque autres perfections qu'elles aient,
ressemblent a ydolles et ymaiges painctes, et ne servent en
ce monde que d'y faire ombre, nombre et encombre. Une
femme doit donc cultiver l'art de la conversation. Anne revient plusieurs fois sur cette idée. En se rendant d'un endroit à un autre, il faut saluer le menu peuple avec grâce et
parler aux gens avec simplicité, ne pas être fière et hautaine. Il faut accepter les conseils et les réprimandes et
fréquenter les sages ; aussi est-ce ung des plus grans
signes d'amour qu'on puisse monstrer a autruy, que dol-
cement le reprendre de ses faultes. 6. Conseils a Suzanne
pour le cas où avant son mariage elle serait placée
comme demoiselle d'honneur auprès de quelque grande
dame. Ici se rangent quelques-uns des chapitres les plus
remarquables du livre (Ch. VI–IX). — Anne pense que si
elle venait à mourir avant que sa fille fût mariée, on pla-
cerait Suzanne comme demoiselle d'honneur, et elle lui
fait cette recommandation : mettez vous en service de dame
ou damoiselle qui soit bien renommee, non muable et qui ait
bon sens. Nos maîtres nous influencent qu'on le veuille ou
non ; le choix des maîtres est donc important. Lorsqu'ils
agissent mal, on peut leur faire des remontrances, mais il
faut le faire avec tact, par subtiles manieres, en doulceur
et signe d'amour. Ne pas flatter, ne pas se mêler des affaires des autres il faut avoir yelx pour toutes choses regarder et rien voir, oreilles pour tout ouyr et rien sçavoir,
langue pour respondre a chascun sans dire mot qui a

*nully puisse estre en rien prejudiciable. Oncques homme
ne femme de grant fasson ne descouvrit le secret d'autruy.* Mais dans le cas où l'honneur de votre maîtresse
serait en jeu, confiez-vous à votre confesseur. 7. Conseils
relatifs aux domestiques. — On ne doit pas laisser ses servantes oisives ; on doit les maintenir en crainte et soumission, autrement elles n'en font qu'à leur tête ; mais il faut
être raisonnable et non trop sévère. Il faut congédier
les servantes qui ne se laissent pas corriger en peu de
mots ; ne pas non plus garder *gens trop affilez, rapporteurs,
rioteux ne menteurs.* Que vos domestiques soient honnêtes
et de bonne réputation. Vous devez être mieux habillée que
vos servantes et ne devez pas tolérer qu'elles vous imitent
dans leur toilette. Exhortez vos domestiques à la dévotion,
qu'elles entendent une messe chaque jour, etc., *et pour
les consoler et esbattre leur jeunesse aussi pour mieulx les
entretenir en vostre amour, vous les povez laisser aucunes fois
esbatre, chanter dancer et gracieusement jouer en toute honnesteté, sans lasteries, bouteries, ne noises :* vous pouvez
vous divertir avec elles en évitant une familiarité excessive.
Du danger de faire sa confidente d'une de ses femmes. Si
vous avez une amie à laquelle vous vous confiez, faites-le
sans montrer le moindre signe de méfiance. Ne tolérez pas
qu'on dise du mal de qui que ce soit devant vous. Pour
terminer je citerai le court mais caractérisque portrait que
donne Anne d'une femme de *grant fasson* ; portrait qui,
d'après ce que nous savons d'elle, s'applique fort bien à
l'auteur même ; *Soiez toujours en port honnorable, en maniere froide et assuree humble regard, basse parolle cons-
tante et ferme, toujours en ung propoz, sans flechir.*

— Voilà de nouveau un des textes les plus remarquables que nous possédions. Tout d'abord, le style est admirable ; c'est la même clarté et la même simplicité que nous
avons déjà admirées dans le « Ménagier » ; la même prose
forte et nerveuse, seulement avec encore plus de grandeur.

L'auteur se montre à nous comme une femme remarquable par son intelligence et sa haute distinction, comme
une vraie grande dame. Je relève l'importance donnée
pour la première fois à la véracité, l'horreur du mensonge, l'immense sentiment de la responsabilité de sa
position sociale qui nous frappe chez Anne de France et
la grande place donnée aussi pour la première fois à
l'empire sur soi-même. C'est, en somme, une œuvre qui
pourrait encore aujourd'hui être mise avec profit entre les
mains de plus d'une jeune fille.

Gabrielle de Bourbon [1], femme de Louis de la Tré-
moïlle, princesse du sang royal, écrivit, à peu près à la
même époque qu'Anne de Beaujeu, des :

96. **Petits traités de dévotion et d'instruction pour les jeunes
filles de sa cour.** — L'historien Jean Bouchet en parle
avec éloge ; ils ne nous sont malheureusement pas par-
venus.

Jean Molinet, né à Desvres (Pas-de-Calais) au milieu
du xve siècle, fut historiographe et bibliothécaire de Marguerite d'Autriche. Il mourut à Valenciennes en 1507. Il
a beaucoup écrit, entre autres il a traduit en prose le
Roman de la Rose. Molinet appartient à l'école des « rhétoriqueurs » ; il fut le maître de Jehan Lemaire de Belges.
Celle de ses œuvres qui doit nous occuper ici est :

97. **Le Chapelet des Dames** [2], petit poème allégorique.

[1] Voy, Rousselot : *Histoire de l'éducation des femmes en France*,
1883, vol. I, p. 71,
[2] *Les Faictz et Dictz de feu de bonne memoire maistre Jehan Molinet.*
Nouvellement imprimé à Paris le 9 décembre 1531, au feuillet XXVII.
— Thibaut : *Marguerite d'Autriche et Jehan Lemaire de Belges*,
p. 103. Paris, 1888.
— R. Thomassy : *Essai sur les écrits politiques de Christine de
Pisan*, p. 95-96. Paris, 1838.

ANALYSE. — 1ʳᵉ PARTIE en décasyllabes, environ 200 vers. — Longue introduction printanière. Un oiseau guide l'auteur dans un verger riant et fleuri, où sont rassemblées toutes les femmes de bien qui ont été l'ornement de ce monde. Dame Vertu est occupée à faire un chapelet de fleurs avec cinq fleurs de diverses couleurs. L'auteur demande l'explication de toutes ces merveilles à dame Expérience. Celle-ci lui répond en prose, et sa réponse forme la seconde partie du *Chapelet*. Cette première partie ne contient rien d'original, mais elle ne manque pas de charme ; Molinet a la versification facile, sa description du printemps est fraîche et il y a un vrai ruissellement de fleurs dans ses vers. — SECONDE PARTIE. — Expérience parle : *piété me contraint de te donner lentendement du chapelet des dames que Vertu nostre glorieuse regente de ses propres mains a commencé a faire comme ung hault sumptueux chef d'œuvre pour guerdonner quelque dame morigenee digne de le porter en chef.* Ce chapelet est meilleur que celui d'Esculape, car il sauve les âmes aussi bien que les corps. Il doit avoir : *cinq lettres, cinq flourons, cinq vertus et cinq couleurs.* Le nom de la PREMIÈRE FLEUR commence par M, c'est la marguerite, et la vertu correspondante est la *mundicité* du corps. Expérience cite toutes les dames portant le nom de Marguerite qui se sont distinguées ; les princesses de la maison de Bourgogne sont en majorité. Chanson en l'honneur de la marguerite. Le nom de la DEUXIÈME FLEUR commence par A, c'est l'ancolie, *l'herbe angélique* que l'ange présenta à la Vierge lors de l'Annonciation. Explication allégorique des vertus de cette plante. Femmes distinguées dont le nom commençait par A. Chanson sur l'Ancolie. TROISIÈME FLEUR : R, la rose, signifiant charité, c'est la reine des fleurs et des vertus : *La rose est le confort du cervel, la beauté de la face, la clarté de l'œil, l'appetit de la langue, le soulaz du nez, la doulceur de la main, le désir du cueur, la santé du piz et le secours de* l'estomac, etc., etc. Exemples de dames célèbres. Chanson sur la rose. Sauf dans cette chanson, toutes celles que cite Jean Molinet présentent les fatigants tours de force en fait de rimes, etc., que son école affectionnait. QUATRIÈME FLEUR : I, « ienette » c'est-à-dire le genêt, qui a de nombreuses propriétés favorables au bien corporel et spirituel; il symbolise *instructions de bonnes mœurs.* De nouveau il cite de nombreuses princesses de Bourgogne. Chanson. CINQUIÈME FLEUR : E, églantier, qui a plusieurs vertus physiques et qui symbolise l'Espérance. Exemples de saintes et de princesses anglaises. Chanson. L'auteur suit Vertu d'un regard admirateur ; elle lui adresse la parole et lui fait remarquer que les lettres initiales des fleurs du chapelet forment le nom de MARIE, et qu'il est composé en l'honneur de la Vierge. Vertu charge l'auteur de raconter ce qu'il a vu et appris et de remettre le chapelet à une femme digne d'une œuvre si haute. L'auteur cherche d'abord dans toutes les églises une statue de la Vierge qui lui paraisse digne de ce don, mais il n'en trouve pas d'assez belle ; il donne alors le chapelet à Marie de Bourgogne, et termine son œuvre par un formidable panégyrique de cette princesse et de plusieurs de ses parentes. Chanson finale.

— Comme on le voit ce petit livre rentre à peine dans mon sujet ; c'est un poème d'occasion, destiné à procurer à l'auteur un secours pécuniaire de la princesse qu'il flatte si ouvertement.

On pourrait peut-être rapprocher ce petit livre du célèbre sermon de Jacques de Vitri [1] et du thème de la chanson *Bele Aaliz* ; nous avons ici le même motif des cinq fleurs symboliques réunies en un chapelet par une jeune fille.

[1] Voyez Lecoy de la Marche, *Jacques de Vitri*, p. 286.
Crane, *The exemples of Jacques de Vitri*, p. 114.
Raynaud Mot, II, p. 138. 163.
G. Paris, *Mélanges Wahlund*, p. 1-12. Mâcon, 1896.

Je n'ai pas pu me procurer l'enseignement de l'Espagnol
98. Hernando de Talavera [1] (1428-1507) : **Como se ha de
occupar una señora de cada dia.** — Fernan Sanchez
de Talavera est un auteur bien connu ; on possède de lui
des œuvres sur des sujets religieux, des poèmes lyriques,
et un poème contre les femmes. Talavera fut le premier
archevêque de Grenade.

99. **Le Manuel des dames composé par ung jeune celestin** [2],
etc. Paris, A. Vérard, 1509 environ. — Ce livre est extrêmement rare ; il contient de nombreuses gravures sur bois
curieuses et originales. Je n'en connais que deux exemplaires (Bernard Quaritch's rough list. Early printed books
with woodcuts n° 204, — Paris : Bibl. Nat., Réserve,
Inv. D. 21.334). C'est un traité religieux à tendance mystique ; nous ne savons rien de son auteur ; il nous dit dans
le prologue : *Se grossement je parle, c'est aux novisses que
sadresse ma parolle.* Son livre est une des nombreuses
admonitions adressées à celles qui veulent devenir épouses
du Christ, il est écrit en prose, entremêlée de nombreuses
citations latines des Livres saints.

Le livre est divisé en un prologue et deux parties, nous
dit l'auteur, dont la première parle de la bonne discipline
extérieure et la seconde de la discipline qu'on doit avoir
« par dedans » ; mais l'édition de Vérard ne suit pas ce
plan avec exactitude. Les chapitres, qui d'après la table
des matières sont bien dans l'ordre voulu, sont dans un
ordre fantaisiste dans le texte, par exemple au chap. VIII
succède le chapitre XII et passablement plus loin vient
le chapitre IX. Du reste, certains chapitres de la table ne
se trouvent pas du tout dans le texte et vice-versa. Il est

---

[1] Voy. Grœber, *Grundriss*, II, 2, p. 443.
[2] Voy. Brunet, IV, 1.380.

donc évident que l'édition de Vérard ne nous donne pas l'original de l'œuvre qui doit être plus ancienne.

Ce petit livre ne présente aucune originalité ; il est long et d'une lecture fatigante ; il rappelle quelque peu la « Ancren Riwle », mais lui est très inférieur.

Le livre est en prose.

ANALYSE. PROLOGUE. — Admonitions générales aux novices ; la religieuse doit être *jardin clos et fontaine scellee* (long développement de cette métaphore empruntée au Cantique des Cantiques) ; elle doit extirper les vices de son jardin et y planter les vertus ; y semer *la rose vermeille de charité, le blanc lys de chasteté, les basses violettes d'humilité etc., etc.* L'énumération des fleurs est très longue et détaillée ; elle sort de l'ordinaire par le nombre des fleurs des champs qui y sont nommées. L'auteur recommande la mortification, les oraisons assidues, la patience, la pauvreté ; il faut entourer le jardin d'un mur d'austérité, bâti sur des fondations d'humilité, etc., etc. PREMIÈRE PARTIE. Ch. 1. *Admonition de perseverer en estat de la première vocation.* Ch. 2. Jésus-Christ est l'époux de la religieuse et son unique amour, développement de cette idée, dans le langage écœurant des autres textes du même genre. Horreur des crimes de fornication dans les cloîtres. Des récompenses célestes d'une vie pure. Ch. 3. *Comment on doit fuyr negligence et le mal jugier de ses prochains.* Ch. 4. Du silence et de la discrétion. De la désobéissance et des péchés auxquels elle nous entraîne (Longues digressions scolastiques). Obéir sans poser de questions ; joyeusement, légèrement, virilement, etc., etc. Ch. 5. *Comment se doit maintenir la religion qui en la congrégation veult vivre en paix.* Ch. 6. Même nos actions secrètes doivent être agréables à Dieu. Chacun de nos membres doit faire son devoir. Ch. 7. De la garde des cinq sens. Ch. 8. De la discipline que l'on doit avoir sur sa langue. Ch. 12. *De quatre choses necessai-*

res davoir qui veult proffiter en religion : Que la volonté et la ferveur ne se refroidissent pas ; que le mauvais exemple n'ait pas d'influence sur vous ; ne jugez pas les autres témérairement ; supportez toutes les tribulations et tentations pour l'amour de Dieu. Ch. 8 (sic). *Comment on se doit avoir en correction tant envers soi que envers ses prochains. Ch. 9. De la connaissance de soi-mesme. Par ce chapitre peut-on congnoistre la maniere de se confesser.* DEUXIÈME PARTIE. Comment on doit ouvrir son cœur à Jésus-Christ et à son prochain par amour. *De la cautele quon doit avoir avant qu'on eslise aucun en amytié familiaire.* Les cinq qualités nécessaires en amitié sont : d'être discrète, fidèle, de n'être ni mauvaise, ni *courrouçable*, ni orgueilleuse. *De penitence et de ses parties, c'est assavoir contrition confession et satisfaction. Comment on doit garder son cuer de mauvaises pensees. De diverses manieres de tentations ; de la manière d'y résister. De la vertu d'oraison et comment elle doit estre faicte. La maniere de se avoir en leçon. Du bon des larmes et de diverses especes dicelles. Ce derrenier chapitre parle de l'union de l'ame avec Dieu comment oraison y peut servir.*

Jean Marot[1] vécut probablement de 1463 (ou 64) à 1525, il fut le père de Clément Marot, et depuis 1506 le secrétaire de la reine Anne de Bretagne, femme de Charles VIII et de Louis XII. Il écrivit des rondeaux, des ballades, des œuvres de longue haleine, telles que le « voyage de Gênes », etc., et composa entre autres :

100. **Le Doctrinal des princesses et nobles dames**, poème en 24 rondeaux, tous reliés les uns aux autres. Nous ne sa-

---

[1] Voy. *Œuvres de Clément Marot avec les ouvrages de Jean Marot son père* etc. La Haye, P. Gosse et J. Neaulme, 1731. Tome IV, p. 201 et suiv.

Theureau : *Etude sur le vie et l'œuvre de Jean Marot*. Caen, 1873.

vons pas la date de composition du « Doctrinal ». C'est un recueil de préceptes, à l'usage des princesses ; mais l'auteur y laisse continuellement percer son désir de flatter la reine, et la préoccupation didactique passe au second plan. Chaque rondeau traite d'une qualité spéciale que l'auteur recommande.

ANALYSE. — 1. De l'honnêteté, *la perle et la gemme que les Dieux ont enchassé en noblesse.* 2. De la prudence, qui tire toutes les vertus à sa suite et met les péchés en fuite. Raison porte son étendard, elle profite à l'âme et au corps, elle favorise justice et charité. 3. De la libéralité : il faut donner avec bonne grâce et de bon cœur. 4. Il faut qu'une femme soit vraie *de bouche et de cœur ;* la fausseté est incompatible avec la dignité royale. Il faut tenir ses promesses, coûte que coûte. 5. De l'amitié : les vrais amis se reconnaissent dans l'adversité. Apprenons à connaître la valeur d'un ami fidèle. 6. Une dame ne doit pas tolérer la médisance dans sa maison. Il ne faut pas accepter à la légère les accusations, car on risque de punir des innocents. 7. Une princesse doit recevoir des gens de lettres dans sa maison, car *l'homme sçavant sa demeure ennoblit.* Elle peut aussi profiter de leurs conseils. Il faut préférer la science à la richesse. 8. Il ne faut parler ni trop ni trop peu, penser à ce que l'on dit, et dans le deuil ou la détresse rester maîtresse de ses paroles ; il ne faut pas non plus montrer sa joie d'une manière exubérante. 9. *Sans beau maintien, dame est cheval sans bride.* Le maintien est un reflet de la personne intérieure. On ne prise pas la beauté d'une femme qui n'a pas de grâce. 10. Une princesse doit être tout spécialement vertueuse et montrer par ses bonnes œuvres qu'elle est digne de son titre et de son rang. 11. De la sobriété. 12. Une princesse doit reconnaître que par nature elle n'est pas plus qu'une autre femme. Ses privilèges lui viennent de Dieu, elle doit donc le servir de toute sa force. 13. Eviter l'oisiveté. 14. Donner le bon exemple. Bien agir pendant cette vie pour être heureuse dans l'autre. 15. Ne pas être avare. 16. De la constance. 17. Rechercher la paix. Il n'est rien de pire que la guerre et la discorde, une femme doit maintenir la paix. 19. Il faut se proposer comme but l'honneur, et ne rien faire que l'on puisse craindre de voir dévoilé. Ne tolérez jamais une lâcheté en votre présence. Gardez-vous de l'ingratitude. 20. Soyez patiente. 21. Soyez chaste. 22. Priez en esprit et en vérité ; fuyez l'hypocrisie. 23. Aimez un Dieu et un homme seulement. 24. Il faut qu'une princesse se pare honnêtement, parce que cela convient à sa position et plaît à son mari. Mais il ne faut pas *s'accoutrer ainsi qu'une Lucresse, a la Lombarde, ou a la façon de Grece car cela ne se peut bien faire honnestement ;* ne pas inventer de nouvelles modes.

— Jean Marot n'est guère original, mais sa morale est élevée et pure.

J. L. Vivès [1], philologue espagnol (1492-1540), fut professeur à Louvain et à Oxford ; il jouit en son temps d'une réputation presque égale à celle d'Erasme. Son œuvre principale est : « De causis corruptarum actium », celle qui nous occupe ici est intitulée :

101. De institutione christianæ feminæ (1523). — Comme toutes les œuvres de Vivès, elle est écrite en latin. Ce livre fut traduit en espagnol : *Libro llamado Instrucion de la mujer christiana,* etc., par Juan Justiniano, 1539, et en

[1] Joh. Lud. Vivès, *Opera omnia.* 1782-88. vol. IV. p. 65-301.
Thibaut, *Op. cit.* p. 128.
Compayré, *Histoire critique des doctrines de l'éducation en France.* Paris, 1879, p. 147.
Rousselot, *Op. cit.* p. 121 à 157.

français par Pierre de Chanzy [1]. L'ouvrage est dédié
Ad Sereniss. D. Catharinam Hispanam Angliæ reginam,
c'est à dire Catherine d'Aragon, première femme d'Henri
VIII d'Angleterre, dont la fille aînée, Marie, eut Vivès
pour précepteur. Le livre s'adresse aux femmes nobles de
tout âge.

ANALYSE : PRÉFACE. — C'est la sainteté des mœurs de
la reine qui a engagé Vivès à lui dédier son livre. Vivès
s'étonne que de son temps si peu d'auteurs s'occupent de
l'éducation des femmes lorsque des hommes célèbres, tels
que Xénophon, Aristote, Platon, Tertullien, Cyprien,
Augustin, etc., n'ont pas dédaigné de s'en occuper. Vivès
veut s'efforcer de donner des conseils pratiques ; il attaque
Ovide et l'influence immorale de l' « Ars Amandi. » Panégyrique de la reine. Vivès espère aussi que la princesse
Marie lira son livre. LIBER I. — 1. De la première enfance : danger des nourrices, Vivès plaide en faveur de
l'allaitement maternel. 2. *De reliqua infantia :* une fois la
première enfance passée, il faut donner des compagnes de
jeu à sa fille ; que la mère ou quelque personne d'âge mûr
soit toujours présente à ces jeux pour les modérer ; les
garçons ne doivent pas y prendre part. A un âge où l'enfant ne peut pas distinguer le bien du mal, on ne doit pas
le laisser en contact avec le mal ; c'est une doctrine pernicieuse que celle qui enseigne qu'on ne doit rien ignorer.
Que les parents se gardent d'être un mauvais exemple pour
leurs enfants. Il ne faut pas gâter ses enfants. Curieuse
sortie contre les poupées : *pupæ imago quædam idolatriæ
et quæ complus ac ornatus cupiditatem docent etc.,* 3. *De
primis exercitamentis*, à partir de la quatrième, cinquième
ou septième année (l'auteur laisse aux parents la décision
de l'âge exact) il faut commencer à instruire ses filles dans

[1] Réimprimé avec préface et glossaire par A. Delboulle. Le Hâvre,
1891.

leurs devoirs futurs et les habituer graduellement aux soins de la maison ; mais il ne faut pas les y mettre trop tôt pour ne pas risquer de nuire à leur santé. Il faut leur apprendre à lire et à filer ; une femme doit être adroite de ses mains, même si c'est une reine, Des dangers de l'oisiveté (exemples). Leur enseigner la cuisine, non pas des mets raffinés comme on les recherche maintenant, mais une bonne cuisine simple. La nourriture préparée par les mains d'une femme est sûre de plaire à son mari, surtout lorsqu'il est malade. Telle est la coutume en Espagne et en France, mais pas ici en Belgique, et c'est là une des raisons pour lesquelles ici tant d'hommes fuient leur maison. 4. *De doctrina puellarum.* On dit que les femmes instruites ne mettent leur instruction qu'au service du mal. L'auteur s'élève contre cette opinion. Si l'instruction était nuisible, ne pourrait-on pas retourner cet argument contre les hommes ? Eloge des femmes qui se sont distinguées par leur savoir. L'étude est une sauvegarde contre l'oisiveté ; mais il ne faut pas tolérer les lectures lascives ; lisez les Ecritures Saintes, les œuvres des philosophes, etc. 5. *Qui non legendi Scriptores, qui legendi.* Violente attaque contre les livres qui ne parlent que d'amour et de chevalerie : *femina quæ illa meditatur, venenum pectore imbibit !* On devrait même supprimer les mauvais livres par des lois. De tels livres, *quarum ineptiarum nullus est finis,* sont par exemple : *Amadis, Lancelot, Paris et Vienne, Ponthus et Sydoine, Maguelone, Mélusine, Flore et Blanchefleur, Pyram et Thisbe, Boccace* et *le Pogge,* et tous les poètes grecs et latins ! Vivès recommande par contre la lecture des Evangiles, des Actes des Apôtres, de Cyprien, saint Jérôme, saint Augustin, saint Ambroise, saint Jean Chrysostôme, saint Hilaire, saint Grégoire, Boèce, etc., etc. 6. *De Virginitate,* de l'importance de la pureté de l'esprit aussi bien que de celle du corps ; beauté de la virginité ; celle qui désire la perdre est indigne de

vivre ; citations et exemples ; la pudicité est la seule chose
qu'on exige chez une femme. Horreur des séducteurs.
7. *Quomodo virgo corpus tractabit.* Comme le corps a une
grande influence sur l'esprit, l'auteur est obligé de s'en
occuper. Surveiller ses filles avec le plus grand soin et
éviter tout contact avec les hommes ; ne pas les faire trop
jeûner, de peur de les affaiblir ; leur donner une nourriture
simple et de l'eau claire à boire ; leur permettre peu d'ornements ; point de parfums ; qu'elles aient un lit simple et
propre, mais pas tendre ; un sommeil pas trop long et des
vêtements simples et propres. 8. *De ornamentis.* Citations
recommandant la simplicité. Rien ne saurait surpasser la
nature, il ne faut donc ni se teindre ni se farder. Pas de
boucles d'oreilles, etc. Vivès permet cependant les parfums
légers pour enlever les mauvaises odeurs (! !). La propreté
est absolument nécessaire, et c'est une erreur que d'unir
l'idée de piété à celle de saleté. Se laver à l'eau claire et
avoir ses cheveux bien en ordre ; se regarder à la
glace, non par vanité, mais pour voir si les vêtements
sont bien en ordre. Défense de porter des habits d'hommes.
9. *De solitudine virginis.* Ne pas emmener sa fille partout avec soi, la laisser à la maison sous bonne garde.
10. *De virtutibus feminæ et exemplis quæ imitetur ;* ce
sont : la chasteté, la pudeur, la sobriété, l'honneur, la
frugalité, l'économie, la piété : et les exemples sont :
Marie, Brasilla, Pélagie et Sophronie. 11. *Quomodo foris
aget.* Faire encore plus attention à sa conduite lorsqu'on sait que l'on est chez soi ; ne pas se faire remarquer ; une jeune fille doit être accompagnée de sa mère
ou de quelque femme plus âgée ; avoir la face voilée, sauf
les yeux, et ne pas être décolletée (ni montrer à nu
aucune autre partie de son corps) ; ne pas regarder à
gauche et à droite, etc. Ne pas rire bruyamment de manière à secouer toute sa personne. Ne pas accepter de
cadeau d'un homme et ne pas lui en faire. Ne pas avoir

de tête à tête avec un homme, se méfier même de ses
frères. Ne pas bavarder, jurer, ou pincer les gens, ne pas
parler trop haut et d'une manière arrogante. Ne pas aller
au théâtre ni à d'autres représentations de ce genre.
12. *De Saltationibus* : ici l'auteur donne plein cours à
son indignation contre l'immoralité de la danse, et s'écrie :
quæ unquam legitur saltasse Sanctarum feminarum ?
Depuis un certain temps la coutume s'est même établie de
s'en aller ensemble, hommes et femmes, danser masqués
dans les rues des villes ! Que pourrait-on imaginer de
pire ? Vivès dit qu'en France, en Allemagne et en Angleterre, les gens vivent plus simplement et plus honorablement
que dans cette Belgique corrompue. 13. *De amoribus*.
Attaque de l'amour. Un amoureux est comparable à un
fou. Tout amour en dehors de l'amour conjugal est un
péché mortel, etc., etc. 14. *De amore virginis*. Cependant tout être humain a besoin d'aimer ; voici donc quels
sont les amours purs et permis : *habes primum quem
ames patrem Deum, sponsum Christum ; habes matrem ejus
et sororem tuam Divam Virginem ; habes tui similem Dei
ecclesiam, habes tot virgines sanctissimas*, etc. Il faut
penser aux beautés de la vie éternelle et ainsi préférer les
joies spirituelles à celles de la chair. 15. *De quærendo
sponso*. Comme la nature veut la perpétuation de l'espèce humaine, Dieu a institué le mariage *quo auctore
servire possumus naturæ sine peccato*. Une fois qu'on est
marié, c'est pour toujours ; le choix du mari est donc d'une
grande importance ; ce choix doit être entièrement entre
les mains des parents, car la pure jeune fille ne doit rien
savoir du mariage. C'est aux parents de rechercher avant
tout le bonheur de leur fille et non pas un gendre qui
leur soit agréable à eux seulement ; *ejus modi homines,
hostes sunt, non parentes, seu ut aptius dicam, negotiatores
filiarum, qui illas impendunt, ut sibi sit bene*. Deux choses
sont à considérer dans le mariage, la vie commune des

deux époux, et les enfants. Il faut donc que le mari soit
de bonne famille, de bonne santé, qu'il ait un bon caractère et de bonnes mœurs ; et il doit en être de même
pour la jeune fille. Quant à l'argent, il faut qu'il y en
ait assez pour élever les enfants, mais c'est là tout ce
qu'il faut. Il ne faut pas choisir un gendre oisif ni quelqu'un qui exerce une carrière cruelle ou immorale (bou-
cher, pirate, soldat mercenaire, etc.). Les infirmités, tant
qu'elles ne sont pas repoussantes, ne doivent pas empêcher le mariage. Le mari doit être d'âge à diriger sa
famille, mais pas trop vieux ; qu'il n'y ait pas de maladies héréditaires dans sa famille, telle que la folie. Beautés d'un mariage heureux. Une femme ne doit pas aimer
son mari avant son mariage. LIBER II. DE CONJUGIO.
1. Apologie du mariage. 2. *Quid cogitare debeat quæ nubit.*
Se rappeler que le mariage est une institution divine,
penser à son mari comme au compagnon choisi pour la
vie entière ; chercher mutuellement à se plaire, faire tout
pour maintenir la paix du ménage. Pas de noces somp-
tueuses ; le jour du mariage devrait plutôt se distinguer
par son sérieux. 3. *Duo maxima in muliere conjugata :*
la pudicité et la fidélité. La femme infidèle à son mari
pèche contre toute sa famille et attire le mal sur ses
enfants. 4. *Quomodo se erga maritum habebit.* Une femme
doit être tout pour son mari et lui être fidèle dans les
plus grandes infortunes. Exemples. Celui qui a une
femme de cette trempe doit aussi en reconnaître la valeur
et l'aimer en proportion. Il ne faut pas aimer son mari
comme un égal, mais comme un supérieur, avec un respect et une obéissance absolus. Une femme qui régente
son mari est ridicule aux yeux de tous, il ne faut pas
ennuyer son mari par des questions continuelles et par
des discussions ; il faut le soigner de ses propres mains
lorsqu'il est malade. 5. *De concordia conjugum.* La femme
peut énormément pour la paix du ménage ; exemple

de la mère de Vivès. Les querelles sont un poison lent pour le bonheur. Les Belges sont tout spécialement querelleurs. Sachez mettre un frein à votre langue. 6. *Quando privatim se cum marito habere debet.* Conservez votre modestie. N'ayez pas de secrets pour votre mari et gardez les siens s'il vous les confie. Exemples. 7. *De zelotypia* Du danger et de l'absurdité de la jalousie ; elle est pire chez la femme que chez l'homme. Il ne faut pas non plus donner la moindre prise à la jalousie. Il faut laisser entière liberté à son mari. Exemples de femmes protégeant les maîtresses de leur mari. 8. *De ornamentis.* La manière dont une femme se vêt doit dépendre des goûts et des désirs de son mari. Etre simple, propre, fuir le désordre et la vanité. 9. *De publico.* Une femme mariée doit encore plus rarement paraître en public qu'une jeune fille. Exemples de femmes qui après leur mariage n'ont plus vu personne que leur mari. Si malgré tout une femme mariée va en public, elle ne doit regarder que son mari. Défense de se mêler aux conversations des hommes. Les nouvelles mariées ne doivent pas sortir. N'acceptez pas de flatteries, ne soyez pas curieuse de pénétrer dans la vie intime d'autrui. 10. *Quomodo agendum domi.* Etre économe sans être avare : *Si mulier larga sit nunquam vir tandem poterit cogere, quantum hæc brevi dissipabit.* Etre douce et bienveillante envers tous, être plutôt la mère que la maîtresse de la maison. Etre juste avec ses domestiques et les maintenir en bon ordre. Exemple de la mère de Vivès. Ne pas être familière avec les domestiques hommes ; c'est au mari qu'incombe le soin de châtier ces derniers. Bien vêtir et bien nourrir ses domestiques. Etre charitable. Nul ne doit entrer dans la maison sans la permission du mari, en son absence la maison doit être close. Une bonne mère de famille connaît la médecine courante pour pouvoir aider en cas d'accident. Il faut chaque jour se réserver un moment pour la prière et la méditation.

11. *De liberis et quæ circa illos cura.* Se réjouir, si on a des enfants, malgré le souci qu'ils donnent. Considérations sur la stérilité. Des soins à prendre pendant la grossesse. Nourrir soi-même si possible. C'est aussi la mère, si elle sait lire elle même, qui doit l'enseigner à ses enfants. Importance de la première éducation, influence de la mère. Défense aux nourrices de raconter des contes absurdes aux enfants, il faut leur apprendre à aimer la vertu et à haïr le vice ; les corriger, prendre soin de leur corps aussi bien que leur esprit. Exemple de la mère de Vivès. Si un homme tourne mal, la plupart du temps c'est la faute de sa mère. Sur la mort des enfants, pensées consolantes de l'auteur. 12. *De bis nuptiis et novercis.* Il ne faut pas parler au second mari du premier. Il faut vivre en bonne harmonie avec sa belle-mère. 13. *Quomodo se geret cum consanguinis et affinibus.* Etre aimable et se faire aimer de ses nouveaux parents, cela facilite toute la vie conjugale. 14. *Quomodo cum filio aut filia conjugata, cum genero et nuru.* Lorsqu'il s'agit de marier ses enfants, il faut entièrement se soumettre à la volonté de son mari. Il ne faut pas marier sa fille avant l'âge de dix-sept ans. Aimer ses gendres et ses belles-filles comme ses propres enfants. Ne jamais semer la discorde entre les jeunes couples. 15. *De matre familias provectioris ætatis.* Etre un exemple aux jeunes ; rester soumise à son mari, même dans la vieillesse. Tourner ses pensées toujours plus vers le ciel, ne pas s'affaiblir par des jeûnes trop fréquents. Liber III. De viduarum (sic) 1. *De luctu viduarum.* La mort de son mari est le plus grand malheur qui puisse arriver à une femme ; une veuve est semblable à un bateau sans gouvernail. Description de la désolation de la veuve ; il faut laisser voir son chagrin, mais sans exagération. Les Belges sont généralement trop froides. 2 *De funere mariti.* Ne pas attendre la décomposition du corps pour le faire enterrer. Pas trop de pompe aux funérailles,

mieux vaut dépenser son argent en aumônes qu'en faste
funéraire. Se souvenir dans sa douleur de celle des autres.
De l'absurdité de celles qui s'endettent pour faire de belles funérailles à leur mari. 3. *De memoria mariti*. Le souvenir de votre mari doit vous accompagner continuellement ; vivez donc et conduisez-vous comme votre mari
l'eût désiré s'il eût continué à vivre. Vivès approuve les
femmes qui ne veulent pas se remarier. 4. *De continen-
tia et honestate viduæ*. Les veuves doivent mener une vie
simple, chaste, sérieuse et retirée, 5. *Quomodo agendum
domi*. Redoubler de soins pour sa maison ; concentrer
toute son attention sur l'éducation de ses enfants ; confier
ses fils à des maîtres sérieux et sévères ; prendre conseil
de gens avisés, de préférence des parents du mari défunt.
7. *Quomodo foris*. Sortir le moins possible; se faire accompagner par quelque femme sérieuse, éviter la compagnie
des hommes. Ne jamais aller dans les foules, sur les places
publiques, etc. 7. *De secundis nuptiis. Secundas nuptias
rejici in totum, ac reprobari, hœrelicorum est!* Mieux
vaut ne pas se marier du tout que de se marier deux fois.
Si on persiste à vouloir se remarier malgré l'opinion de
Vivès, qu'on le fasse au moins le plus tranquillement possible, sans fêtes ni réjouissances.

— Voilà certainement une œuvre importante et intéressante, dans laquelle l'esprit de la Renaissance se fait
jour à chaque pas. Nous remarquons tout spécialement un
grand progrès dans les conseils donnés aux mères au sujet de l'éducation des enfants. L'affection que Vivès porte
à sa propre mère et les nombreux témoignages qu'il rend
au caractère et à la vertu de cette dernière, méritent aussi
de ne pas être passées sous silence ; c'est la première fois
qu'un auteur nous parle de sa mère, et on peut y voir également un signe des temps. L'origine espagnole de Vivès
se fait sentir dans la réclusion exagérée qu'il exige des
femmes, tendance que nous avons déjà remarquée chez

Eximenez et chez l'auteur des « Castigos ». La valeur littéraire de l'œuvre de Vivès n'est pas à la hauteur de sa
valeur morale ; le livre est plein de longueurs et de redites, et le style est enflé et fatigant.

102. **Les Conseils de Marguerite d'Autriche**[1] à ses filles
d'honneur ne sont pas encore publiés, je n'ai pas pu me les
procurer. Marguerite d'Autriche était fille de Maximilien
Ier; elle fut gouvernante générale des Pays-Bas, et sa cour
fut un foyer littéraire important (1480-1530). Dans ses conseils elle recommande la prudence, elle invite à se mettre en
garde contre les promesses décevantes des amoureux, et à
se défier d'illusions qui pourraient coûter bien des larmes ;
il ne faut donner à de semblables amoureux rien d'autre
que de belles paroles. Ces conseils ne forment du reste
pas un livre spécial, ce sont seulement de courts passages.

103. **Cy commence une petite instruction**[2] *et maniere de vivre
pour une femme seculiere, comment elle doit se conduire en
pensees, en parolles et œuvres, tout au long des jours. Et
pour tous les jours de sa vie, pour plaire a notre Seigneur
Jesus-Christ et amasser richesses celestes au profit et salut
de son ame.* — On connaît trois éditions de ce livre rare :
1) Paris, pour Guillaume Merlin, libraire juré, environ
1530. 2) Paris, rue Neuve Nostre Dame a l'enseigne de
l'escu de France. (C'est cette édition que j'ai pu me
procurer. 3) Rouen, H. Mareschal (sans date). Ce livre,
en prose, de 55 pages, petit in-8°, est un des nombreux
traités mystico-ascétiques : il ne présente pas un très
grand intérêt.

ANALYSE. (P. 1-2. Titres et gravures). — Introduction

---

[1] Thibaut, *Op. cit.* p. 62.
[2] Brunet, 1862. T. III, p. 444.

(p. 2 à 7) où nous apprenons que l'auteur est une femme, nous entrevoyons même que c'est une religieuse. Cette conjecture est rendue certaine par le passage suivant (p. 47) : *Je vous donne icy le conseil de ce que je vouldroye faire et beaucoup plus, si je fusse demouree au monde. Dont je rendz graces a mon Dieu de tout mon cœur qui m'en a preservee.* Elle nous apprend qu'elle a écrit ce traité à la demande d'une autre femme, qu'elle nomme *ma tres chere sœur;* mais il n'est guère possible de décider si cette dernière était réellement la propre sœur de l'auteur, quoique rien n'empêche de l'admettre. Le livre a l'intention d'aider au salut de l'âme de celle pour laquelle il est écrit ; l'auteur prie Dieu de l'inspirer, car elle se sent indigne d'une si haute tâche ; elle espère que son petit livre sera non seulement utile à celle pour qui il est écrit, mais encore à beaucoup d'autres, *tant hommes que femmes.* Efforcez-vous de mettre en pratique les conseils qu'il contient. On n'obtient pas le paradis sans peines. On ne vit pas de pain seulement, il faut aussi nourrir son âme ; le pain spirituel, c'est le *pain de saincte doctrine.* L'auteur en a recuilli des miettes dans les enseignements des saints *docteurs en theologies* et elle en mettra dans son livre. Exposition de ce que contiendra le livre, recommandation de le lire souvent ; *et aussi il vous serait bon d'en reciter ung petit papier ce qui est a dire tous les jours. Et mettez cela en vous heures que vos portez a l'eglise.* Ayez toujours présent à votre esprit l'exemple des saints et des martyrs qui ont placé l'amour de Dieu au-dessus de tous les biens terrestres. Vous dites que vous avez des soucis au sujet de vos enfants? Je vous assure que vous pouvez les *tourner a devotion* et en faire *votre proffit spirituel.* § 1 (p. 7-10). Histoire de la jeune dame vertueuse qui alla demander conseil à un docteur en théologie. (Je note : à la question : *es-tu mariée ?* la réponse : *Hélas oui !*) — § 2 (p. 10-18). Admonition spirituelle. Lire des livres saints et penser à

ce qu'on lit, ce que toutes ne font pas. Nous sommes au
monde pour sauver notre âme. Exhortation ascétique au
jeûne. Le présent n'est rien, tout tend à la vie future.
— § 3 (p. 18-35). Ordonnance de la journée. Il ne faut
pas être paresseuse, mais se lever de bonne heure pour
pouvoir aller à la messe. En sortant du lit, faire le signe
de la croix, puis s'agenouiller et prier. Prendre de l'eau
bénite en entrant à l'église. Instructions sur la manière
de prier à l'église; exemple de prière. A la messe se tenir
dans un coin écarté de l'église, la tête baissée de manière
à ne voir personne. Instruction sur la conduite et les
pensées à avoir pendant chaque instant de la messe ;
pensées spécialement convenables pour chaque jour de la
semaine, et en disant ses heures, matines, prime, etc.
Après la messe s'occuper de sa maison ; mais tout en
cousant, en allant et venant, il faut souvent prier. Enseigner la crainte de Dieu à ses enfants et à ses serviteurs.
Au moins une ou deux fois par jour il faut lire un ou
deux feuillets de quelque livre de dévotion. Le soir,
réservez-vous quelques moments de méditation. Confessez-vous au moins tous les quinze jours. Ne jurez pas ;
jeûnez une fois par semaine ; communiez au moins aux
quatre grandes fêtes de l'année. Il ne suffit pas de cesser
vos occupations manuelles les jours de fête, il faut que
vos pensées soient dirigées vers la religion ces jours-là.
Si vous allez à quelque fête mondaine, il ne faut pas
« lascher votre cueur aux vanités mondaines. » Soyez
charitable. Vivez en paix avec votre mari. Ayez des vêtements simples et honnêtes, « car vous en rendrez compte
devant Dieu » ! — § 4. Comment il faut se préparer à la
communion. Exemples de prières. Pendant toute la journée où vous aurez communié, restez seule le plus possible. Des joies du paradis. De la conversion et autres
considérations purement religieuses. — § 5. Les trois pate-
nostres du pape (avec gravure), anecdote sur un pape.

Sur l'efficacité des trois prières qui vont suivre. Les trois prières. Gravure. Explication de la gravure ; trois Ave, autre prière ; gravure représentant une religieuse (deux fois).

104. **Jacopo Beldando : « Lo specchio de le bellissime donne Napoletane ; »** petit livre de 22 pages imprimé en 1356, que je n'ai pu me procurer. Je ne sais rien de son auteur.

Pierre Grosnet[1] ou **Grognet** naquit à Toucy, petite ville du diocèse d'Auxerre ; il étudia probablement à Orléans et à Bourges, fut prêtre et chapelain. Il composa de nombreux ouvrages, dont quelques-uns sont importants à cause des allusions historiques qu'ils contiennent. Il écrivit des œuvres poétiques variées, un poème : *« La Louange des femmes »*, dédié à la reine Aliénor, probablement la seconde femme de François Ier ; *« La louange et excellence des bons facteurs »*, (c'est-à-dire poètes) ; plusieurs traductions, etc. Il mourut avant le milieu du XVIe siècle. Je n'ai malheureusement pas pu me procurer celle de ses œuvres qui se rattache à mon sujet : c'est-à-
105. dire la **« Bonne doctrine pour les filles. »**

106. « Di**alogo**[2] di M. **Lodovico Dolce** della institution delle donne *secondo che tre stati che cadono nella vita humana »* Con gratia e privilegio. In Vinegia appresso Gabriel Giolio de Ferrari. M. D. X. L. V. in-12° di 80 carte. Dedicato dal tipografo « alla illustre signora la s. Violante da s. Giorgio presidente di Casale. »* Je n'ai pas pu me procurer cet ouvrage.

[1] Voy. *Bibl. Française* de l'abbé Goujet, X, p. 383.
— *Bibl. Française.* éd. Rigoley de Juvigney. 1772-73. Tome V, du Verdier, vol. 3, p. 285 ; et Tome II, La Croix du Maine, p. 286 et 287.
[2] Voy. Steinschneider, op. cit.

Juan Michel Bruto, l'auteur de l'histoire de Florence, qui vécut de 1515 à 1593, écrivit aussi une :

107. **Instituticne di una fanciulla,** qui fut traduite en français
et imprimée par Jean Bellere (Anvers 1555) sous le titre
*L'institution d'une fille de noble maison, traduite de langue
Toscane en Français par Jean Bellere* Je n'ai pu me procurer ni l'original ni la traduction.

— Il ne m'a pas été possible de dater les ouvrages suivants. Les textes italiens appartiennent probablement au
XIVᵉ ou au XVᵉ siècle; ne pouvant, cependant pas en être
certaine, j'ai préféré les placer ici à la fin de ma liste.

108. **Le livre de la femme forte et vertueuse,** *declaratif du
cantique de Salomon es proverbes etc., etc. prouffitable a personnes religieuses et autres gens de devotion, fait et* **composé par un religieux** *de la reformation de lordre Fontre-
vault a la requeste de sa sœur religieuse reformee du dict
ordre. Imprimé par Symon Vostre libraire Paris rue
neufve Nostre-dame,* sans date. D'après Brunet,[1] ce livre
serait de **François le Roy ;** la première édition en est de
1501, on en connaît deux autres.

ANALYSE. — Glorification de la femme forte telle qu'elle
est décrite dans le livre des Proverbes (XXXI, 10-31.) La
Vierge est la réalisation de ce type. Glorification de la virginité et surtout de l'humilité. Exhortation à la vie sainte
et à la repentance immédiate. La vie de religieuse se rap-
proche le plus du type idéal sus-nommé. Conseils sur la vie
de religieuse. Ne pas regretter la vie du monde. Pas de
tiédeur. Glorification de la vie de religieuse : *O vie bien-
neuree, vie sure, vie tranquille et pacifique. O vie chaste et*

[1] Brunet, III, p. 1120.

nette. O vie immortelle, vie pardurable; vie sans tristesse, vie sans douleur et malisse. Vie sans corruption et perturbation etc., etc. Chaque verset de Salomon donne lieu à un développement particulier et à une explication allégorique à la fin de laquelle se trouve une prière. Style très exalté. A la fin un cantique et une sorte de litanie à Jésus-Christ.

— Ce livre rentre donc dans la catégorie des traités mystico-ascétique. Il est curieux dans son genre.

109.   **Frauenbiechlein** [1], *zum rum und breyse allen tugendsamen auch erberen weybern ist dieses tractetlein auss vorschrifft des hayligen worlt gotes zusammengebracht und verfasset. Da entgegen auch zu straff etlicher halsstoriger und bosshaftiger weyber etwas aus der hayligen geschrifft gezogen.* Anonyme et non daté ; in-8° Goth. 112 pages de texte ; adressé à : *allen Christlichen weybern und liebhaberin Erberer Zucht.*

ANALYSE. — L'auteur assure les femmes de ses bonnes intentions. S'il écrit ce n'est pas que les femmes soient mauvaises, c'est seulement pour les aider à rester dans la bonne voie. L'auteur ne s'adresse pas à celles qui s'enferment dans des cloîtres contre la volonté de Dieu, au lieu de remplir leur vocation et la loi divine en étant soumises à l'homme et en ayant des enfants. 1ʳᵉ PARTIE : DES FEMMES PIEUSES ET BONNES. Nombreuses citations de l'Ecclésiastique et des Proverbes ; longs développements de l'auteur. Exemples de femmes vertueuses. Citations du Nouveau Testament, de saint Paul spécialement. Que les femmes soient soumises à leur mari ; vêtues avec chasteté ; ne pas se friser les cheveux ; être fidèle. Que les vieilles femmes donnent le bon exemple aux jeunes et les instruisent. Ne

[1] Hain, *Rep. Bibl.*, 1827, II, 7358.

soyez pas gourmandes ; ne vous enivrez pas ; aimez votre mari et vos enfants ; prenez soin de votre maison. Soyez silencieuses à l'église et ayez la tête couverte. Que votre conduite soit un exemple à ceux qui ne sont pas dans la vraie foi. Prenez exemple sur la Vierge. 2e PARTIE : DES MÉCHANTES FEMMES. Celles-ci ne sont une source d'honneur ni pour elles-mêmes ni pour leur mari. L'auteur espère que si son livre tombe entre les mains d'une semblable femme, elle s'améliorera. *Von dem weyb ist der anfang der sünd und durch sy sterben wir alle* (Ecclésiastique XXV, 24). Une telle femme est pire qu'en serpent, qu'un lion, qu'un dragon, etc. (cp. Ecclésiastique XXV, 16). La femme querelleuse est une malédiction. Du reste ces femmes-ci iront en enfer. Ici l'auteur s'adresse à *meyn lieber sone* pour les mettre en garde contre une femme pareille. Exemples de mauvaises femmes, tirés des Ecritures ; l'auteur résiste à la tentation qui le pousse à continuer cette liste en citant des exemples de l'histoire romaine. Péroraison adressée aux femmes, jeunes et vieilles, riches et pauvres ; l'auteur s'excuse de ce qu'il a dit ; il l'a entièrement tiré de la Bible ; il souhaite à chacune les dons de la grâce de Dieu et termine : *Vir caput est mulieris, viri Christus, Christi vero Deus* (Eph. V, 23).

— Petit livre curieux surtout par sa bonhomie et son hostilité contre les couvents ; il n'a qu'une valeur pédagogique et littéraire très secondaire ; mais sa rude simplicité a quelque chose de si foncièrement honnète qu'on se sent malgré soi attiré vers son auteur.

110. **Spyegel der Frauen** [1] *der frauenspiegel. rhythmice.* s. l. a. et typ. N. r. 4.

111. **Capitolo dove si tratta dell'amore** [2] *delle femmine buone agli loro mariti.*

[1] Hain : *Rep. Bibl.*, 1830, IV, 14932.
[2] Zambrini : *Le opere volgari a stampa dei sec. XIII e XIV.* Bologne, 1878, p. 225 ; réédité en 1875, à Livourne, Vigo.

112. Libro degli adornamenti delle donne [1].

113. Dialogo intorno alle bone, maniere ed il comportamenti delle donne. Ce texte n'est pas encore publié, il se trouve à Cambridge à la bibliothèque de Trinity College [2].

— Je donnerai encore l'analyse d'un texte qui par sa date n'appartient plus, il est vrai, à la période dont je m'occupe, mais qui est unique en son genre et des plus curieux.

114. Ein schœn Frauenbüchlein [3]. Ce texte, très différent de tous ceux que j'ai étudiés, s'adresse aux femmes JUIVES ; la première édition du livre parut à Cracovie en 1577. Le livre compte 139 courts chapitres, lesquels sont précédés d'une introduction. M. Grünbaum ne cite que le prologue et les chapitres, 1, 4, 8, 9. 73, 103, 104, 107, 137. C'est d'après lui que je donne le résumé suivant. Le texte est continuellement entrecoupé de mots hébreux. On ne sait rien de son auteur.

ANALYSE. — Le ton du livre est tout de suite donné par les paroles qui sont en tête de l'introduction : *Got den welen mir loben, wen er is loben wert*; et comme le dit l'auteur, le livre est écrit : *Zu besserung den Leib un'zu zierung der selen*. Déjà dans le prologue l'auteur insiste sur les trois devoirs qui feront le sujet des trois premiers chapitres, et qui sont les plus importants pour une femme juive : 1. « *Das abschneiden eines Theils vom Teig beim Brot backen der verbrannt wird* ». 2. « *Die Absonderung waehrend der Menstruation* ». 3. « *Das Anzünden der Sabbatlichter am Freitag Abend* » Et l'auteur

[1] Zambrini : Op. cit., p. 604; réédité en 1863, à Florence.
[2] *Catal. Mss. Angliae.* CCC, vol. III, p. 102, n. 665.
[3] Dr Max Grünbaum : *Jüdisch-deutsche Chrestomathie.* Leipzig, 1882, p. 265 et suiv.

remarque avec horreur, qu'il y a des jeunes femmes
et des jeunes fiancées qui ne savent pas quelle est
la proportion de pâte qui doit être séparée. Si les
femmes mettent en pratique les conseils de l'auteur elles
en seront louées ; « *auch kan man nit der Strafbücher
genugen drucken, wen keiner weis wen man im wert di Schanz
aufzuken.* » Et lorsqu'on n'a pas de rabbin à qui demander
conseil, et qu'on ne possède pas de livre de ce genre (qu'il
faudrait lire au moins une fois par mois), on peut très facilement faire quelque chose de défendu : « *drum last euch
mein rat eingehen, un' zu dem bichlein gebt euer gunst un'
wegt auch nit etliche groschen bald drum zu geben.* »
L'auteur s'adresse tout le temps à « *mein liebe tochter* »,
mais cela ne prouve pas, à mon avis, que le livre soit écrit
par un père pour sa fille, c'est plutôt une forme d'adresse
générale et indéfinie. L'auteur exprime comme suit quel
doit être le but de la femme juive : « *leben in zichten un'
in eren, un' got der almechtig wert dir glick un' heil besche-
ren, un vreid werstu sehn an dein kindern, un' dein tag
wern sich tun meren, un' dein güt un' dein kestliche kinder
wern sein also vil as stern in himel, un' ale anheischung
dein herz wert dir got* (hébreu : que son nom soit loué)
*beweren un' iderman wert deinen gebenschen samen suchen
un' tun begeren.* » Ce but, elle l'atteindra si elle suit fidèle-
ment les conseils de l'auteur. Ses enfants deviendront des
rabbins, et à sa mort les anges viendront prendre son âme
et la porteront à Dieu au paradis. L'auteur insiste sur ce
que c'est un devoir d'avoir beaucoup d'enfants. Cependant
les trois devoirs sus-mentionnés ne sont pas les seuls
qu'une femme doive remplir ; elle doit encore prier Dieu
matin et soir, et après le repas, « *un' nit geh mit deinem
besem in deiner hant un du tust oren oder benschen as die
nerischen vrauen pflegen zu tun !* » Elle doit avoir soin de
donner à manger à ses bestiaux et de les abreuver dès le
matin, avant même de lever et d'habiller ses enfants ; mais

« is es anders meglich, das du imand anders hast von dein gesind zu heisen, den viel zu ezen un' zu trinken zu geben weil du deine kinder an zichst, is es ser gut ». Après avoir pourvu au bétail, il faut balayer la maison, lever et habiller les enfants, leur laver les mains et leur apprendre les prières d'usage. Vient alors un paragraphe curieux (cp. Prov. I, 8), où l'auteur explique que, comme le père est toute la journée dehors à ses affaires, c'est à la mère qu'il incombe d'instruire les enfants, c'est elle qui doit veiller à ce qu'ils aillent vers leurs maîtres ; il faut châtier les enfants dans leur jeune âge et savoir être sévère. Il faut être hospitalière : « auch sich auf wen dir ein armer mensch komt in dein haus, so mach du es liplich an sichst un' liplich ontfangst ». Ne pas oublier les pauvres. Lorsque tu donnes une fête de famille ou une réception « acht das du die arme leut auch drauf hast ». Chapitre sur les devoirs conjugaux, où il est insisté sur les devoirs du mari aussi bien que sur ceux de la femme ; ne recherchez pas les plaisirs sensuels, et vos enfants seront sages et vertueux. Aie soin de plaire à ton mari ; qu'il n'aime pas d'autre femme que toi ; que les hommes honorent leurs femmes autant qu'eux-mêmes : « die frume weibern sein die zirung un' die kron von iren manen, wen sie is ein gab von got un' sie is in Paradis beschafen geworn un' der man heraussen. »

Ici M. Grünbaum remarque « Die hübsche Bemerkung dass die Frau im Paradiese, Adam ausserhalb desselben erschaffen wurde, ist, mir wenigstens, sonst in keinem Buche vorgekommen. » Cette idée est au contraire courante au moyen-âge ; voyez entre autres :

Piaget, op. cit, p. 107.

P. Meyer, *Romania*, XI, 1877, p. 501.

     »   »   XV, 1886, p. 321.

Cependant, la femme doit être soumise à son mari et lui témoigner un grand respect : « wen er schon schilt oder flucht, so schweig du stil und geh' im aus dem weg ». Ren-

seignements sur le moment de l'année et le temps favorable à la conception d'un fils plutôt que d'une fille, etc.
Une femme, par ses prières, peut prévenir et empêcher
plus d'un malheur. Le vendredi soir, lorsque l'on revient
de la synagogue, deux anges vous accompagnent à la maison ; si les chandelles brûlent, que la table soit prête et
que tout soit propre et bien en ordre, le bon ange vous bé-
nira. C'est pourquoi Salomon dit : « *Ein frome frau is ein*
gab von got ; es is ein narheit un' torheit al die schonheit,
man sol loben ein frau die gots forcht hat ». (Prov. XIX, 14 ;
XXXI, 30).

— Ce livre s'adresse évidemment à des femmes d'une
condition sociale au-dessous de la moyenne. Il est remarquable par la pureté morale qu'on y admire, la grande liberté dont la femme semble jouir dans ce milieu, et le
pied d'égalité sur lequel elle est avec son mari. Par *toutes*
les habitudes et coutumes auxquelles l'auteur fait allusion
on saisit l'abîme qui séparait encore, il y a quelques siècles, les juifs de la société chrétienne. Je n'ai pas besoin
d'attirer l'attention sur la langue baroque dont l'auteur
fait usage.

APPENDICE

Liste de textes se rattachant à mon sujet, publiés après 1550.
(Cette liste n'a pas la prétention d'être complète).

xvi⁰ siècle.   (1) 1554.   Luigini (Fed.) : « Il libro della bella donna ».
                              Venise, Pietrasanta, 1554. Cavalli 1569, in-8°.

(2) 1565.   Hector de Beaulieu : « Doctrine et instruction
                des filles chrétiennes ». In-8°.

(3) 1572.   « Advertissements et méditations nécessaires à
                une Dame chrétienne mariée, pour vivre
                saintement en son état », imp. à Tholose par
                J. Colomiès.

4) 1574.   « Dialogo della bella creanza delle donne, dello
                stordito accademico ¹ ». Venise.

5) 1575.   Valerio (Agostino) : « Instruttione delle Donne
                maritate », di monsignore Agostino Valerio
                vescovo di Verona. Venise, Bolognino
                Zaltino, 1575. « Dedicato a Madonna Laura
                Gradenigo sua sorella ». In-16.

(6) 1582.   Cosimo Agnelli : « Amorevole aviso alle Donne
                circa loro abusi ». Ferrare, 1582, in-8° ;
                1592, in-12.

(7) 1584.   Cortese (Isabella) : « I secreti, nei quali si con-
                tengono cosi mirabili.... appartenanti a ogni
                gran signora ». Venise, Jacopo Cornetti 1584.
                (On en connaît 5 éditions).

(8) 1584.   Lombardelli (Orazio) : « Dell' uffizio della
                donna maritata », etc. Florence, Giorgio Ma-
                rescotti.

---

1. Voy. Brunet, II, 667, III, 445.

Non datés, mais appartenant probablement
encore au xvi° siècle :

(9) — « Institution de la fille chrétienne » ; traduite
de l'Espagnol. Imprimée à Lyon par Jean
d'Ogerolles.

(10) — Vatier on Waquier : « Miroir aux dames ».

(11) — « Le Miroir des femmes qui fait voir d'un côté
les imperfections de la méchante femme, et
qui montre de l'autre les bonnes qualités de
la femme sage, tiré pour la meilleure part
des livres de Sagesse », à Troyes, chez la
veuve Oudot, 1717.

(12) — L... R... V... di Roma : « Scuola delle fan-
ciulle nella loro puerizia, adolescenza e gio-
ventù ». Dialoghi tradotti dal Francese da
una Dama Romana. 10 vol. Gênes, per
Felice Repetto in Canetto.

(13) — « Preclara operetta dello ornato delle donne, et
de alquante cose de consienza circa el ma-
trimonio », in-12. « per il venerabile Padre
Frate Vincentio da Bologna del lordine de
Predicatori. Alla magnifica Madonna gen-
tile Paliota sua in Christo spirituale Fi-
glioula ».

xvii° siècle. (14) 1602. « Dello stato maritale di Giuseppe Passi Ra-
vennate. Nell' Academia de' Signori Informi
di Ravenna l'Ardito. Nel quale con molti
essempi antichi, e moderni non solo si di-
mostra quello, che una donna maritata deve
schivare, ma quello ancora che fare le con-
venga, se compitamente desidera di satisfare
all' officio suo, etc., etc. ». Venise, 1602.
Appresso Jacomo Antonio Somascho. in-4°.

(15) 1602. « Lettera di un gran Personaggio chiamato
Paolino, scritta in lingua Francese, ad una
sua Nepote magiore, nella quale biasma le
sue vanità particolarmente nel portar il
petto scoperto ». Conatu dall' opera del P.
Pauolo Barry della compagnia di Giesù inti-
tolata : « Arte d'imparare a ben morire ».
Plaisance, 1602, in-8°.

(16) 1604. « Quatrains de la Vanité du Monde pour l'é-
ducation des deux sexes ».

(17) 1631. « Weiblicher Lustgarten in vier unterschie-
dene Theil abgetheilet, in welchen gehandelt
wird : 1) Von der Kinderzucht. 2) Vom Stand
der Verehlichten. 3) Vom Stande der Witt-
wen. 4) Von Guten und bœsen Eigenschaften
Tugenden und Lastern dess weiblichen
Geschlechts ». 1631, in-8°. par Albertinus
Ægidius aus Deventer († 1620).

(18) 1622. Piccolomini (Aless.) : Costumi lodevoli, che a
nobili gentili donne si convengono, etc. ».
Venise, Barezzi 1622, in-8°.

(19) 1632. « L'honnête femme » de Pierre du Bosc. (Ce
livre fut traduit en italien par Maria Basa-
donna-Marim : « La Donna onesta ». Padoue,
1742).

(20) 1673. Leonardi (Giovanni) : « Trattato utilissimo del
vano ornamento delle donne. Estratto da
alcuni principali Dottori di Santa Chiesa, et
altri scrittori Profani ». Roma per Ignatio
di Lazari. 8°. Dédié « all' illustrissima i Ec-
cellentiss. Sig. la Signora D. Violantà Foc-
chenetti Principessa Pamphilii ».

(21) 1674. « De l'éducation des Dames, pour la conduite
de l'esprit dans les sciences et dans les
mœurs ». Entretiens, par F. Poulain de La
Barre, in-12.

(22) 1684. Giacinto Maria Anti : « Vita di Maria sempre
vergine... ad instruzione delle vergini vedove
e maritate e utilità di qualunque altro stato,
condizione e grado di personne », etc. Vicence,
1684, per Angelo Bontognale.

XVIII° siècle. (23) 1700-1702. Paris. « Instruction pour une jeune princesse, ou l'idée d'une honneste femme ».

(24) 1719. « Bibliothèque des dames, contenant des règles
générales pour leur conduite dans toutes les
circonstances de la vie ». Ecrite par une
dame et publiée par M. le Chev. R. Steele.
Traduite de l'anglais par M. Janiçon.

— C'est intentionnellement que je ne cite pas
ici les œuvres des vrais pédagogues, tels
qu'Erasme, Péréfixe, Nicole, Jacqueline Pascal, Mᵐᵉ de Maintenon, Mᵐᵉ Lambert, Fénelon, etc., etc.

Il devient du reste toujours plus difficile de séparer les œuvres pédagogiques de celles du genre dont je me suis occupé ; c'est pourquoi j'arrête ici cette nomenclature.

NOTE COMPLÉMENTAIRE

Le manuscrit de la lettre de Gerson, mentionné page 153, porte dans l'ancien catalogue de la Bibl. Nat. de Paris le Nᵒ 7867 et dans le nouveau catalogue le Nᵒ 24791.

Les manuscrits de Christine de Pisan, cités page 155, figurent dans l'ancien catalogue, d'après M. Thomassy (Op. cit., loc. cit.), sous les numéros 7040, 7305, 7398, 7354. Je n'ai pu réussir à me procurer les numéros correspondants du nouveau catalogue : l'un de ces manuscrits doit porter actuellement le Nᵒ 22937, mais je ne sais lequel des quatre c'est.

VITA

Je suis née à Bâle le 2 septembre 1877 ; je suis de bourgeoisie genevoise et de confession réformée. Mes premières
études se sont faites à Genève dans une école particulière ;
elles se sont poursuivies à Paris, à l'école Monceau, de
1887 à 1895. D'avril 1895 à août 1897, j'ai fréquenté le
gymnase de jeunes filles de Bromley (Kent, Angleterre) ;
j'y ai passé (1896-1897) l'examen de maturité. En octobre
1897 j'ai commencé à l'Université de Cambridge (Girton
college) mes études philologiques, que j'ai achevées en
passant successivement les deux parties de l'examen ter-
minal : « Examination for the Mediæval and Modern
Languages Tripos » (première partie, juin 1899 ; seconde
partie, juin 1901). Afin de continuer mes études, je me
suis rendue en automne 1901 à l'Université de Halle, où
j'ai été inscrite comme auditrice jusqu'en mars 1903.

J'ai suivi à Cambridge les cours de MM. Braunholtz,
Breuhl, Giles, Oerlsner, Tilley, et à Halle ceux de MM.
Suchier, Riehl, Wagner, Vaihinger, Uphues, Wiese,
Wechssler. J'ai fait partie, à Halle, comme membre ordinaire pendant trois semestres du séminaire de philosophie
romane de M. le professeur Suchier, et pendant un semestre du séminaire philosophique de M. le professeur
A. Riehl ; en outre, j'ai appartenu comme membre extra-
ordinaire pendant un semestre au séminaire de philologie
anglaise de M. le professeur Wagner.

Je désire apporter ici à tous mes professeurs le témoi-
gnage de ma sincère reconnaissance.

Alice Adèle HENTSCH.

www.ingramcontent.com/pod-product-compliance
Lightning Source LLC
Chambersburg PA
CBHW070512030726
47503CB00004B/1248